敬文东作品系列

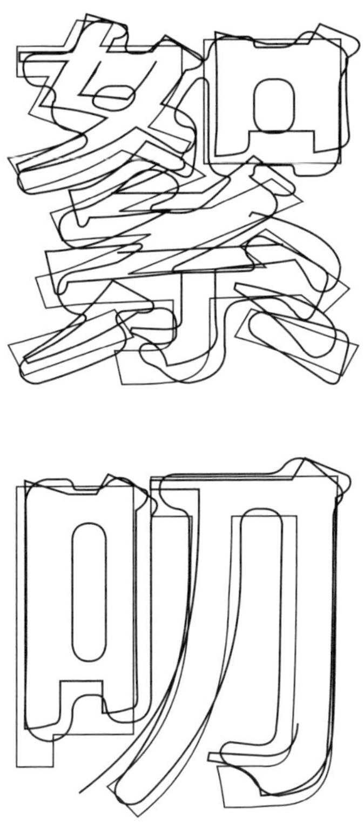

敬文东 著

·桂林·

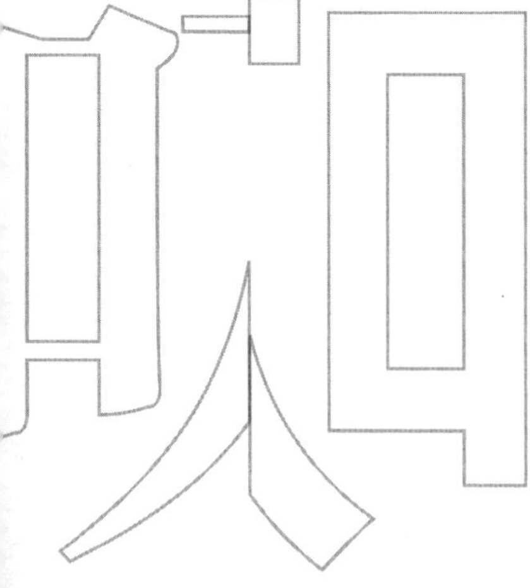

总 序

“敬文东作品系列”这个名称出自著名出版人，我的老朋友多马先生。多年来的交往和觥筹交错，让他对我的读书、思考和写作多有了解。他是一个对阅读有理解力的人物。他建议，将我的几本相互关联的著作构成一个系列交付出版。我当然乐于从命。

收在这个作品系列里的四部小书分别是《感叹》(写于 2015 年)、《味觉》(写于 2019 年)、《自我》(写于 2020 年)、《絮叨》(写于 2022 年)。每本书写成后都在篇末附有后记，简单交代了写作的缘起、写作时的环境和心情，有心的读者不妨在知人论世的层面上加以参考。读者既可以按照写作时间的先后顺序阅读，也可以随意打开任何一本书开始阅读。

这四本彼此相关的小书大致想要表达的中心想法是：我们生活在一个反讽语境，我们每一个人都有机会成为反讽主义者（或曰反讽主体）。所谓反讽主体，就是那些总是走向自身目标之反面的现代人。在反讽时代，目标的正面（A）与目标的反面（-A）必须同时存在、同时成真，并且彼此互为对方存在的前提。没有 -A，就没有 A。反之亦然。现代人的历史，就是和自己的伟大成就做斗争的历史，比如核能，比如 AI，它们既造福人类，也会毁灭人类。反讽时代是现代性的核心内容，它的两个终端产品分别是：反讽主体和垃圾。垃圾和反讽主体只能是现代性的产物。眼下这个作品系列要极力论证的是：反讽只可能来自以视觉为中心组建起来的逻各斯，不会来自任何一种除逻各斯之外的其他语言现实，当然也就不属于以感叹为魂的汉语世界。古人使用的汉语以味觉为中心，舌头辨味在汉语认识论中居于核心地位。它舔舐万物，以尝为方式认识世界。逻各斯以真为伦理，中国古人使用的汉语以诚为伦理。这种语言更靠近和更倾向于支持诗与天人合一，而不是科学。科学仅仅属于逻各斯，它是绝对的特例。人类文明的其他所有形式都没能孕育出科学，没有科学才是常态。但逻各斯的主要性征，还是随着白话文运动的展开深度改造了味觉化的汉语，现代汉语由此得以炼成，这是五四先贤们最伟大的成就之一。现代汉语以真为伦理，它接管了逻各斯的几乎所有遗产，无论是正面的还是负面的。现代汉语让我们进入反讽时代，让部分中国人有机会成为反讽主义者。反讽时代意味着：围绕人类命运组建起来的一切价值要素，再也无法安然于非此即彼的明晰状态；对于人类命运的诸要素，负责任的人再也无法轻易做出非白即黑的决断。一切形式的现代主义文学、艺术最合适的发声方式，非絮叨莫属。絮叨就是在无限延宕中，拒绝做出价值判断。

我决不相信中华文明真的是外人讥笑的那种博物馆文化或死去的文化。我坚信从它的内部，能培育出解决反讽时代诸多问题的利器。

在西学东渐的一百多年，我们更乐于用西方的思想解释中华文明。这也许没什么不对，甚至还是必经的步骤。但发掘中华文明中至今仍在暗处焕发生机的有效成分，加入全球文明的大家庭中，无疑是中国文化对人类文明做出的贡献。这样做当然需要眼力，需要能力和勇气。我愿意在此怀着忐忑的心情，战战兢兢地说，这个微薄的诉求正隐含在这个“作品系列”之中。

2024 年 2 月 2 日，广元南河

目　录

絮叨

野兽不必为自己的毛皮感到害臊。黑夜使它长出兽毛，冬天使它穿上衣服。文学就是一头野兽，熟皮匠就是黑夜和冬天。

——曼德尔施塔姆

弁言，或从地球村时代说起

早在20世纪80年代，马歇尔·麦克卢汉（Marshall McLuhan）就曾说起过：人类不断呈加速度地发明新媒介，致使地球村时代（Global Village Era）早已成为一个不争之事实。[1]作为20世纪80年代颇具前瞻性甚至刺激性的概念，地球村时代是从纯粹空间的角度对历史——而非纯粹时间——做出的形象化认证。[2]如果从精神实质的层面出发，便不难获知：空间性的地球村时代满可以被称作精神性的反讽时代（Irony of the Times）[3]。作为人类历史

[1] 参阅马歇尔·麦克卢汉：《理解媒介》，何道宽译，译林出版社，2011年，第177页。

[2] 这里不妨饶舌区分一下纯粹的时间和历史这两个概念。赵汀阳认为："尽管时间比历史更久更远，但作为思想问题，历史却比时间更为基本，就是说，就存在的顺序而言，时间先于历史，而就问题的顺序而言，历史却先于时间。正因为历史赋予时间以意义，因此，如果没有历史，就不需要讨论时间。"（赵汀阳：《历史·山水·渔樵》，生活·读书·新知三联书店，2019年，第29—30页）这就是说，唯有从空间的角度定义历史而不是时间，才可以让"时代"这个语词或概念获得饱满的语义。

[3] 反讽时代是赵毅衡发明的概念（参阅赵毅衡：《反讽时代：形式论与文化批评》，复旦大学出版社，2011年，第2页）。但对人类正处于反讽时代的分析以及对何为反讽时代和反讽时代的来历的详尽分析，请参阅敬文东：《李洱诗学问题》（上），《文艺争鸣》2019年第7期。

上从未出现过的噬心岁月，反讽时代（亦即地球村时代）可以溯源于古希腊，尤其是和古希腊生死相依的逻各斯（logos）。逻各斯以视觉为唯一的中心和圭臬。[1]在麦克卢汉看来，西方文化里的理性人直接等同于视觉人。[2]事实上，从古希腊开始，视觉人就确信自己掌握了以纯粹理性为核心的逻各斯，而拥有纯粹理性；所谓纯粹理性，就是独立于一切感性经验之上无影子的尤物，它是纯粹形式化的，抛开了一切可视的具象。视觉人的运思方式，和中国古人体用不二、道器不分的思维模式迥乎其异。[3]时移世易，光阴荏苒，纯粹理性不断呈加速度向前推进，以至于让视觉人自信满满：依靠纯粹理性具有的超级神力，能够不断壮大人类拷问整个自然-物理世界的本领，“上九天揽月，下五洋捉鳖”不在话下。让视觉人和过度羡慕视觉人的其他那些人，比如五四运动以来的中国人，始料未及的是：这种超级神力在为人类带来福祉的同时，也为人类捎来了潜在的灭顶之灾；超级神力有多大本事给予人类

---

[1] 事实上，视觉中心主义导致了一系列征服世界、改造世界的关键性概念，举凡theory（理论）、speculation（思辨）、idea（理念）、illumination（光照）、enlightenment（启蒙）、phenomenology（现象学）等等，在词源上，都跟“视觉”与“光”相关联（高秉江：《现象学视域下的视觉中心主义》，华中师范大学出版社，2013年，第3页）。

[2] 参阅马歇尔·麦克卢汉：《媒介即按摩：麦克卢汉媒介效应一览》，昆廷·菲奥里（Quentin Fiore）、杰罗姆·阿吉尔（Jerome Agel）编，何道宽译，机械工业出版社，2016年，第43页。

[3] 汉语思想当然也强调视觉，但汉语里的视觉不会把中国人改造为视觉人。大戴（亦即戴德）有云：“故仰则观天文，俯则察地理，前视则睹鸾和之声，侧听则观四时之运。”（《大戴礼记·保傅第四十八》）中国的观、察、视、睹最晚至汉代就已经味觉化了（参阅贡华南：《从见、闻到味：中国思想史演变的感觉逻辑》，《四川大学学报》2018年第6期），因此视觉不指向纯粹的知识。它指向经验。

以福祉，就有多大本事给予人类以毁灭。

反讽时代意味着：人类依照自身的愿望，为自己设定的目标当然是美好的A，结果呢，却一头栽进了 –A 的怀抱或曰领地。–A 作为一种灾难性的局面、一种负面性的情景，应当是一个显而易见、无可置疑的事实。[1]最终的结果必然是：原初的美好愿望，成为灾难性局面和负面性情景（亦即 –A）的压寨夫人，尽情享用唯有被虐待，才能产生的那份球形高潮；唯有悖谬，才能获取的那朵伞状快感。[2]因此之故，海兰德（A. Hyland）才给出了此等既合理，又精湛的看法：反讽拥有最深刻的哲学意义；它是对人类真实境遇的真实模仿。[3]

更加令人震惊、大惑不解，但细思之下却又明白如话的境况，无疑是这样的：A 与 –A 最多只有表面上的博弈和对抗，其情形，确实有类于罗兰·巴特（Roland Barthes）的妙言：夫妻争吵

[1] 对历史目的论的荒谬和它的合乎人性之处的详细论述，请参阅敬文东：《随“贝格尔号”出游：论动作（action）和话语（discourse）的关系》，河南大学出版社，2010 年，第 144—152 页。

[2] 参阅赵毅衡：《反讽时代：形式论与文化批评》，前揭，第 7—17 页。但“内典语中无佛性，金丹法外有仙舟”（《红楼梦》第一一八回），不能被认为是反讽的，它说的是与反讽无关的另一种至高境界，早已超出了反讽和反讽时代的理解力。

[3] Drew A. Hyland, *Finitude and Transcendence in the Platonic Dialogues*, New York：State University of New York Press, 1995, p.93. 琳达·哈琴（Linda Hutcheon）的类似看法是这样的：“反讽被言之凿凿地称为‘开端之神雅努斯之子，毫无疑问是所有文学比喻中行为最不端正的’（States 1971）。然而，我们这个世纪却和以往各世纪一样，想要自称为‘反讽的时代’，而且历史上反复出现这样的自我宣称，或许也就佐证了从雅克·德里达到肯尼斯·伯克等一批当代理论家的论点，即反讽存在于意味的本质之中、存在于意味的延宕与否定之中。”（琳达·哈琴：《反讽之锋芒：反讽的理论与政见》，徐晓雯译，河南大学出版社，2010 年，第 1—2 页）海兰德和琳达·哈琴正可谓英雄所见略同。

是一种没有受孕风险的交欢[1]。事实上，更有甚于罗兰·巴特善意调侃的结果，早已展现出来了：A 与 –A 不但同时存在、同时为真；彼此间，还得互为前提、互为依据。比如说：核能如果没有温暖人类、照亮黑夜的超级能力（亦即 A），原子弹焉能拥有毁灭人类的绝世才华（亦即 –A）？当然可以反过来说：原子弹如果不拥有毁灭人类的超级本领，核能又焉有温暖人类复兼照亮黑夜的超级能力[2]？对此，弗朗兹·卡夫卡（Franz Kafka）似乎早有体会："有人感到惊讶，他在永恒之路上走得和气轻松，其实他是在往下飞奔。"[3]启示真理只问你信不信，信则灵；理性真理依靠逻各斯携带的纯粹理性，必须要在真不真之间做出决断，二者必居其一。因此，卡夫卡那句话带来的启发，很可能是这样的：这两种面貌迥异的真理在某些特定甚或凶险的时刻，遭遇的困境居然是一致的[4]——上坡的路和下坡的路，难道不是同一条路吗？赫拉克利特（Herakleitus）如是说。和卡夫卡精短的格言、隽语比起来，格非体量庞大的长篇小说——"江南三部曲"——竟然将反讽时代的如许特征，演绎到了令人目瞪口呆的程度，铺陈到了让人

---

[1] 罗兰·巴特：《恋人絮语》，汪耀进等译，上海人民出版社，2016 年，第 195 页。

[2] 弗洛伊德（Sigmund Freud）认为："人类这个物种在不断取得技术进步或扩展的成功的同时也创造着某种破坏力，而且这种力量控制着人类的命运并最终将导致它的灭亡。"［参阅理查德·克莱恩（Richard Klein）：《香烟：一个人类痼习的文化研究》，乐晓飞译，中国社会科学出版社，1999 年，第 154 页］

[3]《卡夫卡全集》第 5 卷，黎奇等译，河北教育出版社，1996 年，第 6 页。

[4] 参阅罗素（Bertrand Russell）：《权力论》，吴友三译，商务印书馆，1998 年，第 187 页。

眼花缭乱的地步[1]。面对此情此景，动物行为学家德斯蒙德·莫里斯（Desmond Morris）才乐于给出揶揄之词："现代人的历史，就是现代人和自己的成就作斗争的历史。"[2]这很可能是马泰·卡林内斯库（Matei Calinescu）特别想说的那些不二之言："进步的事实没有被否认，但越来越多的人怀着一种痛苦的失落和异化感来经验进步的后果。再一次地，进步即颓废，颓废即进步。"[3]哈耶克（Friedrich August von Hayek）说得格外沉痛："在我们竭尽全力自觉地根据一些崇高理想缔造我们的未来时，我们却在实际上不知不觉地创造出与我们一直为之奋斗的东西截然相反的结果，人们还能想象得出比这更大的悲剧吗？"[4]这等在性质上完全相似甚至相同的事例，在反讽时代恰可谓比比皆是；如下几个或不幸或有幸被抽取出来的例证，肯定当不起"最精彩事例"这个五字谥号。但也许正因为它们当不起，反倒显得更有说服力——

比如说，原本是想发明一款"圣"药，以救心肌梗死于水火之中（亦即A），没想到做出来的这款"神"药，竟然大大咧咧地大有用处于男人们自私、顽劣、过分猴急和极具冒险家精神的下三路（亦即-A）[5]。一向高贵的心脏（它与"圣"药相呼应亦即A），

---

[1] 参阅敬文东：《格非小词典或桃源变形记——"江南三部曲"阅读札记》，《当代作家评论》2012年第5期。

[2] 德斯蒙德·莫里斯：《人类动物园》，刘文荣译，文汇出版社，2002年，第2页。

[3] 马泰·卡林内斯库：《现代性的五副面孔：现代主义、先锋派、颓废、媚俗艺术、后现代主义》，顾爱彬等译，商务印书馆，2002年，第167页。

[4] 哈耶克：《通往奴役之路》，王明毅等译，中国社会科学出版社，1997年，第33—34页。

[5] 参阅欧弟：《科学史十大"最意外发明"：心脏病药成伟哥》，"人民网"http://scitech.people.com.cn/n/2013/0624/c1057-21949908.html，2018年11月19日13：50访问。

和一向被认为大有机会成为道德不洁之物的阴暗下体（它与“神”药相俯仰亦即 -A），就这样鬼使神差走到了一起，攀上了亲家，宛若“灵魂之便溺”（seelisch auf die Toilene gehen）[1]——一向被认为高贵的灵魂里，居然还很“日怪”[2]地有着卑污的便和溺[3]？上下颠倒和上下颠倒之后上与下结成的关系，正可以被视作反讽时代的基本语法，至少也算得上此等语法最逼真、最恰切的肉身造型[4]。比如说，在贝多芬眼里，妓女原本就是一座“发臭的堡垒”（Morsche Festungen），是人类的道德溃疡和精神污点。[5]但在诗人保尔·魏尔伦（Paul Verlaine）看来，唯有婊子（亦即 -A），才是唯一的真神（亦即 A）；唯有出卖色相的失德尤物（亦即 -A），才

[1] 转引自钱锺书：《管锥编》第一册，中华书局，1986 年，第 58 页。

[2] “日怪”，蜀语，意为可笑、意想不到。

[3] 当然，灵魂里是有可能存在便和溺的，比如马丁·路德（Martin Luther）就曾宣称：有一次，圣灵在他大便时进入了他的身体，于是此人便自认为成了圣灵入身的第一人［吉姆·道森（J. Dawson）：《尴尬的气味：人类排气的文化史》，沈跃明译，上海人民出版社，2004 年，第 119 页］。

[4] 米哈伊尔·巴赫金认为：“民间文化的第二种生活、第二种世界是作为对日常生活，即非狂欢节生活的戏仿，是作为‘颠倒的世界’而建立的。”（巴赫金：《弗朗索瓦·拉伯雷的创作与中世纪和文艺复兴时期的民间文化》，《巴赫金全集》第 6 卷，李兆林等译，河北教育出版社，1998 年，第 13 页）本文此处的上下颠倒，在象征的层面上，也具有狂欢节化的特征。在中国作家当中，李洱可能对上下颠倒产生的戏剧效应或反讽效果有非常精湛的体会。在他的杰作《花腔》中上下颠倒的事例既比比皆是，而且大有会心，比如，存放那话儿的部位可以隐藏最核心的机密情报或最光辉的文件（参阅《花腔》，上海文艺出版社，2013 年，第 41、60、136 页）；比如，爱与恨、英雄与叛徒的倒置（同上，第 77—78 页）；比如对良心与信仰的倒置（同上，第 99 页）；比如对生死爱恨的倒置（同上，第 476 页）。李洱很可能是中国新文学史上对反讽最有体会的作家。

[5] 参阅德博拉·海登（Deborah Hayden）：《天才、狂人的梅毒之谜》，李振昌译，上海人民出版社，2005 年，第 73 页。

是唯一真正的女祭司（亦即A）[1]。比如说，李亚伟有诗云："我建设世界，建设我老婆。"（李亚伟:《我是中国》）这行诗的意思不外乎是：要么把老婆（亦即 –A）拔擢到了世界（亦即 A）的崭新高度——云端之上玉皇大帝的龙椅；要么把世界（亦即 A）贬谪到了老婆（亦即 –A）应该拥有的低海拔——"青衫"大"湿"的江州司马。比如说，罗兰·巴特明知道他服膺的结构主义是绝对反历史的，却又觍着脸说："一点点的形式主义会让我们远离历史，而大量的形式主义则让我们回到历史。"[2]比如说，精研反讽的克尔凯郭尔（Soren Aabye Kierkegaard）拒绝和雷吉娜·奥尔森（Rigene Olsen）结婚，却又不免悖谬性地终身想念她。克尔凯郭尔死后多年，年迈的雷吉娜才郁郁道来："他把我作为牺牲献给了上帝。"[3]再比如说，帕特里齐亚·隆巴多（Patrizia Lombardo）很不开心地认为，连历史和语言之间的关系也难逃此等尴尬之境："他们同时既是友好的，又是反叛的，对抗的与共谋的，既有一种归属感，又渴望保持距离。"[4]奥尔罕·帕慕克（Orhan Pamuk）似乎不甘落伍，他在他心爱的伊斯坦布尔，不谋而合地贡献了这等言说："长时间的幸福会让他变得平庸，长时间的不幸又会让他无法在自身

[1] 语出保尔·魏尔伦的诗篇《女性友人》，转引自亚历山德里安（Alexandrlan）:《西洋情色文学史》，赖守正译，麦田出版社，2003 年，第 414 页。

[2] 转引自初金一:《帕斯捷尔纳克的〈心灵〉1915 年版本分析》,《俄罗斯文艺》2018 年第 4 期。

[3] 转引自汝信:《〈克尔凯郭尔文集〉中文版序》，克尔凯郭尔:《论反讽概念》，汤晨溪译，中国社会科学出版社，2005 年，第 11 页。

[4] 帕特里齐亚·隆巴多:《罗兰·巴特的三个悖论》，田建国等译，华东师范大学出版社，2017 年，第 2 页。

找到创作诗的力量，……幸福和真正的诗只能有短暂的交融。一段时间后，要么是幸福使诗和诗人变得平庸，要么是真正的诗摧毁幸福……”[1]也许最有意思的，要数托马斯·德·昆西（Thomas De Qujncey），此人以深沉复兼心酸的语气这样写道：

> 为什么在同样情景下，死，在夏天比在其他季节会产生更为深刻的影响。至少，就我所知，由于风景或季节的偶然变幻，死亦会有所变异。这原因我已说过，这是基于夏季的充沛生命力与坟墓上冻结着的荒芜之间的矛盾。我们看见夏天，而思想上萦回着坟墓；光辉围绕着我们，但黑暗又潜伏在心底。两者猛烈相撞，而又相互告慰。[2]

从纯粹逻辑（而非粗糙现实）的层面上观察，与反讽时代的基本特性相伴相随的必然是：生活在这个时代的所有人，都应当有资格被称作反讽主体（或曰反讽主义者[3]）；反讽主义者（或曰反讽主体）大可以被视作现代性的终端产品之一，更可以被认作现代性之所以为现代性最核心的特征。以李洱某部小说作品中某个主人公之高见，反讽主义者更有可能存乎于这样的生存状态：“天

[1] 奥尔罕·帕慕克：《雪》，沈志兴译，上海人民出版社，2007 年，第 131 页。

[2] 托马斯·德·昆西：《一个鸦片吸食者的忏悔录》，黄绍鑫、黄丹译，百花文艺出版社，2002 年，第 10 页。

[3] 反讽主义者（ironist）是理查德·罗蒂（Richard Rorty）发明的概念（参阅理查德·罗蒂：《偶然、反讽与团结》，徐文瑞译，商务印书馆，2003 年，第 105 页）。

堂和地狱都已经超编，我们这些人只能在天堂和地狱的夹层中生活。”[1] 托这位主人公之洪福！“天堂和地狱的夹层”正可谓从地形学的角度，为反讽时代给出的既真实、又极为精彩的释义。与反讽时代的根本特征或基本精神相对应，反讽主义者也必定逻辑性——而非绝对现实性——地意味着：他们（或她们）每一次试图到达的目的地，都莫不是他们（或她们）所怀有的那份美好愿望的反面或背面[2]。对此，韩少功的表述是这样的：

> 人类常常把一些事情做坏，比如把爱情做成贞节牌坊，把自由做成暴民四起，一谈起社会均富就出现专吃大锅饭的懒汉，一谈起市场竞争就有财迷心窍唯利是图的铜臭。……如果让耶稣遥望中世纪的宗教法庭，如果让爱因斯坦遥望广岛的废墟，如果让弗洛伊德遥望红灯区和三级片……他们大概都会觉得尴尬和无话可说的[3]。

这等不期而至的荒唐境遇，这等被人破门而入的吊诡情形，宛若晶莹剔透、入口化渣的乌托邦必将遭遇的那种情形：它一准儿会和面相丑陋、腰身粗野的奥斯威辛大屠杀互为因果，互为前提[4]，

---

[1] 李洱：《午后的诗学》，上海文艺出版社，2013 年，第 52 页。

[2] 参阅敬文东：《李洱诗学问题》（上），《文艺争鸣》2019 年第 7 期。

[3] 韩少功：《完美的假定》，昆仑出版社，2003 年，第 3 页。

[4] 参阅齐格蒙·鲍曼（Zygmunt Bauman）：《现代性与大屠杀》，杨渝东等译，译林出版社，2002 年，第 46—70 页；参阅敬文东：《格非小词典或桃源变形记》，《当代作家评论》2012 年第 5 期。

就像 A 与 –A 彼此间结成的亲密关系。有关这一点，库切（John Maxwell Coetzee）提供了更为吊诡的观察：不管大屠杀多么难以言喻，总有一款不可思议的诗歌可以将它娓娓道出（而非郁郁道来）[1]。虽然库切所言，和西奥多·阿多诺（Theodor Adorno）众所周知的那句名言颇多抵牾，甚至在性质和体量上截然相反，但细思之下，说不定还是人家库切的描述更真实、更可靠——毕竟在大屠杀之后，依然还有那么多人在乐此不疲地操持诗歌这个古老的行当，轻薄、轻佻的诗句竟然多如牛毛。犹太德语诗人保罗·策兰（Paul Celan）的父母，双双死于二战期间的纳粹集中营；诗人也在其诗中，自称见到过“来自德国的死亡大师”（策兰：《死亡赋格》，黄灿然译）。保罗·策兰曾在某处沉痛地说起过：无论如何，我们都只能用我们的敌人的语言来写作和思考[2]——彼时，犹太人使用的希伯来语尚在或续命或恢复的途中，情景十分凶险。但最为令人惊心动魄的，也许反倒存乎于乔治·斯坦纳（George Steiner）平静的口吻。乔治·斯坦纳是这样说的：“我们现在知道，一个人晚上可以读歌德和里尔克，可以弹巴赫和舒伯特，早上他会去奥斯威辛集中营上班。”[3] 如此说来，苏珊·桑塔格（Susan Sontag）在

[1] 参阅库切:《内心活动：文学评论集》，黄灿然译，浙江文艺出版社，2010 年，第 126 页。

[2] 同样的情形也出现在君特·格拉斯（Günter Grass）那里，据乔治·斯坦纳说：“格拉斯知道，大屠杀后的德国作家不能对德语信以为真。它曾是地狱的语言。于是，格拉斯开始撕裂或融合语词。他把语词、方言、习语、陈词、标语、双关和引语统统倒进熔炉，生产出火热的熔浆。”（乔治·斯坦纳:《语言与沉默：论语言、文学与非人道》，李小均译，上海人民出版社，2013 年，第 131 页）

[3] 乔治·斯坦纳:《语言与沉默：论语言、文学与非人道》，前揭，第 3 页。

某处所做的善意描述，反倒有点儿失真，有点儿变形和善良过度："反讽是忧郁之人赋予其孤独和非社会选择的一个积极的名号。"[1]

众所周知，作为左派理论的新历史主义（Neo-Historicism）一贯倡导厚描法（thick description）。如此这般一路依葫芦画瓢地厚描下来，不难发现，这等异常悖谬的惨烈之境，这等自相矛盾的乖谬情形，正合伟大的革命导师弗拉基米尔·列宁同志的精彩断言。导师的断言是："历史喜欢作弄人，喜欢同人们开玩笑。本来是到这个房间，结果却走进了另一个房间。"[2]事实上，在地球村时代（或曰反讽时代），进错了房和上错了床的事情，随时随地都在大大方方并且自然而然地发生着，宛若天天包围着你的空气，却似乎不为你注意。

——要不，就让接下来即将发生的一切，都从进错了房、上错了床这既有趣又滑稽的一刻开始吧，也就是贺拉斯（Horatius Flaccus）所说的"从蛋开始"（意即从第一道菜开始）。

---

[1] 苏珊·桑塔格：《在土星的标志下》，姚君伟译，上海译文出版社，2006年，第131页。
[2]《列宁全集》，中共中央马克思恩格斯列宁斯大林著作编译局编译，第20卷，人民出版社，1971年，第459页。

絮叨的诞生

苏珊·桑塔格的重大发现据信是这样的："真理是均衡，但真理的反面，即不均衡，或许也不是谎言。"[1]李洱有听上去几乎完全相同的言论："真理的对立面也可能是真理，与真理的对立面一定是谬误，对这两种看法，我认为前者更有积极的意义。"[2]米哈伊尔·巴赫金（Mikhail Bakhtin）一向以算无遗策，驰名于整个西方的思想-学术界。他曾逻辑谨严地论证过，A 与 -A 之间的关系，甚或真理与其对立面之间的关系，理应共同分享这样的句式（或曰公式）："不是'和……同一'，而是'与……并存'。"[3]很容易想见，当然也更容易发现的是："和……同一"确实有那么一点点小肚鸡肠之嫌，没啥肚量，排他性很强，不具备最起码的包容精

[1] 苏珊·桑塔格：《反对阐释》，程巍译，上海译文出版社，2011 年，第 54 页。

[2] 李洱：《问答录》，上海文艺出版社，2017 年，第 237 页。

[3] 卡特琳娜·克拉克（Katerina Clark）、迈克尔·霍奎斯特（Michael Holquist）：《米哈伊尔·巴赫金》，语冰译，中国人民大学出版社，2000 年，第 17 页。

神。[1]“与……并存”却一贯胸襟博大、宽广。它既存乎于卡夫卡对他的医生所说的那句话（此人因为肺结核极为严重，曾请求医生为他注射容易令他上瘾的吗啡以止痛）：“请您杀死我吧，否则您就是杀人犯。”[2]也存乎于米歇尔·蒙田（Michel Montaigne）谈论朋友之有无的那句名言：“哦，我的朋友，朋友并不存在。”[3]还存乎于法兰西天才诗人兰波（Jean N. A. Rimbaud）那行神秘莫测的诗句：“要么一切，要么全无。”事情的严重程度，或许已经扎扎实实到了卡夫卡、蒙田和兰波道说过的那等凶险之境。比如说，一个名唤约瑟夫·K.的人，自认为没干过一丁点儿坏事，却在布拉格某个没多少特征可言的早晨（当然，布拉格很有特征），突然被“双规”了。此人很惊讶，四处打听有关法庭和法官的情况，却非常意外地得到了一个忠告：少琢磨我们，少考虑你会遇到什么事，多想想你自己的命运吧。自认为无罪的约瑟夫·K.，最后竟然被莫名其妙地做掉了。这部小说的最后一段话是这样的：

一个人的双手扼住了K.的喉咙，另一个人将刀深深地刺进他心脏，并转了两下。K.的目光渐渐模糊了，他看见那两

[1] 诺思洛普·弗莱（Northrop Frye）认为，“只有同一性才能使个性成为可能”（诺思洛普·弗莱：《批评之路》，王逢振等译，北京大学出版社，1998年，第8页）。这当然是正确的判断。但需要注意的是，这个断言的潜台词是：个性的含义之一是排他性，从而凸显自己的形象。

[2] 马克斯·勃罗德（Max Brod）：《卡夫卡传》，叶廷芳等译，河北教育出版社，1997年，第71页。

[3] 转引自德里达：《幻影朋友之回归》，胡继华译，汪民安主编：《生产》第2辑，广西师范大学出版社，2005年，第5页。

个人就在他面前，头挨着头，观察着这最后一幕。“真像是一条狗！”他说，意思似乎是，他的耻辱应当留在人间。[1]

究竟是没有罪却被处死成为一种耻辱，还是K.确实不知道自己到底犯了哪款罪被处死才成为一种耻辱？一整部《诉讼》对此毫无分教。从《诉讼》云遮雾罩的字里行间推测起来，《诉讼》应该没有能力给出任何像样的分教。[2]因此，在眼下，尤其是在眼下这个没多少道理好讲的悖谬的时代（Paradoxical Times），反讽主义者对其生活以及围绕其生活组建起来的一切要素进行价值判断、价值对决时，再也无法像算法简单的古人那样（古人不懂元宇宙和云计算），果断、畅快、态度坚定地采取一种非此即彼，或非白即黑的二元对立态度。[3]支吾，甚至再三再四以至于无止歇地支吾[4]，将决断尽可能向后延宕复延宕，很有可能才是更容易想见的言说方式，也很有可能才是更好、更准确的表达姿势。这等滑稽、

[1]《卡夫卡全集》第3卷（亦即《诉讼》），章国锋译，河北教育出版社，1996年，第183页。

[2] 参阅曾艳兵：《法门内：论卡夫卡的〈诉讼〉》，《湘潭大学学报》2004年第5期。

[3] 比如邓晓芒先生将孔子的发声方式理解为“要字句”（即“你要怎样怎样”才正确），就是一种很恳切的判断（参阅邓晓芒：《苏格拉底与孔子的言说方式比较》，《哲学动态》2000年第7期）。

[4] 吉尔·德勒兹（Gilles Deleuze）对口吃和结巴所做的描述可以作为支吾的有趣的参照：“当口吃行为影响的不再是预先存在的词语，而是引入了一些受其影响的词语时，就发生了说即是做的情况。受影响的词语不再存在于口吃行为之外，口吃行为选择了它们，并通过自身将它们联系了起来。因此情况不再是人物说话结结巴巴，而是作家的语言变得结巴了：他令语言按它本来的样子结巴起来。一种富有情感的、强烈的言语活动，而不再是说话者的感情。”（吉尔·德勒兹：《批评与临床》，刘云虹等译，南京大学出版社，2012年，第233页）

吊诡和乖谬的情形，宛若一位面对窘境的尴尬者所说的那句很有名的场面话："啊呀！这孩子呵！您瞧！多么……。阿唷！哈哈！Hehe！ He，hehehehe！"[1]

地球村时代、悖谬的时代、反讽时代，同时还必然是虚无主义时代。[2] 海德格尔（Martin Heidegger）对此等尤物做过这般认证："虚无主义是一种历史性的运动，而并不是何人所主张的何种观点和学说，虚无主义在西方民族的命运中以一种几乎尚未为人们所认识的基本过程的方式推动了历史。"[3] 罗伯托·埃斯波西多（Roberto Esposito）喜欢如此这般拿虚无主义开涮："虚无主义不是物的无物，而是物之无物的无物。虚无主义是无物的平方：无物在增加的同时，也被无物所吞噬。"[4] 真是遗憾得紧啦，此人仅仅差了微不足道的一点点，就能摸到问题的七寸、触碰到问题被层层包裹起来的那颗花心，它甜蜜、机警，却足够坚硬、顽固和难啃。事实上，在任何一个较为彻底的反讽主义者那里，不仅这个反讽主体是虚无主义的，上帝也是。[5] 卡夫卡在某处这样说起过："我

[1] 鲁迅：《野草 · 立论》，《鲁迅全集》第二卷，人民文学出版社，2005 年，第 212 页。

[2] 陈嘉明：《现代性的虚无主义——简论尼采的现代性批判》，《南京大学学报》2006 年第 3 期。

[3] 海德格尔：《林中路》，孙周兴译，上海译文出版社，2008 年，第 200 页。

[4] 罗伯托 · 埃斯波西多：《共同体与虚无主义》，王行坤译，汪民安、郭晓彦主编：《生产》第 9 辑，江苏人民出版社，2014 年，第 68 页。

[5] 即使是反讽时代渐露曙光之际，上帝就已经显得既无所不能，又极为虚弱。这样的例证比比皆是。比如说，在俄国，祝福的动作应该使用两根手指还是三根手指，这个问题成了导致 17 世纪中叶东正教分裂的原因之一；直到文艺复兴早期的意大利，用右手的食指指向天空仍然被认为是否定基督的意思［彼得 · 伯克（Peter Burke）：《文化史的风景》，丰华琴等译，北京大学出版社，2013 年，第 68、71 页］。

们是上帝头脑中涌现的虚无主义的思想。”卡夫卡甚至还相信：“我们不是上帝急剧的堕落，而是他的一次恶劣情绪，一个糟糕的日子。”[1]《圣经》非常诚恳地说起过：“当神造人的日子，是照着自己的样式造的。”[2]果若如此，上帝顶多不过是他自己的“一次恶劣情绪，一个糟糕的日子”；万能之主和所有的反讽主义者一样，处于这等更为致命的加速度状态却无力自拔：“急剧的堕落。”法朗士（Anatole France）据信是这样说的：“偶然是上帝的匿名，假如他不想签上自己姓名的话。”[3]虽然“现代性用了两个世纪阻止无序和偶然性进入生活事务”[4]，但上帝就像唯有经过他之手才能出现的现代性一样，对偶然性的侵略行为无能为力、无可如何。实在用不着怀疑，所谓偶然，首先意味着撞大运，进而意味着“大运”没能“撞”着时导致的虚无主义之境地。[5]被偶然性深度操纵，既是现代人逃不掉的宿命（现代人因此可以被命名为“偶然人”[6]），也是现代主义文学挥之不去的噩梦和极为重大的主题。或许，让-保罗·萨特（Jean-Paul Sartre）有幸道出了其间的缘由。“大街上没有必然性，”萨特轻描淡写地说，“当我走出电影院时，我发现了偶

[1] 马克斯·勃罗德：《卡夫卡传》，前揭，第 71 页。

[2]《圣经·创世记》5:1。

[3] 转引自斯坦芬·科兰奈（Stefan Klein）：《偶然造就一切》，刁晓瀛译，上海人民出版社，2007 年，第 5 页。

[4] 齐格蒙·鲍曼：《生活在碎片之中——论后现代道德》，郁建兴、周俊等译，学林出版社，2002 年，第 22 页。

[5] 参阅理查德·罗蒂：《偶然、反讽与团结》，前揭，第 105—107 页。

[6] 参阅敬文东：《新诗：一种愿以拯救性教义为自我的文体》，《中国现代文学研究丛刊》2020 年第 11 期。

然性。”[1]

早在布拉格的卡夫卡和巴黎的法朗士说出这等大逆不道、不留颜面的大实话之前，尼采就曾情绪严重失控地认为：所谓现代精神，本质上不过是一种虚无主义（Nihilismus）而已矣。[2]因此，自诩太阳的那个狂人，才愿意在疯癫与清醒的某个恰当的时刻，尤其是在它的黄金分割点上，大大方方地在《瞧，这个人》中承认：虚无主义“意味着最高价值的自行贬值。没有目的。没有对目的的回答”。尼采进而认为，由于柏拉图过于信任非感性的理念世界，使柏拉图之后的传统形而上学既将虚构的理念世界实在化，又把原本实有的生命虚无化。尼采断言，欧洲传统的形而上学本身就意味着虚无主义[3]。背靠尼采的断言，有人甚至公开宣称：“我的诗是虚无的序言。”[4]凯伦·卡尔（Karen L.Carr）才会很爽快地做出这等判断：对于所有的反讽主义者而言，“虚无主义的在场所唤起的，不是恐怖，而是一个哈欠”[5]。在严重悖谬的时代，虚无

[1] 转引自何林编著：《萨特：存在给自由带上镣铐》，辽海出版社，1999年，第18页。

[2] 参阅尼采：《权力意志》，张念东等译，商务印书馆，1991年，第229页。中国的虚无主义研究者总结了尼采关于虚无主义的思考路径：虚无主义者“从现存的世界出发断定，这个世界不该存在，而且，从那个应存的世界出发，认为这样的世界并不存在……既然整个现实世界是不该存在甚至不存在的、虚无的，那么生命，包括感觉、意愿和行动就都没有意义了”（陈嘉明：《现代性的虚无主义——简论尼采的现代性批判》，《南京大学学报》2006年第3期）。

[3] 参阅尼采：《悲剧的诞生》，周国平译，生活·读书·新知三联书店，1986年，第311页。

[4] 查尔斯·伯恩斯坦（Charles Bernstein）：《回音诗学》，刘朝晖译，暨南大学出版社，2018年，第105页。

[5] 凯伦·L.卡尔：《虚无主义的平庸化：20世纪对无意义感的回应》，张红军等译，社会科学文献出版社，2016年，第13页。

主义确实像不期而至的哈欠，既显得稀松平常，又显得简明扼要，就像包围、环绕人类的空气往往不被人类觉察。对此，乔纳森·克拉里（Jonathan Crary）有着极其新颖、精当的看法：就是这个看似平易近人、虚弱无骨的哈欠，恰恰力道十足，能达致寸劲杀人之化境。它能够在无需花费一毫克能量的轻松一瞥间，将反讽主义者的睡眠轻蔑地视为（而非化为）乌有，又岂是埃斯波西多“无物的平方”之喻可堪比拟。这毋宁是说，虚无主义将上帝虚无化、堕落化之后，还能够更上层楼，竟然将上帝的珍贵造物——甜美的睡眠——迅速地虚无化，以便反讽主体能够每周七天、每天二十四小时用于制造实有（亦即 A）——而非虚无（亦即 -A）——的财富和利润，并以这种滑稽、悖谬的方式，效忠于眼下这个异常悖谬的虚无主义时代。这正是反讽时代被有意甚或刻意隐藏起来的秘密：虚无和实有互为前提、彼此依存。它的句式是：因为虚无，所以实有；因为实有，所以虚无。悖谬在由此获取它自身体量多倍化的同时，更有机会上升为——事实上已经上升为——反讽时代说一不二的真理。这个哈欠，或者已经成为真理的这个多倍的悖谬，既霸道，却也顺理成章地认为：在虚无主义甚嚣尘上的眼下这个世界，唯有失败者，才愿意极为奢侈地将大好时光浪费于睡觉；唯有“毬不啰唆之人”[1]，才愿意轻易相信“醉里乾坤大，梦中日月长”的古典性教唆。乔纳森·克拉里道出了其间的理由：

[1] “毬不啰唆之人”，蜀语，此处意为没有追求的人。

这仅仅是因为“睡眠本质上不能带来效益，而且人不得不睡觉是内在决定的，这给生产、流通和消费造成的损失难以估量”[1]。古人常为睡眠不足长叹不已：“自经丧乱少睡眠，长夜沾湿何由彻”（杜甫：《茅屋为秋风所破歌》）；“太平民乐无愁叹，衰老形枯少睡眠”（陆游：《题老学庵壁》）；“清寒雪夜天，欹枕暗灯前。总为多思虑，常令少睡眠”（方回：《不寐十首》其一）；如此等等，不一而足。弗里茨·珀尔斯（Frita Perls）认为，梦是你自己给自己的存在主义启示录。[2]费尔南多·佩索阿（Fernando Pessoa）在他心爱的里斯本这样说起过：“我想要睡意临近之感，这种睡眠是生活的期许而不是生活的休息。”[3]但接下来，乔纳森·克拉里有着更为惊心动魄的描写，丝毫不给弗里茨·珀尔斯、费尔南多·佩索阿以起码的颜面，遑论那些年代久远的中国古人：

> 如果新的药物可以让人连续工作100个小时，为什么要反对呢？如果能更灵活地安排睡眠以及减少睡眠时间，难道不正赋予我们更多的个人自由，使我们有能力追随自己的需要和欲望来生活吗？睡得更少不就使我们有更多时间“尽情

[1] 乔纳森·克拉里：《24/7：晚期资本主义与睡眠的终结》，许多等译，中信出版社，2015年，第14页。虽然狄德罗（Denis Diderot）也反对睡眠，但他是从道德-伦理的立场反对某种睡眠。狄德罗是这样说的：“睡眠是……一种动物的状态。在这种状态里，已经没有和谐了……性欲的尖儿是自然为恋爱的快乐和传种接代而设的。”（狄德罗：《狄德罗哲学选集》，江天骥等译，商务印书馆，1983年，第185页）

[2] 参阅梅芙·恩尼斯（Maeve Ennis）等：《梦》，生活·读书·新知三联书店，李长山译，2003年，第82页。

[3] 费尔南多·佩索阿：《惶然录》，韩少功译，上海文艺出版社，2008年，第20页。

享受生活”吗？但可能有人会提出反对意见。人晚上就是要睡觉，我们的身体机能是与地球的自转节奏保持一致的，几乎所有的有机体都应季节的变迁、日照的长短而相对做出反应。批评家对此的回应可能是：这是新时代的无稽之谈，居心叵测；或者说得更恶毒，认为重建海德格尔意义上与大地间的血肉联系的渴望是不祥的。更重要的是，在全球化论者的新自由主义范式里，失败者才睡觉。[1]

因实有才注定虚无的虚无主义，乐于告诉本时代的所有反讽主义者：所谓睡觉，坊间最新的时髦说法就是“躺平”；躺平不仅意味着失败，还更进一步地意味着主动认输，放弃任何形式的努力，就像中国南方被称作“三和大神”的那些人——“三和大神”极有可能是反讽时代的新型人种。一方面是百分之百的努力（亦即 A），另一方面却是在百分之百的努力失败后，选择了彻底放弃（亦即 –A）——两者同时并在，并且互为前提。奥克塔维奥·帕斯（Octavio Paz）说得足够积极、足够正面：“色欲是肉体之诗。”[2]帕斯一辈子都在他的诗作中胡吃海喝，肆意歌颂色欲和肉体，但他很可能不愿意面对反讽时代一个极为重要的事实：虚无主义竟然更改了反讽主体的生理行为和肉身习性，将人的色欲彻底地虚

[1] 乔纳森·克拉里：《24/7：晚期资本主义与睡眠的终结》，前揭，第 18 页。

[2] 奥克塔维奥·帕斯：《双重火焰——爱与欲》，蒋显璟等译，东方出版社，1998 年，第 2 页。

无化了[1]。平心而论，这的确是一个深刻、沉重和令人倍感不安的现代性事件。

横渠先生有言："存，吾顺事；殁，吾宁也。"[2]荣启期对夫子曰："处常得终，当何忧哉？"[3]云谷禅师开导袁了凡，却引用亚圣之言："孟子论立命之学而曰：'夭寿不贰。'夫夭寿，至贰者也。当其不动念时，孰为夭，孰为寿？细分之，丰歉不贰，然后可立贫富之命；穷通不贰，然后可立贵贱之命；夭寿不贰，然后可立生死之命。人生世间，惟死生为重，曰夭寿，则一切顺逆皆该之矣。"[4]这种对待生死的态度，无关乎虚无主义，和"人死如灯灭""二十年后又是一条好汉"一类的俗语不搭界，和"该死×朝天""弄死当睡着"一类既破罐破摔，又面相凶狠有加的口头禅不沾边。它强调的无非是：人只要活着时诚恳、认真、专注地做事，就会死能瞑目，不留遗憾于人间[5]。陆游临终前不久写下的诗句，足以说明这个重大的问题："王师北定中原日，家祭无忘告乃

[1] 马尔库塞（Herbert Marcuse）的洞见与乔纳森·克拉里的观察有异曲同工之妙。前者认为原本属于整个身体的性欲之所以集中于一个小小的性器官，为的是让小小性器之外的其他所有器官彻底被性欲抛弃。对此，马尔库塞的评析是这样的："这个过程导致的肉体非性欲化结果对社会是必要的，因为这样，力比多就集中到了身体的某一个部位，而其他部位则可以自由地用作劳动工具。于是力比多不仅在时间上减少了，而且在空间上也缩小了。"（马尔库塞：《爱欲与文明》，黄勇等译，上海译文出版社，1987年，第31页）

[2] 张载：《西铭》。

[3]《列子·天瑞》。

[4] 袁了凡：《了凡四训·立命之学》。

[5] 比如，黄宗羲临终前四天给孙女婿万承勋的信中写道："总之，年纪到此，可死；自反平生虽无善状，亦无恶状，可死；于先人未了，亦稍稍无歉，可死；一生著述未必尽传，自料亦不下古之名家，可死。如此四可死，死真无苦矣。"（《黄宗羲全集》第二十一册，浙江古籍出版社，2012年，第683页）

翁。”（陆游：《示儿》）佛家强调、提倡的空，不但和虚无主义无干，反倒很可能有一个积极、肯定的面向：它至少从心理上，能够消解尘世之苦和人生的了无意义。空作为绝对意义的前提，不知安慰了凡间尘世多少孤苦无告的心灵！[1]而在某些乐观的学者看来，甚至连老庄推崇的“无”（它从不等同于“空”），都能把它自身的精神，“由现实社会中上升到作为万物根源的‘道’那里去，以把握无是非、忘生死的整全世界，这即是庄子所说的‘独与天地精神相往来’的世界”[2]，以至于进而克服、消弭和填充了因虚无主义自身的里氏八级地震形成的堰塞湖。[3]深受老庄影响的造型艺术，尤其是中国的山水画，可以被视作这方面最经典、最辉煌的证据。[4]因此之故，才有学者提出这样的主张：虚无主义和反

[1] 参阅朱大可：《聒噪的时代》，湖南文艺出版社，1998年，第170—172页；参阅李春阳：《白话文运动的危机》，生活·读书·新知三联书店，2017年，第388页。

[2] 参阅徐复观：《徐复观全集：论文化》，九州出版社，2014年，第559—560页。

[3] 对于道家的非虚无主义思想，反倒是作为外人的爱莲心（Robert E.Allinson）理解得很恳切。爱莲心认为，“逍遥游”常被汉学家译为“Happy Wandering”或“Going Rambling Without a Destination”，这“在语言学上是合适的，而在哲学上却是一种误导。‘逍遥游’指的是心灵在任何一个想象的方向移动的绝对的自由，一种只有在达到了超越的境界或超验快乐的境界以后才可能的自由的水平。这种只有经过心灵转化才能得到的境界是一种心灵能够无拘无束的活动的境界，因为它不受任何特殊立场的局限性的约束”，因此，将“‘逍遥游’译为‘The Transcendental Happiness Walk’较好”。（爱莲心：《向往心灵转化的庄子——内篇分析》，周炽成译，江苏人民出版社，2004年，第2页）“无拘无束的活动的境界”“不受任何特殊立场的局限性的约束”难道不是自由吗？自由难道还会站在虚无主义这一边？

[4] 徐复观认为，传统文人画深受庄子的影响：“庄子之所谓道，落实于人生之上，乃是崇高的艺术精神；而他由心斋的功夫把握到的心，实际乃是艺术精神的主体。”（徐复观：《中国艺术精神》，华东师范大学出版社，2001年，第2页）旅美华人学者刘若愚（James J.Y.Liu）有相似的观点：《庄子》可能比“任何一本书更深刻地影响了中国文人的艺术感觉”，其中尤以造型艺术为最（James J.Y.Liu, *Chinese Theories of Literature*, University of Chicago Press, 1975, p.31）。

讽主义者原本只是西方特有的产物，与视觉性的逻各斯中心主义（Logocentrism）深度有染；中国的传统思想中，从来没有二元对立的思维方式[1]，因此，压根儿就不存在反讽主义者和虚无主义这号令人烦心、沮丧的物件[2]；只不过随着华夏神州渐次步入地球村时代，它们才有机会在中国落地生根，成为神州华夏的现代性一个既无从拒斥，又没法规避的零部件。[3]

至少对于反讽主义者鲁迅来说，他不仅和所有讲现代汉语的中国人一样，承认“墓地”与“目的”发音相同，有时候，他甚至

[1] 比如说，在西方绝对不相容的水与火至少在中国古人的观念——而非事实——中，是相容的。《左传・昭公九年》曰：“火，水妃也。”《左传・昭公十七年》曰：“水，火之牡也。”中国没有绝对分离的思想，水火“可”容，而非水火“不”容。

[2] 比如张志扬就说：“所谓虚无主义，完全是与超验的形而上学或神学设定相伴生的伪问题。‘菩提本无树，明镜亦非台，本来无一物，何处有尘埃。’中国哲学，没有超验神性，也没有虚无主义，几千年照样过来了。引进西方的形而上学、神学，才带来了虚无主义。这都是自找的麻烦。应该把它们全部推掉，还原中国的哲学精神。”（张志扬：《生活世界中的三种生活哲学——中国现代哲学面临的选择》，《世界哲学》2002年第1期）修辞学家沈谦认为，言在此而意在彼的话语方式，是任何一种成熟语言通常的表达方式，其目的一般认为有四：表现幽默感、具有警示性、流露亲切感、避免会错意（参阅沈谦：《语言修辞艺术》，中国友谊出版公司，1998年，第152—156页）。作为中国文化的主体部分，儒家强调修辞立其诚，强调讷于言，强调文质彬彬，暗含的结论是一就是一，二就是二，正所谓“诐辞知其所蔽，淫辞知其所陷，邪辞知其所离，遁辞知其所穷”（《孟子・公孙丑上》）。朱子也说：“修辞便是立诚，如今人持择言语，丁一确二，一字是一字，一句是一句，便是立诚。若还脱空乱语，诚如何立？”（朱熹：《朱子语类・易五》）虽然偶尔也有言在此而意在彼的反讽修辞，但在整体上反讽是绝对不盛行的。反语顶多甚或勉强可以算得上反讽的变通形式，但也主要是用于自辩（参阅《史记・李斯列传》），用于劝诫（参阅《史记・滑稽列传》），仍然处于修辞立其诚的范畴。

[3] 古人使用的汉语以味觉为中心，它舔舐万物，因此天人合一；这种语言意味着诗，是科学的死敌（参阅敬文东：《嬗变的汉语与中国现代文学》，《芳草》2021年第2期）。五四先贤认为，味觉化的汉语是中国落后挨打的渊薮，因此提倡以视觉性的逻各斯改造味觉化的汉语，这让中国得以和科学打成一片，因逻各斯而来的反讽时代也因此来到中国［参阅敬文东：《李洱诗学问题》（上），《文艺争鸣》2019年第7期］。

还会自虐一般相信:“墓地”与“目的”基本上是同一个意思，是同一回事。著名的小剧目《过客》，对此大约持有一种不完全排斥的态度；鲁迅因此极有可能沦陷于虚无主义的泥淖。[1]芒克在处于骚动、苦闷的青春期时，受荷尔蒙引诱不免有诗如下：所谓墓地，不过是“这里没有能使男人发昏的女人，这里也没有能使女人怀孕的男人”（芒克:《墓地》）。鲁迅的夫子自道具有的深刻性和严肃劲头，很可能不是他的文学后辈——芒克——可堪比拟。鲁迅的自况之词直接越过了力比多的藩篱[2]，径直说道:“我的心里头是如此地荒芜，浅陋，空虚。”[3]作为一个货真价实的虚无主义大师，埃米尔·齐奥朗（Emile Michel Cioran）颇为善解人意，他乐于在隔空间、跨时代的条件下，为他的同道中人暗自鼓掌:“人乃是生命与死亡之间的最短线路。”[4]这样说起来，两点之间直线最短的几何学原理，更有可能成为虚无主义者们共同信奉的人间通则。如

---

[1] 参阅朱国华:《选择严冬：对鲁迅虚无主义的一种解读》,《文艺争鸣》2000年第3期；参阅田刚:《庄子哲学与鲁迅的虚无主义思想》,《人文杂志》2002年第1期。日本学者竹内好关于鲁迅的思考也指向了鲁迅的虚无主义:“鲁迅所看到的是黑暗。但他却是以满腔热情来看待黑暗，并绝望的。对他来说，只有绝望才是真实。但不久绝望也不是真实了。绝望也是虚妄。”（竹内好:《近代的超克》，李冬木等译，生活·读书·新知三联书店，2005年，第107页）

[2] 有一个很多人都知道的八卦，在此似乎仍然值得一提，以证明此处所言不虚。郁达夫引用他学生的话，说鲁迅“虽在冬天，也不穿棉裤，是压抑性欲的意思”（郁达夫:《回忆鲁迅》,《郁达夫文集》第4卷，花城出版社，1982年，第206页）。鲁迅自己也说:“因为不得已而过着独身生活者，则无论男女，精神上常不免要付出代价……生活既不合自然，心状也就大变，觉得世事都无味，人物都可憎……尤其是因为压抑性欲之故，所以于别人的性底事件就敏感，多疑；欣羡，因而嫉妒。”（鲁迅:《坟·寡妇主义》,《鲁迅全集》第一卷，人民文学出版社，2005年，第280页）

[3] 鲁迅:《三闲集·怎么写》,《鲁迅全集》第四卷，人民文学出版社，2005年，第18页。

[4] 埃米尔·齐奥朗:《思想的黄昏》，陆象淦译，花城出版社，2019年，第69页。

果遵从反讽时代的基本口吻（亦即 A 与 –A 同时并存、同时成真，还得互为前提、互为依据），那就势必会逻辑性地意味着：问“你的‘目的’在哪里”与问“你的‘墓地’在哪里”，或者问“你想达到什么样的目的’”与问“你想买块什么样的‘墓地’”，不仅异质同构，还必须同质同构。鲁迅将自己的第一本杂文集，命名为意味深长的“坟”，这件事情本身就显得格外意味深长。因此，反讽主义者对其生活以及围绕其生活组建起来的一切要素进行价值判断、价值对决时，再也无法像算法简单的古人那样（古人不懂元宇宙和云计算），有着坚实、坚固的价值靠山，有着可以撒娇、卖嗲的价值干爹，在不由分说间，言说的姿势不由得支吾、含混、游弋和战栗起来，就像中国历史上最著名的反讽主体之一，亦即鲁迅，曾经说过的那样：“当我沉默着的时候，我觉得充实；我将开口，同时感到空虚。”[1]

很容易想见，虚无主义更有机会与单子式自我（solitude individuals）深度勾结、勾连在一起。赵汀阳认为，迄今为止，最有能力也最擅长制造诸如“个人”“自我”一类面色阴沉之概念者，一准儿是以虚无主义为核心的现代社会[2]。陈嘉映也曾说起过：“直到有了自我意识，人才变成孤独的人。”[3]单子式自我的本质，一向被哲学家们视作本体论层面上的绝对孤独，无从稀释与

[1] 鲁迅：《野草·题辞》,《鲁迅全集》第二卷，前揭，第 163 页。
[2] 赵汀阳：《第一哲学的支点》，生活·读书·新知三联书店，2013 年，第 119 页。
[3] 陈嘉映：《感知·理知·自我认知》，北京日报出版社，2022 年，第 133 页。

缓和[1]。对此，匈牙利的马克思主义者格奥尔格·卢卡奇（György Lukács）自有高论："孤独是某种荒谬–戏剧性的东西：它是悲剧事件的真正本质，因为在命运中自我生成的心灵会有明星兄弟，然而却不会有伴侣。"[2]果如卢卡奇所言，孤独就有理由被视作无从降解的狰狞之物。米沃什（Czeslaw Milosz）另辟蹊径，他认为：以孤独感替代进化论来描写人的命运，是二十世纪的特点之一[3]。除此之外，孤独更有可能导致反讽主体和唯我主义[4]。前结构主义大师，其后的欧洲传统人文主义精神的回头浪子，名唤茨维坦·托多罗夫（Tzvetan Todorov）者，发出的感慨，在此来得正可谓恰到好处："虚无主义和唯我主义具有明显的连带性，二者都建立在自我与世界的彻底决裂的理念之上。"[5]反讽主体不仅相互嫌弃，彼此视对方为可抛弃物，每一个反讽主体还有意通过对其自我——（ego 而非 self）——的高度不认同[6]，与世界处在决裂的悲剧性状态之中。阿尔贝·加缪（Albert Camus）的《局外人》，对此有过极为精绝的刻写；他的名作《西西弗神话》，则从理论的维度解释了这种决裂的病理学成因，令二战后整整一代绝望的法国青年勉强提起了裤子，伸直了腰杆，站稳了脚跟。在空气过于爽朗的华夏神州，

[1] 参阅赵汀阳：《第一哲学的支点》，前揭，第 133 页。

[2] 卢卡奇：《小说理论：试从历史哲学论伟大史诗的诸形式》，燕宏远等译，商务印书馆，2018 年，第 36 页。

[3] 切斯瓦夫·米沃什：《诗的见证》，黄灿然译，广西师范大学出版社，2016 年，第 183 页。

[4] 参阅敬文东：《论垃圾》，《西部》2015 年第 4 期。

[5] 茨维坦·托多罗夫：《濒危的文学》，栾栋译，华东师范大学出版社，2016 年，第 65 页。

[6] 一般来说，在现代之前，身体是人的自然边界，人只有自身（self），没有自我（ego）（参阅赵汀阳：《第一哲学的支点》，前揭，第 128 页）。

从来不存在单子式自我这个令人尴尬和难堪的概念，所谓“樵子不知兴废感，荷薪歌唱自悠悠”（杨端：《安乐泉怀古》）[1]；孤独更是一件不可思议的事情[2]，所谓“相看两不厌，唯有敬亭山”（李白：《独坐敬亭山》）；在理想状态下，人与人总是处于亲密、和谐的关系之中，诚所谓“携手上河梁，游子暮何之。徘徊蹊路侧，悢悢不得辞”（李陵：《与苏武三首》其三）[3]。但在地球村时代的中国，每一个反讽主义者不仅绝对孤单，彼此之间还处于有关系的无关系状态。这种初听上去很离奇、很离谱的情境，细思之下却并不难理解，它仅仅意味着：“一切人事组合，都因此带有强烈的临时性质，包括父子、母女在内的血亲‘组合’，更不用说没有被血亲浸润的夫妻关系、同事关系，或上下级关系。”[4]所谓“临时性质”，不过是终将分离并且各自上路、彼此无涉的意思。在这种较为极端的情况下，反讽主体对其生活以及围绕其生活组建起来的

---

[1] 参阅吴晓番：《古代中国哲学中的“自我”》，《江南大学学报》2014 年第 4 期。

[2] 比如，人们常常将李白的“举杯邀明月，对影成三人”视作李白孤独的证据，将陈子昂的《登幽州台歌》视作陈子昂孤独的证据，但钱穆可能更懂古人之心：“即如李太白：‘举杯邀明月，对影成三人。’一己独酌，若觉有三人同饮，此亦太白一时之心情与意境，亦即其心德之流露。诵其诗，想见其人，斯亦即太白之不朽。又如陈子昂：‘前不见古人，后不见来者。念天地之悠悠，独怆然而涕下。’此与李太白心情意境又异。一人忽若成三人，斯即不孤寂，举世忽若只一人，其孤寂之感又如何。然在此大生命中，必有会心之人，或前在古人，或后在来者。斯则子昂之不孤寂，乃更在太白一人独酌之上矣。”［钱穆：《晚学盲言》（下），生活·读书·新知三联书店，2018 年，第 587 页］日本学者斯波六郎认为，自己凝视自己，道家的见独、儒家的慎独等均可视作自我凝视，但并不产生孤独感，孤独感更靠近情感一端，反省、见独和慎独更靠近理智一端（斯波六郎：《中国文学中的孤独感》，刘幸等译，北京师范大学出版社，2019 年，第 8 页）。

[3] 参阅敬文东：《论垃圾》，《西部》2015 年第 4 期。

[4] 敬文东：《艺术与垃圾》，作家出版社，2016 年，第 17 页。

一切要素进行价值判断、价值对决时，再也无法像算法简单的古人那样（古人不懂元宇宙和云计算），彼此处于相互理解的亲密关系当中。

到底是无神论的马克思主义者，笃信历史拥有必然性的卢卡奇说得既乐观，也自信："绝对孤独者的语言是抒情的，是独白的。"[1]只是可惜得紧：经由卢卡奇之口说出的这句话，更有可能不是事情的真相，或事情的本来面目。[2]虽然雅克·德里达（Jacques Derrida）认为："在内心独白中，词仅仅是被再现。"[3]但已经有相当充分的证据可以表明（或证明）：在西方，独白最主要的来源、渠道和出处，非祈祷莫属。在神学语义乐于长臂管辖的范围内，祈祷应当属于正面和积极的范畴。[4]祈祷者不应该遭逢孤独，因为处于祈祷中的人有上帝陪伴，何况还有装饰上帝的众多天使在矢志不渝地环绕着上帝，尽管以埃米尔·齐奥朗之偏见，天使们

---

[1] 卢卡奇:《小说理论：试从历史哲学论伟大史诗的诸形式》，前揭，第36页。

[2] 有一个很有趣的问题在此值得申说：马克思主义者相信历史必然性预示的美好历史前景，显得很乐观；但神学家认为历史必然性带来的只有唯一一个可能性（因此只有它能化为现实性），实在令人难以忍受，所谓"凡必然之物，都令人痛苦"[舍斯托夫（Lev Shestov）:《雅典与耶路撒冷：宗教哲学论》，张冰译，浙江人民出版社，2000年，第3页]。但是很显然，马克思主义者和神学家都不是反讽主义者，反讽主义者根本不信必然性，只信任偶然性，戴维·弗里斯比（David Frisby）对此有言："现代体验的不连续性，对现代性之过渡、飞逝、任意或者偶然性的承认，引发了研究探询的诸多问题。"（戴维·弗里斯比:《现代性的碎片：齐美尔、克拉考尔和本雅明作品中的现代性理论》，卢晖临等译，商务印书馆，2013年，第359页）对偶然性和必然性的态度，是反讽主义者和非反讽主义者之间的分野。

[3] 雅克·德里达:《声音与现象》，杜小真译，商务印书馆，2017年，第55页。

[4] 参阅詹姆斯·伍德（James Wood）:《小说机杼》，黄远帆译，河南大学出版社，2015年，第101页。

来到人间的目的不过是践踏一切思想，让一切思想宛若被踩踏的蚯蚓，呻吟不已。[1]对于祈祷所能起到的正面作用，马丁·布伯（Martin Buber）可以出场做证："祈祷不在时间之中，时间却在祈祷之内；牺牲不在空间之中，空间却在牺牲之内。"[2]上述种种，譬如昨日死[3]；从逻辑的层面说，事情的真相和它的本来面目更有可能是这样的：面对这等不仅无法相互理解而且彼此视对方为可抛弃物的凶险局面，反讽主义者的言说不由得变得支吾、恍惚、眩晕和模棱两可起来，宛如《等待戈多》里那两个流浪汉之间发生的话语行为：

爱斯特拉贡：（又一次放弃）真拿它没办法。

弗拉第米尔：（叉开着两腿，迈着僵硬的小步，走近）我开始相信了。（他停住不动）我一直怀疑这种想法，我心里说，弗拉第米尔，你要理智一些，你还没有把一切都试过呢。于是，我就继续奋斗。（他沉思，梦想他的奋斗。对爱斯特拉贡）嗨，我说你呢，你又来啦。

爱斯特拉贡：你以为呢？

弗拉第米尔：我很高兴又见到你了。我还以为你一去就不再回来了呢。

---

[1] 埃米尔·齐奥朗：《思想的黄昏》，前揭，第4页。

[2] 马丁·布伯：《我与你》，陈维纲译，生活·读书·新知三联书店，1988年，第20页。

[3] 很显然，此处戏拟了袁了凡《了凡四训·立命之学》中的语句——"从前种种，譬如昨日死"。

爱斯特拉贡：我也一样。

弗拉第米尔：为了庆祝一下这次相聚，做点什么好呢？（他思索）站起来，让我拥抱一下你吧。（他把手伸给爱斯特拉贡）

爱斯特拉贡：（有些恼怒地）过一会儿，过一会儿。[1]

得花点时间思索一番，才懂得久别重逢需要拥抱；拥抱必须两个人相互配合，因为世上根本不存在“只手音声”这件禅意浓郁之事，另一方却对提议方的期待没啥兴趣，孤掌不免于难鸣的状态出现了。因此之故，孤独就像银河那般，横亘在两个流浪汉之间。语言表达上的支吾恍惚感、动作 / 行为上的无精打采感、言说姿势上的哈欠懒腰感，就像“在欧洲游荡”的“共产主义的幽灵”一般[2]，尽在反讽主义者塞缪尔·贝克特（Samuel Beckett）的字里行间。贝克特的表达方式，显然深谙虚无主义时代的精髓；而这种表达方式发明的新现实，却和虚无主义时代隔河相望，彼此视对方为可抛弃物。卢卡奇所说的“抒情”，在此难觅其踪；两个流浪汉之间发生的话语行为，够不上独白，距离对话更加遥远，因为这样的话语行为根本就不是也不可能是祈祷。那不过是一种仿真交谈，顶多是一种对着空气的自说自话或者絮絮叨叨，对任何

[1] 塞缪尔·贝克特：《贝克特全集》第 16 卷《等待戈多》，余中先译，湖南文艺出版社，2016 年，第 6 页。

[2] 马克思、恩格斯：《共产党宣言》，中共中央马克思恩格斯列宁斯大林著作编译局编译，人民出版社，2018 年，第 26 页。

状态都无法做出任何性质的决断，连是否要拥抱一下都难以达成一致因此处于悬而未决的尴尬之境。对此，欧阳江河有诗曰：

货币如阶梯，存在悬而未决。
远景，火星人的眺望，天堂在最底层。
爱或被爱因推迟而成了慢动作，长话
短说的奇遇，电话里，花开的声音突然停电。
…………
对这一切的询问，仅有
松懈的句法，难以抵达诗歌。
（欧阳江河：《快餐馆》）

戈尔德曼（Lucien Goldmann）颇富成效地论证过：主人公和世界决裂，将导致悲剧和抒情诗的发生；悲剧和抒情诗赋予主人公的，是鲜明的性格。主人公和世界不存在决裂或只有偶然的决裂，必然会导致史诗和神话的诞生；史诗和神话赋予主人公的，是巨大并且持久不休的行动[1]。比诸上述两种情况，反讽主义者更进一步：他们（或她们）不但与世界决裂，而且与自己决裂，就像阿尔贝·加缪所说的那样，演员和他（或她）的道具分道扬镳，彼此永不相见[2]。这就是说：反讽主义者们不喜欢自己的“所是”

[1] 参阅戈尔德曼：《论小说的社会学》，吴岳添译，中国社会科学出版社，1988 年，第 3 页。
[2] 参阅阿尔贝·加缪：《西西弗神话》，杜小真译，商务印书馆，2017 年，第 115 页。

（to be as it is）状态；反讽主体距离他（或她）理想中的“应是”（ought to be）境界，有着近乎无限遥远的航程。因此，所有的反讽主义者既不会有巨大、持久的行动，也不具备最低限度的鲜明性格。他们（她们）必将沦陷于虚无主义，直接进驻扁平与平庸的尴尬境地。而这一次，他们（或她们）似乎奇迹般地没有进错房，没有上错床。但事情的真相和本来面目，总是足够残酷得令人夫复何言：正因为看起来居然既没有上错床，没有进错房，才更加深刻地意味着：他们（她们）确确实实既上错了床，又进错了房。其间的道理究竟何在呢？道理自在于反讽时代那宿命性的内在口吻（亦即 A 与 –A 同时并存、同时成真，还得互为前提，互为依据）。而宿命性，地球人都知道，就是逃无可逃或不得不如此的意思。

安迪·梅里菲尔德（Andy Merrifield）对此做出的评议，当得起“准确无比”这个四字谥号：平庸化（banalization）正在摧残反讽主义者的生活的各大要素；“平庸化既是精神疾病，也是物质疾病”[1]。齐格蒙·鲍曼（Zygmunt Bauman）认为，悖谬的时代一直在不停地呼吁所有的反讽主义者：一定要“把放弃这些（令人费心、延展的、使人生气的）理想视为最后的解放行动而庆祝”[2]。格奥尔格·齐美尔（Georg Simmel）认为，“个人内心的安稳丧失了，取而代之的是‘紧张和朦胧期待带来的晕眩感’、‘秘密的烦

[1] 安迪·梅里菲尔德：《居伊·德波》，赵柔柔等译，北京大学出版社，2011 年，第 22 页。
[2] 齐格蒙·鲍曼：《生活在碎片之中——论后现代道德》，前揭，第 23 页。

躁’、‘起始于现代生活之忙乱和刺激’的‘无力的紧迫感’”[1]。相比于鲍曼和齐美尔的含蓄、内敛和谨慎，以及他们不易察觉的几丝矜持感，耿占春从正面强攻之下获取的珍贵洞见或许既令人钦佩，也令人叹息：虚无主义时代中所有的反讽主义者，都“丧失了行动的空间和行动的可能性，丧失了行为的意义，只剩下感觉、意识和无意识领域。然而，这些感觉不再是一个真实的行动者的感觉和意识，而是一个没有行动和不可能有行动意义的人的感觉和思想。主人公与世界的分裂与对抗只剩下一种激烈的内心过程。个人的激情内在化了”[2]。但让人倍感幸运的也许是：毕竟还有内在化了的个人激情[3]。否则，反讽主义者必将两手空空、一无所有，连绝望的海子面对麦地时分那份少到无穷小的幸运感，都将不复存在[4]。

或许，事情的另一面更有可能是这样的：并非所有自以为是

[1] 戴维·弗里斯比：《现代性的碎片：齐美尔、克拉考尔和本雅明作品中的现代性理论》，前揭，第95页。

[2] 耿占春：《叙事美学》，郑州大学出版社，2002年，第45页。

[3] 赵一凡这样总结丹尼尔·贝尔（Daniel Bell）的文化批评理论：“现代派文艺又总是以个人感觉作为评判标准，竭力缩短审美心理距离，追求即兴冲动和本能共鸣，其结果是没有一家拥有足够的责任感和深厚精神蕴藏，形成控制全局的大气候，只好一浪压一浪……它对资本主义的批判和否定失去了创造力，徒落下个反叛的外壳。”（赵一凡：《哈佛读书札记》，生活·读书·新知三联书店，2016年，第16页）令人惊讶的是，早在新文学草创的青葱岁月，青年沈雁冰竟然也发现了现代小说描写心理而舍弃行动的特点：“牺牲了动作的描写而移以注意于人物心理变化的描写”，是西方近代小说艺术的一大进步。[沈雁冰：《人物的研究》，《小说月报》16卷3号（1925年3月）]这一中一西的高论，可以为耿占春的个人激情内化论做证。

[4] 海子在其诗中这样写道：“麦地 / 神秘的质问者啊 / 当我痛苦地站在你的面前 / 你不能说我一无所有 / 你不能说我两手空空”（海子：《麦地与诗人·答复》）。

或不那么自以为是的评判者，都能领会这个局面的实质，都能洞悉这等窘境的真相。那些自信满满的评判者们甚至不一定知道，居然会有这样的局面或者窘境存乎于世。延安时期的何其芳对年幼的新诗，就有过这等内行的评判："中国的新诗从初期白话诗到新月派，再到现代派，它的内容是明显地越来越缩小，越狭隘了，只剩下了个人的情感，甚至于只剩下自己的感觉。"[1]作为现代汉语诗歌的积年老手、高手和里手，作为著名的"汉园三诗人"之一，何其芳对幼年新诗所做的评议自然十分准确、到位，令人钦佩和艳羡；但他对此给予的指责、怀疑和辩难，却格外值得重视，也格外值得商量和讨论。很显然，何其芳对如下情况有可能当真了解不多，或者竟然不甚了了：新诗不属于稍显酸腐气的文人士大夫阶层[2]，否则，就不该有新诗呱呱坠地这桩多此一举的事情[3]。新诗更有可能仅仅是反讽主义者专有的文体[4]；它更乐于表达的，大约只能是丧失个性者和失去行动能力者的个人激情[5]。套用卢卡奇的话来说：现代汉语诗歌充其量是"腐朽了的内心活动的一个陈尸所（Schädelstätte）"[6]。早在20世纪40年代，年轻的穆旦就颇

[1] 何其芳：《给陈企霞同志的一封信》，转引自雷加：《四十年代初延安文艺活动（三）》，《新文学史料》，1981年第4期。

[2] 顾随的极端之言是这样的："《红楼梦》便是坏人心术，最糟是'黛玉葬花'一节，最堕人志气，真酸。几时中国雅人没有黛玉葬花的习气，便有几分希望了。"（顾随：《中国古典诗词感发》，北京大学出版社，2012年，第86页）

[3] 参阅敬文东：《嬗变的汉语与中国现代文学》，《芳草》2021年第2期。

[4] 参阅敬文东：《新诗：一种渴望自我实现的文体》，《文艺争鸣》2020年第7期。

[5] 张枣：《秋夜，恶鸟发声》，《青年文学》2011年第3期。

[6] 卢卡奇：《小说理论：试从历史哲学论伟大史诗的诸形式》，前揭，第57页。

有眼力地指出过："自'五四'以来的抒情成分到《鱼目集》作者手下才真正消失了。"[1]但那也许是因为反讽主义者卞之琳打一开始写诗，就很幸运地明白一个深刻的道理：新诗是反讽主义者的专有文体；在更多的时候，这种文体只愿意负责表达反讽主体的个人感受或者内心激情，而不是单子式个人（或反讽主义者）的行动与性格。[2]性格、行动云云，既意味着深度抒情，也深度意味着抒情，它们是反讽主体的异质物，彼此间既互不兼容，也互不自洽。[3]无论是深度抒情，还是深度意味着抒情，都既不可能是反讽主义者服膺的诗学原则，也不可能是虚无主义时代默许或赞同的美学风格。[4]在这种难堪、难看的情况下，反讽主体对其生活以及围绕其生活组建起来的一切要素进行价值判断、价值对决时，再也无法像曾经中气十足、算法简单的古人那样（古人不

---

[1] 穆旦：《〈慰劳信集〉——从〈鱼目集〉说起》，《穆旦诗文集》，第2卷，人民文学出版社，2006年，第53页。英国人朱利安·贝尔（Julian Bell）与徐志摩等人有深度交往，他对徐志摩等人的诗有过一番评价："中国人不能理解'现代主义'，但他们却欣然接受浪漫主义最糟糕的作品，像沉溺于杜松子酒的'黑鬼'，这就是仅仅依靠敏感生存的下场。"［转引自帕特丽卡·劳伦斯（P.Laurence）：《丽莉·布瑞斯珂的中国眼睛》，万江波等译，上海书店出版社，2008年，第89页］在贝尔看来，抒情不是现代主义诗歌的目的。

[2] 唐祈也说，卞之琳的诗中有那种"倦行者对于人生无定的漂泊感，现代派诗中突出的主调"，"这种倦行者的心态，暗示了人生旅途中的虚无和命定感，表现出人永远找不到自我的归宿，甚至有的人在荒原式的社会中默默死去还不自知"。（唐祈：《卞之琳与现代主义诗歌》，袁可嘉、杜运燮、巫宁坤主编：《卞之琳与诗艺术》，河北教育出版社，1990年，第29页）倦行者也是丧失了行动能力和鲜明性格的人。

[3] 参阅敬文东：《新诗：一种愿以拯救性教义为自我的文体》，《中国现代文学研究丛刊》2020年第11期。

[4] 乔纳森·卡勒（Jonathan D. Culler）对此有精当的观察："当代理论家已经不再把抒情诗看作是诗人感情的抒发，而认为它与关于语言的联想和想象有更密切的关系。"（乔纳森·卡勒：《文学理论入门》，李平译，译林出版社，2013年，第77页）

懂元宇宙和云计算)，使用某种自信的语调、口吻、调性和发声方式，使用那种持续性异常勃起的决断性句法，言说的姿势突然间不由得支吾、琐碎和颤抖起来，就像更新一轮的反讽主义者——比如诗人杨政——在他的某个诗篇中，采用的那种犹犹疑疑和絮絮叨叨的口吻：

不是水，是水的灰。抵达了灰的水
灰的今生，夹在水和水之间，一个
多么轻盈的乌托邦，取缔了彼此
——远和近，我和你，你和你的死

…………
雪，是水，也是白
雪，也是火，也是酒，也是尘埃

看，这些永远在路上的奥德赛
(杨政:《雪：给张枣》)

反讽时代(或虚无主义时代、悖谬的时代、地球村时代)深刻地意味着现代性；现代性则是反讽时代的核心内容。在一般情况下，现代性指的是新奇性、飞逝性，但它和中国古人的叹息——

"我心之忧，日月逾迈，若弗云来"[1]——却相差不可以道里计。无论是从事实的角度出发，还是从逻辑的层面观察，新奇性和飞逝性都在彼此仰赖与偎依、在相互造就与成全：越有飞逝性特征的事物，必定越有新奇性；新奇性特征愈高的事物，其飞逝性的程度必定愈甚。现代性的实质之一，不过是倾向于将昨天定义为古代[2]；追新逐异，原本就是人家现代性的固有特征[3]。现代主义更多地意味着文学艺术上永无休止的先锋性；先锋性则意味着文学艺术必须、必然和必定追新逐异。[4]这就是说，先锋性事出迫不得已，只因为新奇性和飞逝性注定会让现代经验——它寄身于反讽时代——转瞬即逝，不留丝毫痕迹。

文学最无尊严的定义无疑是：文学是对现实世界（或曰现实

[1]《尚书·秦誓》。

[2] 诺斯洛普·弗莱说："中世纪有所谓'狂奔逐猎'的传说，死者的灵魂必须整日整夜地向前飞奔，却又不知该上哪儿去。谁如果体力不支而掉队，顿时就会化为齑粉。这有点儿像现代世界上很常见的一种心态，总有什么在催逼着你往前赶，越来越快，越来越快，致使你最终感到绝望。这种心态，我称之为进步的异化。"（诺斯洛普·弗莱：《现代百年》，盛宁译，辽宁教育出版社，1998年，第8页）这就是飞逝性带来的恶果。大卫·哈维（David Harvey）则认为："现代性的神话之一，在于它采取与过去完全一刀两断的态度。而这种态度就如一道命令，它将世界视为白板（tabula rasa），并且在完全不指涉过去的状况下，将新事物铭刻在上面——如果在铭刻的过程中，发现过去横阻其间，便将过去的一切予以抹灭。因此，不管现代性是否将以温和而民主的方式呈现，还是将带来革命、创伤以及独裁，它总是与'创造性破坏'（creative destruction）有关。"（大卫·哈维：《巴黎城记：现代性之都的诞生》，黄煜文译，广西师范大学出版社，2010年，第1页）

[3] 参阅安托瓦纳·贡巴尼翁（Antoine Compagnon，又译为"安托万·孔帕尼翁"）：《现代性的五个悖论》，许钧译，商务印书馆，2005年，第2—6页。

[4] 参阅谢立中：《"现代性"及其相关概念词义辨析》，《北京大学学报》2001年第5期。

生活）的照相式反映[1]；甚至连西奥多·阿多诺也如是放言："艺术作品是经验生活的余象（after-image）或复制品。"[2]因此，文学被认为更多是现实主义的[3]。即使是在这个最没有面子的层次上，现代主义文学如果丧失了它的先锋性，就根本无法抓住转瞬即逝的现代经验，文学的镜面上必将一无所有，"雁过"却永不"留痕"，就更不消说那颗笃定要雁过拔毛的山大王之心。[4]文学比较有尊严的定义也许是：文学是对现实生活的即时反应。这是一种相貌特殊、腰身婉转和别具气质的正当防卫；它意味着文学必须直面现

---

[1] 安托万·孔帕尼翁（Antoine Compagnon）很好地揭露了这个定义的虚妄和荒谬："最基本的语言也不会在词与物、符号与参照、文本与世界之间搭建关系，而是在符号与符号、文本与文本之间搭建关系。指涉幻象来自人对符号的操纵，这种操纵遮蔽了现实主义的规约，掩盖了符号的任意性，从而让人对符号的指物属性笃信不疑。所以，指涉幻象应当作编码来重新诊释。"（安托万·孔帕尼翁：《理论的幽灵——文学与常识》，吴泓缈等译，南京大学出版社，2011年，第103页）

[2] 西奥多·阿多诺：《美学理论》，王柯平译，四川人民出版社，1998年，第7页。

[3] 有一个很搞笑的事例可以帮助人们理解这个最没有尊严的定义："爱尔兰古代的诗人们往往以要写讽刺诗来威胁那些得罪过他们的人，弄得人心惶惶。"［理查德·艾尔曼（Richard Ellmann）：《乔伊斯传》，金隄等译，十月文艺出版社，2016年，第427页］罗兰·巴特（Roland Barthes）对这个定义有很独到、尖锐的批判："写作者不能从语言上汲取任何东西：对于写作者来说，语言更像一条直线，逾越它也许将说明言语活动的超自然属性：它是一种动作的场域，是对一种可能性的确定和期待。"（罗兰·巴特：《罗兰·巴特随笔选》，怀宇译，百花文艺出版社，2005年，第3页）巴特甚至还说："叙事的功能不是再现，而是建构一种景观。""叙事并不展示，并不摹仿……叙事中'所发生的'指涉（现实）的观点是无，'所发生的'只有语言，语言的冒险，对其到来的不断赞颂。"（参阅罗兰·巴特：*An Introduction to the Structural Analysis of Narratives, in Image, Music, Text*, p.124）

[4] 李洱对此有极深的敏感，他很感慨地说："我常常感到这个时代不适合写长篇，因为你的经验总是会被新的现实击中，被它冲垮……现代小说中，使用频率最高的词大概是'突然'，突然怎么样，突然不怎么样。现在你睡个午觉起来，你的想法可能就变了。这种情况很不适合写长篇，至少不适合写原来意义上的长篇。"（李洱：《问答录》，前揭，第45—46页）

实，更意味着文学必须主动出击，兵来将挡水来土掩必定是它最基本的任务和义务[1]。即使是在这个较有颜面和尊严的层次上，现代主义文学如果丧失了它的先锋性，就根本无法有效应对转瞬即逝的现代经验，文学必将沦陷于无物之阵，一拳砸在了虚无的空气中，而不仅仅是软塌塌的棉花上。

以上两项相加，在逻辑上的结局必然是：一切样式的现代主义文学和所有型号的现代主义者，都必须努力表达种种难以被表达的现代经验，以及围绕那种种现代经验组建起来的那种种事态（简称必达难达之态）。[2]这就是反讽主体对其生活以及围绕其生

[1] 参阅敬文东：《发明现实——朱涛之诗带来的反映、反应、发明现实及其他》，《中国当代文学研究》2022年第3期。

[2] 参阅敬文东：《作为诗学问题与主题的表达之难——以杨政诗作〈苍蝇〉为中心》，《当代作家评论》，2016年第5期。柏桦在谈及亡友张枣时说："我常常见他为这个或那个汉字词语沉醉入迷，他甚至说要亲手称一下这个或那个（写入某首诗的）字的重量，以确定一首诗中字与字之间搭配后产生的轻重缓急之精确度。"（柏桦：《张枣》，宋琳、柏桦编《亲爱的张枣》，中信出版社，2015年，第18页）但这只是写作技术上的考虑，属于古人所谓"推敲"范畴，和必达难达之态基本没有关系。乔治·斯坦纳在分析卡夫卡时很敏锐地触及了必达难达之态这个问题："在一篇早期的文章中，本雅明提到了语言模糊的必要性，提到了作家遭遇的困境，因为每种语言只与自己沟通，只与自身本性沟通。因此，有些新感觉和新东西要说的作家，必须在语言的粗糙表面上，或者只在语词、符号和语法的传统集合的一面上，敲打出自己的言辞。否则，他的声音怎能被人听见？"（乔治·斯坦纳：《语言与沉默：论语言、文学与非人道》，前揭，第103页）德里达对必达难达之态也有连珠炮一般的表述："究竟谁会讲故事？叙事是可能的吗？谁敢说自己知道叙事需要什么担保？首先是它要求的记忆吗？那记忆又是什么？如果记忆的本质是在存在与法则之间施展诡计，那么探究存在与记忆的法则会有什么意义呢？这些问题，如果在语言之外，不居深渊之上将语言付之于转换或翻译，就不可能提出来；因为它们需要——从一种语言到另一种语言——一些不可能的便桥，一座栈桥码头的不稳定性。"（雅克·德里达：《多义的记忆——为保罗·德曼而作》，蒋梓骅译，中央编译出版社，1999年，第23页）如果说斯坦纳、德里达提出了这个问题，那么卡夫卡实际上已经给出了解决方案。关于这一点的详细论述见下文。

活组建起来的一切要素进行价值判断、价值对决时，必然会也必须面临的表达窘境。[1]在不由分说间，言辞不由得恍惚、颤抖和支吾起来。必达难达之态的困难程度，早已被鲁迅，这个特大号的反讽主义者、现代主义者和虚无主义者，道说得极为精彩、生动，但同时也极为沉重和沉郁："我靠了石栏远眺，听得自己的心音，四远还仿佛有无量悲哀，苦恼，零落，死灭，都杂入这寂静中，使它变成药酒，加色，加味，加香。这时，我曾经想要写，但是不能写，无从写。这也就是我所谓'当我沉默着的时候，我觉得充实；我将开口，同时感到空虚'。"[2]

布拉格的卡夫卡在孤室里面对的窘境，应该和客居北京S会馆抄古碑的鲁迅大致相同。但在严重性上，卡夫卡应该更甚一筹，毕竟卡夫卡才真正称得上少数几个原发性的先知先觉者之一。事实上，他就是里尔克（Rainer Maria Rilke）诗中的那面旗帜，"独个儿/置身在伟大的风暴里"（里尔克：《预感》，陈敬容译）；在别人酣睡时，他始终大睁着不无惊恐的双眼，并且双眼始终不无

[1] 朱迪思·瑞安（Judith Ryan）因此这样问道："在对传统与现代世界问题的反思方面，里尔克的哀歌确实可以和T.S.艾略特的《荒原》并驾齐驱。在一个放弃了宗教信仰，无条件地接受对美的膜拜已不复可能的世界里，诗歌何为？有没有一种方式，让我们既离弃这种崇拜，而又不放弃对审美表现之未来的一切期望？"（朱迪思·瑞安：《里尔克，现代主义与诗歌传统》，谢江南等译，上海人民出版社，2011年，第149页）朱迪思·瑞安给出的那个问号表征的就是必达难达之态表达窘境。柏桦的成名作《表达》对表达的难度和表达的几乎不可能性有很深入的表述："我要表达一种情绪/一种白色的情绪/这情绪不会说话/你也不能感到它的存在/但它存在/来自另一个星球/只为了今天这个夜晚/才来到这个陌生的世界……"

[2] 鲁迅：《三闲集·怎么写》，《鲁迅全集》第四卷，前揭，第18—19页。

惊恐地大睁着。同为布拉格市民的马克斯·勃罗德（Max Brod）与卡夫卡交往密切、时间长久，尽管他后来背叛了卡夫卡给他留下的遗嘱［这令前布拉格市民米兰·昆德拉（Milan Kundera）极为气愤，以至于多次谴责勃罗德辜负了朋友的信任）。勃罗德在布拉格和卡夫卡首次见面时，就告诉过卡夫卡，他喜欢梅林克（Gustav Meyrink）的作品。很显然，卡夫卡对这位德语作家没啥兴趣。或许是出于礼貌，也可能是为了回应马克斯·勃罗德的热情，卡夫卡特地引用了他喜欢的作家——霍夫曼斯塔尔（Hugo von Hofmannsthal）——那句无厘头的、近乎呓语和梦魇的话："房子走廊里潮湿的石头的气味。"卡夫卡离世很多年后，马克斯·勃罗德对此有过意味深长的追忆：卡夫卡引用完那句话，"沉默良久，什么也不加补充，仿佛让这神秘的、不显眼的气氛自己说话似的"[1]。从象征和隐喻的层面，也许可以这样认为：弗朗兹·卡夫卡，这个星球有史以来最重要的现代主义者之一，这个生性胆怯[2]、敏感，习惯于"退居内在城堡"[3]，却体量堪称硕大的反讽主义者，就这样从声音的角度将支吾及其附带的一切特征——比如恍惚、游弋、眩晕、颤抖等等——全部给省略掉、过滤掉了。他将支吾的一切要素，一股脑儿埋在了无声的内心最深处；必达难达之态的表达

---

［1］马克斯·勃罗德：《卡夫卡传》，前揭，第41页。

［2］此处说卡夫卡胆怯，是基于马克斯·勃罗德的回忆。卡夫卡曾对波罗德说："巴尔扎克的手杖上写着：我在摧毁一切障碍；而我的手杖上宁可写的是：一切障碍都在摧毁我。"（勃罗德：《卡夫卡传》，前揭，第48—49页）这是一个意味深长的事件，它预示着现代主义文学不再具有向外的进攻性，只将被摧毁所产生的激情内在化似乎就够了。

［3］以赛亚·伯林：（Isaiah Berlin）：《自由论》，胡传胜译，译林出版社，2003年，第204页。

窘境，却近乎于奇迹般地得到了终极性的解决。[1]或许，这正是卡夫卡作为人类文学枢纽的超级重要性之所在：他几经内心的辗转、周折、兑换和自我绥靖，终于将支吾型塑（to form）为絮叨，寄存于内心的最深处，但又随时可以被征用为有声的传播媒介。J.G. 赫尔德（J.G.Herder），和卡夫卡一样用德语写作和思考的语言学家，早在卡夫卡出生之前就已有言在先："语言的第一个教师只能是听觉。"[2]事实上，卡夫卡那些卷帙繁多的小说、书信、随笔和日记，在在都是絮叨做出的精彩绝伦的语言表演。

[1] 对于卡夫卡所做的这个伟大贡献，伊凡·克里玛（Ivan Klima）愿意称卡夫卡为英雄。克里玛这样写道："正像普罗米修斯的故事是人类历史英雄时代的一个神话一样，约瑟夫·K. 和土地测量员的故事则属于现代人类历史中没有英雄时代的神话。也正同普罗米修斯如果没有献身与受难，没有拒绝别人有损于他尊严的同情便不是英雄一样，如果没有弗兰茨·卡夫卡全部的牺牲和受难，也将没有躺在行刑机器床上的囚犯、约瑟夫·K. 或土地测量员 K. 的非英雄的故事。只有那个愿意让自己铐在岩石上并将自己的内脏贡献出来喂鹰的人，才能提供火来照亮人类穿过黑暗的道路。"（伊凡·克里玛：《布拉格精神》，崔卫平译，作家出版社，1998 年，第 224 页）乔治·卢卡契也有相似的看法："当约瑟夫·K. 被带去执行死刑时，卡夫卡写道：'他想到了苍蝇，它们挣扎着想从粘蝇纸上脱身，把纤细的腿弄断了。'这种在不可理解的环境面前的全身麻木，束手无策的心情贯穿于卡夫卡的全部作品。虽然同《审判》比较起来，《城堡》采取了不同的甚至相反的行动方向，但是那种从一只被捉住的、挣扎着的苍蝇的视角而得到的对世界的看法却仍然渗透全书。这种经验，这种感到焦虑笼罩着世界的想法，这种觉得人在不可理解的恐怖力量面前无能为力的心情，使卡夫卡的作品成为现代派艺术的真正典型。在别处只具有形式意义的写作技巧，在这里被用来唤起人类在面对完全陌生和敌对的现实时所产生的那种原始人的畏惧之情。卡夫卡的焦虑是现代主义极为卓越的实践例证。"［乔治·卢卡契：《现代主义的思想体系》，杨乐云译，戴维·洛奇（David Lodge）编：《二十世纪文学评论》（下册），葛林等译，上海译文出版社，1993 年，第 221 页］卡夫卡当得起这样的称赞。

[2] J.G. 赫尔德：《论语言的起源》，姚小平译，商务印书馆，2016 年，第 44 页。

简议絮叨被打开的方式

马歇尔·麦克卢汉的传播学理论，在汉语学界早已耳熟能详。作为一个貌似高深、抽象的著名命题，“媒介即讯息”（the medium is the message）在反讽时代的中国，似乎根本就无须注明出处。只因为它像所有作为“舶来品”（imported goods）的其他高深、抽象的命题那样，早就被高度地口头禅化了（Verbal Zenization）。[1]“媒介即讯息”的准确含义，被认为大体上是这样的：唯有媒介（the medium）自身，才配称真正重要、真正有意义的讯息（the

[1] 任何一种外来的高深学说，总会和中国的具体实践相结合而被口号化。依照反讽时代的基本原则和口吻（亦即 A 与 -A 同时并存、同时成真，还得互为前提，互为依据），某个高深的命题（亦即 A）如果不被口头禅化，甚至不被庸俗化（亦即 -A），反倒是一件令人难以理解、不可思议的事情，比“媒介即讯息”更难懂的量子（quantum）概念最近几年在中国民间的遭遇或许很说明问题。它被高度庸俗化甚至商业化，已经到了令人发指的地步（参阅央视财经频道：《“量子产品”是骗局！》，“上游新闻”https://www.cqcb.com/dyh/government/dyh3687/2021-08-26/4398751_pc.html，2022 年 6 月 6 日 14：37 访问）。比如“哲学”一词，早在曾经高度文盲化的中国就被歇后语化了（参阅韩少功：《山南水北》，上海文艺出版社，2012 年，第 209 页），事实上——而非理论上——一切知识界自以为高深的概念在中国早已弄成了“说法”，一个“说”起来可用的“法”子而已。

message)。[1]马歇尔·麦克卢汉的论证思路，简直优雅和开门见山到了令人“羡慕嫉妒恨”的程度：媒介最重大的作用，正在于它深度影响了人类的理解方式、全面塑造了人类的思考习惯、整体改造了人类的理解模式；对于人类社会而言，真正有意义、有价值的讯息，不应该是某个特定时代的特定媒体（比如电视）传播的特定内容（比如正在直播的欧洲足球冠军杯半决赛），更应该是这个时代使用的媒介的性质、被使用的媒介开创的可能性，以及该媒介带来的社会变革。总而言之：使用某种媒介的人与这种媒介结成的那种亲密关系，才最为致命，当然也最为重要——因为人的全部行为模式，自觉自愿并心悦诚服地被媒介高度管控了[2]；人必定会将自己托付、托管给自己或心仪或不那么心仪却又不得不心仪的媒介。因此，“媒介即讯息”意味着：喜欢史诗的是部落人，因为史诗和喜欢史诗的人结成的那种特殊关系，造就了部落人；喜欢好莱坞大片的是娱乐至死的欢乐人士，因为好莱坞大片和喜欢这种大片的人缔结的那种特殊关系，生产了高度敏感于快

[1] 特伦斯·戈登（Terrence Gordon）在解释“媒介即讯息”时这样写道：理解媒介“不是理解新技术本身，而是理解新技术间的相互关系及其与旧技术的关系，尤其理解新技术与我们的关系——与我们的身体、感官和心理平衡的关系”（特伦斯·戈登：《特伦斯·戈登序》，麦克卢汉：《理解媒介》，前揭，第9页）。

[2] 对此，马歇尔·麦克卢汉说的最为清楚，但也最为有趣：“从生理上说，人在正常使用技术的情况下，总是永远不断受到技术的修改。反过来，人又不断寻找新的方法去修改自己的技术。人仿佛成了机器世界的生殖器官，正如蜜蜂是植物界的生殖器官，使其生儿育女，不断衍化出新的形式一样……心理学里动机研究的功绩之一，是揭示出人与汽车的‘性关系’。”（马歇尔·麦克卢汉：《理解媒介》，前揭，第63页）对此，本文作者也曾有过极为粗浅的心得（参阅敬文东：《嬗变的汉语与中国现代文学》，《芳草》2021年第2期）。

乐的欢乐人士。

罗兰·巴特很郑重地告诫说："对语言的所有抛弃的行为都是一种死亡。"[1]罗兰·巴特敢于这么说话的道理不外乎是：人是一种语言性的有机生命体，是符号化的动物。[2] J.G. 赫尔德（Johann Gottfried Herder）这样断言过："语言是人的本质所在，人之成其为人，就因为他有语言。"赫尔德甚至还很大胆地猜测过："当人还是动物的时候，就已经有了语言。"[3]对于向来以言语（parole）为自身活动之方式的语言（langue）[4]，麦克卢汉和很多思想家一样评价甚高，尽管语言是如何产生的至今还是一个令人不解的谜题[5]。苏格拉底放言过：对语言的仇恨乃诸恶中之最恶者。[6]麦克卢汉也很早就如是断言过：语言是人类最早发明出来，以供人类使用的第一种媒介；古往今来，我们每一个人都可以"借助语词把直接的感觉经验转换成有声的语言符号，我们可以在任何时刻召唤和找回整个世界"[7]。巫术作为一切人类艺术形式的总源头，也顶多不过

---

[1] 罗兰·巴特：《神话修辞术》，屠友祥译，上海人民出版社，2016 年，第 182 页。

[2]《圣经·约翰福音》第一章第一行这样说："太初有道，道与神同在，道就是神。"（In the beginning was the Word, and the Word was with God, and the Word was God.）很显然，"道"非 word 莫属。

[3] J.G. 赫尔德：《论语言的起源》，前揭，第 26 页、第 5 页。

[4] 薛施蔼（Albert Sechehaye）认为，"言语是语言的活动（functioning）"。罗曼·雅柯布森（Roman Jakobsson）评论说："这一定义令人钦佩。"（参阅《雅柯布森文集》，钱军等译注，湖南教育出版社，2001 年，第 17 页）

[5] 陈嘉映提出过语言起源的另一种思路也许值得重视：即从信号到囫囵语再到语句，最后出现语言（参阅陈嘉映：《思远道：陈嘉映学术自选集》，福建教育出版社，2000 年，第 48—50 页）。

[6] 参阅《柏拉图对话录》，王太庆译，商务印书馆，2004 年，第 251 页。

[7] 参阅麦克卢汉：《理解媒介》，前揭，第 77 页。

是“借助语词”（当然还有语言化的歌、舞和原始音乐），将“整个世界”完整地“召唤和找回”而已矣[1]。除了哑语，世上大概不会有任何一种语言居然是无声的、哑火的[2]；也不会有任何一种语言在色调上，竟然是灰蒙蒙的，而不是五彩缤纷的。艾·阿·瑞恰慈（Ivor Armstrong Richards）认为，“音节序列既是声音又是言语动作的形象”[3]。与仅仅依靠本能存活于世的其他生命样态迥乎其异，人类唯有凭靠有声的语言以及语言自身的活动（亦即言语，亦即 parole），才能进行广泛、深刻、多层次直至最大体量的事情生产（thing production），以求改变整个自然-物理世界；而语言作为“每一种具体人类暴力最终的依靠”或培养基[4]，也才能深度改造甚或再造整个人类社会[5]。这大概就是唯有人类拥有生活，其他生物——甚至高等生物如猿猴者——仅仅拥有生命的主要原因吧[6]。任何一种语言发出的声音，都不可能是马克思很幽默地调侃过的

---

[1] 参阅格罗塞（Ernst Grosse）:《艺术的起源》，蔡慕晖译，商务印书馆，1987 年，第 200—217 页。

[2] 马克斯·皮卡德（Max Picard）说：“沉默产生语言，换言之，它是出于一种委任而存在的。也就是说，语言是由在它之前的沉默所认可了的，所正当化了的东西。”（马克斯·皮卡德:《沉默的世界》，李毅强译，上海书店出版社，2013 年，第 8 页）但明眼人早就看出，马克斯·皮卡德所说的沉默并不意味着语言居然是无声的。他有更深的用意。此处对此不再赘言。

[3] 艾·阿·瑞恰慈:《文学批评原理》，杨自伍译，百花洲文艺出版社，2010 年，第 125 页。

[4] 齐泽克（Slavoj Žižek）:《暴力：六个侧面的反思》，唐健等译，中国法制出版社，2012 年，第 59 页。

[5] 参阅王一平:《论反乌托邦文学的几个重大主题》，《求索》2012 年第 1 期；参阅刁科梅:《扎米亚京文艺美学思想初探》，《俄罗斯文艺》2003 年第 6 期；参阅郑永旺:《反乌托邦小说的根、人和魂——兼论俄罗斯反乌托邦小说》，《俄罗斯文艺》2010 年第 1 期。

[6] 参阅陈胜前:《人之追问》，生活·读书·新知三联书店，2019 年，第 4 页。

那样，顶多是在幽默地震动着空气层。[1]米哈伊尔·巴赫金说得当然精辟："语调是'价值'发出的声音。"[2]乔治·斯坦纳暗示过：蔑视和叹息就像语言一样，也应当是特定的世界观，是"对时间和世界的解读"[3]。伽达默尔（Hans-Georg Gadamer）讲得更加具体和客观："诗歌的音响性只有通过意义的理解才能获得。"[4]维特根斯坦（Ludwig Wittgenstein）的观点更是一以贯之地既干净，又利索："言词即行为。"[5]对于任何一种语言来说，声音都绝非声音本身而已矣；事实上，声音显示出来的意义或价值，注定要深度参与到事情生产的整个过程当中[6]，这仅仅是因为抑扬顿挫、平上去入的音响形象，才算得上语言最根本和最重要的属性之一[7]，决不可以被等闲视之，更不可以被诸如"内容决定形式"一类的高明

[1] 马克思是这样说的："'精神'从一开始就很倒霉，注定要受到物质的'纠缠'，物质在这里表现为震动着的空气层、声音，简言之，即语言。语言和意识具有同样长久的历史；语言是一种实践的、既为别人存在并仅仅因此也为我自己存在的、现实的意识。"（参阅《马克思恩格斯选集》第1卷，中共中央马克思恩格斯列宁斯大林著作编译局编译，人民出版社，1972年，第18页）

[2] 转引自卡特琳娜·克拉克、迈克尔·霍奎斯特：《米哈伊尔·巴赫金》，前揭，第17页。伊格尔顿（Terry Eagleton）提供的一个故事，可以为巴赫金做证。伊格尔顿这样写道："传统的英国绅士厌恶令人苦恼的劳作，竟不愿正确地发音，因而有了贵族式含糊的发音和拖腔。"（特里·伊格尔顿：《理论之后》，商正译，商务印书馆，2009年，第8页）也就是说，如果考虑到拖腔和贵族式含混的发音，就能知道这样的发音传达的"价值"。

[3] 乔治·斯坦纳：《乔治·斯坦纳回忆录：审视后的生命》，李根芳译，浙江大学出版社，2012年，第111页。

[4] 转引自张隆溪：《道与逻各斯——东西方文学阐释学》，冯川译，江苏教育出版社，2006年，第137页。

[5] 维特根斯坦：《文化与价值》，冯·赖特（Von Wright）等编，许志强译，浙江文艺出版社，2002年，第83页。

[6] 参阅 Austin, *Truth, Philosophical Papers*, Oxford University Press, 1950, p.100-121。

[7] 参阅敬文东：《牲人盈天下：中国文化的精神分析》，广西师范大学出版社，2011年，第20—23页。

学说所忽略、所忽悠。对此，露丝·韦津利（Ruth Wajnryb）女士有睿智的判断："只要说出，事情就发生。把一个人打入地狱是如此容易，所以如此诱人，只需要一个经济实惠的音节，就大功告成。"[1]韦津利女士的睿智之言意味着或暗示的无疑是：人类说话时使用的口吻、调性、语气或发声方式（speaking voice）[2]，不仅是最早被人类发明、掌握和运用自如的重要媒介，还一定有能力进行广泛、深刻、多层次直至最大体量的事情生产，以求深度甚或全方位改造这个世界；经由语言编织出来的哲学，绝非马克思很幽默地揶揄过的那样，仅仅负责向芸芸众生解释世界的长相为何，以及世界为何有如此这般的长相。依照"媒介即讯息"这个总原则和总纲领，某种特定的发声方式、调性、口吻和言说姿势，到底生产出了怎样的事情固然非常重要，但这种言说姿势、口吻、调性和发声方式对人类情感范式、思考习惯、理解模式、生存处境进行的深度塑造和更为深度的变革，无疑最为重要。这正是理解和观察絮叨的基础性方法论，也是絮叨被打开的有效方式，甚至还很有可能是最正确的方式。

俱往矣。对媒介实施如此这般看似离题的厚描法（thick description），以充任作为媒介的絮叨浓重出场的背景和过门，适可而止，但也到此为止吧。

---

[1] 露丝·韦津利：《脏话文化史》，颜韵译，文汇出版社，2008年，第144页。
[2] 参阅张枣：《张枣诗文集·诗论卷》，四川文艺出版社，2021年，第68页。

絮叨作为非决断性的媒介

每个特定的时代，必有专属于这个时代的媒介被发明、被呼唤出来[1]。正如互联网（作为人的神经系统的延伸）、高速列车（作为人的运动系统的延伸）不会出现在古希腊、罗马帝国或魏晋南北朝，西方的现代小说只能诞生于两百多年前的欧洲[2]，絮叨也只会出现在印堂发黑的反讽时代。絮叨甫一出现，就被现代主义文学和文学的现代主义者，立即用于解决必达难达之态这个巨大的难题；现代主义文学利用絮叨这种发声方式，很成功、很利索地表达和描述了反讽时代种种悖谬的事实、自相矛盾的情形。紧接着，作为媒介的絮叨能让反讽主义者更愿意，也更乐于坚信如下结果

---

[1] 某个研究美食的学者这样说："在我们劳碌奔忙的时候，宴饮交际的诗歌经历脱胎换骨的变化，然后在贺拉斯、提布鲁斯和其他同时代诗人的嘴里，呈现出冗长和柔弱的风格，这是希腊的缪斯诗神所不了解的。"［让-安泰尔姆·布里亚-萨瓦兰（Jean-Anthelme Brillat-Savarin）：《厨房里的哲学家》，周小兰译，广东旅游出版社，2016 年，第 186 页］此人的意思是，贺拉斯、提布鲁斯等罗马诗人使用的作为媒介的诗歌，不同于希腊人的诗歌。

[2] 参阅伊恩·瓦特（Ian Watt）：《小说的兴起：笛福、理查逊、菲尔丁研究》，高原等译，生活·读书·新知三联书店，1992 年，第 62—97 页。

必将大规模出现在虚无主义时代："诚实（sincere）里的罪性（sin）和堕落（perverse）里的诗意（verse）"，很可能会同等程度地令每一个反讽主体既着迷，又大惑不解[1]；"肉体是美的，美得如日中天，然而已经为死亡埋下伏笔"[2]；"要想了解死亡是怎么一回事，没有比将它跟纵情欢愉的念头联系在一起更合适的了"[3]。

在异常悖谬的时代，如许结果之所以会大规模地出现，差不多端赖于一个基本事实：任何一种媒介被发明出来，都有专属于它自身的历史条件和前提，都有花大力气精心酝酿它的历史土壤和气候[4]。絮叨作为人类历史上极其特出、极为罕见的有声媒介，其历史前提、条件和其历史气候、土壤，大约只可能是虚无主义时代——这是一个既难以完全被理解，更难以被撼动哪怕一毫克的庞然大物。作为一种特殊的调性、言说姿态、口吻或发声方式，絮叨是反讽时代特有的物品，它与虚无主义时代、悖谬的时代、地球村时代，早已琴瑟和谐到了郎有才来女有貌的程度。但更重要、更致命的无疑是：有声的絮叨既可以被视作语言的现代性，也可

[1] 查尔斯·伯恩斯坦：《回音诗学》，前揭，第 5 页。

[2] 亨尼希（Jean-Luc Hennig）：《害羞的屁股：有关臀部的历史》，管筱明译，新星出版社，2011 年，第 45 页。

[3] 萨德（Donatien Alphonse François de Sade）语，转引自韩炳哲：《爱欲之死》，宋娀译，中信出版社，2019 年，第 45 页。

[4] 卡尔·波普尔（Karl Popper）对此有很可观的说明："动物的进化大部分（虽然不是全部）通过器官（或行为）的改变或新器官（或行为）的出现来进行。人类进化的大部分通过发展人体或人身之外的新器官来进行，生物学家称为'体外地'或'人身外地'进行。这些新器官是工具、武器、机器或房子。"（卡尔·波普尔：《客观知识——一个进化论的研究》，舒伟光译，上海译文出版社，1987 年，第 274 页）波普尔当然没有忘记"体外地"或"人身外地"进行必须配以历史主义的视野。

以被认作语言现代性的产物。但无论是上述两种情况中的哪一种，都不会影响如下结论一语成真，或者很不幸地一语成谶：絮叨意味着人类的语言——无论是印欧语系还是汉藏语系——早已迈进了长满抬头纹、老年斑和两鬓雪白的沧桑之年，但尤其是进入了在表达层面上经验丰富、收放自如之年[1]，进入了各自表征着成熟并且颓废的“废墟时间”（ruin time）[2]。在此，颓废是“废墟时间”的本真内涵；但颓废并非贬义性、消极性和否定性的。事实上，颓废意味着成熟，意味着某种不无荒谬的激情。必须承认：荒谬的激情到底还是激情，总比没有激情至少要好那么一毫米。而以阿尔贝·加缪之高见，荒谬原本就是——而非仅仅意味着——一种令人心碎的激情[3]；成熟毕竟早已超越了或褒义或贬义的天真，它

---

[1] 在汉语史上，语言的现代性关乎文言和现代白话的转换、争斗（参阅仲立新：《试论五四文学革命中的语言现代性问题》，《文艺理论与研究》2000 年第 4 期），与此处的语言的现代性或语言现代性的产物没有多少关系。和语言的现代性、语言现代性的产物相对的，是从费诺罗萨（Ernest Fenollosa）到本雅明（Walter Benjamin）都在试图寻找所谓“原初语言”（Adamic language）[参阅石江山（Jonathan Stalling）：《虚无诗学：亚洲思想在美国诗歌中的嬗变》，姚本标译，中国社会科学出版社，2013 年，第 43 页]；原初语言当然是最青葱、最纯洁的语言。需要在此指出的是：“絮”在汉语中的含义之一是濡滞不决。《词源》为此给出的语料出自宋人史浩的《两钞摘腴》：“方言以濡滞不决绝为絮……富（弼）、韩（琦）并相时，偶有一事，富公疑之，久不决。韩谓富曰：‘公又絮！’”（《词源》，商务印书馆，2004 年，第 2422 页）“絮”的第二含义是啰唆。《牡丹亭·闹殇》有这样的言说：“再不要你冷温存，热絮叨，再不要你夜眠迟、朝起的早。”在语言的沧桑之年或在语言的现代性这个大背景下，无从决断（亦即“濡滞不决”）和啰唆既可以被认为处于彼此平行的状态，但更应该被视作处在某种递进的关系当中：正因为无法决断，所以才啰唆。啰唆意味着既支吾，又多言。支吾是因为事态实在无从决断，多言既是对实在无从决断的掩饰，又想极力将实在无从决断的事态说清楚、道明白。

[2] 巫鸿：《废墟的故事：中国美术和视觉文化中的“在场”与“缺席”》，肖铁译，上海人民出版社，2017 年，第 23 页。

[3] 参阅加缪：《西西弗神话》，前揭，第 24 页。

意味着不那么容易被欺骗，也不太可能轻易被诱拐[1]。瓦尔特·本雅明（Walter Benjamin）非常奇怪地说："衰老构成了现代主义与古典时代最紧密的联系。"[2]但真实的情形，还得语言的"废墟时间"点头才作数。李白诗曰："君不见，高堂明镜悲白发，朝如青丝暮成雪。"令人遗憾得紧：空气甜美的岁月，还有天真无邪的日子，早已一去不复返了。诸如"愿君出走半生，归来仍是少年"一类天真幼稚的祝福语合该享用的待遇，大概只可能是絮叨在不经意间投去的轻蔑、不屑，但也必定瞬间即逝的那饱含悲悯与同情的一瞥吧。[3]

在西方，出自古希伯来的神学语言，必定是训诫式的和祈祷式的。[4]祈祷必须清楚、明白、虔诚、不游弋，决不拖泥带水，还必

---

[1] 戈蒂埃（Armand Gautier）的言论可以为此处的观点做证。此人写道："被不恰当地称为颓废的风格无非是艺术达到了极端成熟的地步，这种成熟乃老迈文明西斜的太阳所致：一种精细复杂的风格，充满着细微变化和研究探索，不断将语言的边境向后推，借用所有的技术词汇，从所有的色盘中着色并在所用的键盘上获取音符，奋力呈现思想中不可表现、形式轮廓中模糊而难以把捉的东西，凝神谛听以传译出神经官能症的幽微密语，腐朽激情的临终表白，以及正在走向疯狂的强迫症的幻觉。"（转引自马泰·卡林内斯库：《现代性的五副面孔：现代主义、先锋派、颓废、媚俗艺术、后现代主义》，前揭，第176页）

[2] 瓦尔特·本雅明：《发达资本主义时代的抒情诗人》，张旭东等译，生活·读书·新知三联书店，2014年，第107页。

[3] 库切从神学的角度对语言的"废墟时间"做出的描述，对本文有支持作用，故附注于此："在亚当的时代，词语与姿势的命名是同一回事。此后，语言便经历一次漫长的堕落，巴别塔只是其中一个阶段罢了。神学的任务便是从保存着词语的宗教典籍中寻回具有原初、模拟性的力量的词语。批评的任务在实质上是相同的，因为堕落的语言仍然能够以它们的总体性意图指引我们走向纯粹的语言。因此便有了《译者的任务》的悖论：译本变成比原著更高级的东西，原因是译本向巴别塔以前的语言作出姿势。"（库切：《内心活动：文学评论集》，前揭，第57页）

[4] 参阅沃尔夫冈·韦尔施（Wolfgang Welsch）：《重构美学》，陆扬等译，上海译文出版社，2006年，第183页。

须以表示赞美的一声“阿门”作结。就连身为虚无主义思想大家的埃米尔·齐奥朗细思之下，还是相信了祈祷终归是实有的这个既善且好（Goodness）的结论，不得不暂时站在反虚无主义的立场上，坦率地承认：“祈祷的喃喃低语充满自身的力量。”[1]对于圣-琼·佩斯（Saint-John Perse）来说，有时候一句诗，也不过是一个虔敬的祈祷句。[2]更有意思的是，乔治·赫伯特（George Herbert）居然像X光一样，窥见到了祈祷内部的复杂构造：“祈祷是颠倒的雷霆。”[3]此人的言下之意是：祈祷在指向它的靶向目标（亦即上帝）时，绝对是虔敬的，是轻言细语的，是低眉顺眼的，也必定是幸福的；但祈祷在指向祈祷者自身时，立马变作了怒吼。祈祷就这样变作了祈祷者针对自己的审查机制，严厉、苛刻，不容商量——詹姆斯·伍德（James Wood）亲切地谓之为“脑子的看守”[4]。不用说，祈祷必须明确、清晰、不含混，否则，就压根儿不是祈祷；支吾拥有的一切声音特征，都必将被祈祷严词拒绝，扫地已尽。训诫既得富有神圣的大爱，也得拥有说一不二的威权。大棒与胡萝卜缺一不可，也不可一日或缺。对于祈祷着的信徒亚伯拉罕（Abram）来说，他必须听从主给他下达的神学指令：“从你的家中出来，到我给你指引的地方去……”[5]；上帝得向他的受造物这样发话：“我是耶和

[1] 埃米尔·齐奥朗：《思想的黄昏》，前揭，第16页。

[2] 参阅弗朗西斯·雅姆（Francis Jammes）等：《法国九人诗选》，树才编译，上海人民出版社，2009年，第86页。

[3] 转引自马歇尔·麦克卢汉：《理解媒介》，前揭，第78页。

[4] 詹姆斯·伍德：《小说机杼》，前揭，第105页。

[5]《圣经·创世记》12:1。

华，是你的神……除了我以外，你不可有别的神。”[1]曼德尔施塔姆（O.E. Madershitam）在彼得堡的某个黄昏或早晨，更愿意怀旧似的，将训诫视作文学既珍贵又敏感的神经[2]——但那应该是多么古老、多么古老的老皇历了。出自古希腊的科学语言必定是直陈式的；它得说出与整个自然-物理世界深度相关的唯一一个真理，唯一一个答案，并且单刀直入、直截了当，决不拖泥带水[3]。这种性征和样态的真理，早已被哲学家视作某种必然知识（knowledge of necessity），不容更动、不得冒犯。[4]因此，科学语言的发声方式必将是决绝的、肯定的，也是毋庸置疑的。1+1 只能等于 2，连等于 2.00000001 的门都没有，再怎么谈判、商量、博弈、辩证和贿赂（哪怕性贿赂），都必将无济于事[5]。科学语言因此杜绝感性，排斥任何一种零摄氏度以上或以下的温度，拒绝各式各样的私人愿望。愿望无疑属于古典诗学的范畴，被古典诗歌倍加宠爱；愿望随身携带的温暖，可以被合理地视之为幸福的原始状态[6]。因此，

[1]《圣经·出埃及记》20:2—20:3。

[2] 奥斯普·曼德尔施塔姆：《曼德尔施塔姆随笔选》，黄灿然等译，花城出版社，2010 年，第 25 页。

[3] 波普尔：《通过知识获得解放》，范景中、李本正译，中国美术学院出版社，1998 年，第 120 页。

[4] 参阅赵汀阳：《每个人的政治》，社会科学文献出版社，2010 年，第 5 页。

[5] 早期维特根斯坦认为，唯有人工语言——比如数学语言——才是最精密的，这种语言“除了能说的东西以外，不说什么事情，也就是除了自然科学的命题，即与哲学没有关系的东西之外，不说什么事情”。尤其是不说形而上学问题。（维特根斯坦：《逻辑哲学论》，郭英译，商务印书馆，1985 年，第 97 页）

[6] 参阅敬文东：《随“贝格尔号”出游：论动作（action）和话语（discourse）的关系》，前揭，第 265 页。

科学语言的内在口吻必然是这样的：反对色情，弃绝肉体，排斥性欲。[1]喜欢说西方坏话的西方人很多，其中一位名唤斯宾格勒（Swald Arnold Spengler）者，就因此而有言："用来证明死形式的是数学法则，用来领悟活形式的是类比。"[2]尽管在视觉化的西方，类比推理（analogy）备遭鄙视、歧视和蔑视，是由来已久之事。中国古人使用的语言，一向被认为是感叹式的[3]；无论是谈论命运、真理、日月星辰抑或山河大地，还是诉说人世间其他一切可以想见的事物，被中国古人宠幸有加的语言都倾向于施之以感叹的口吻，宛若舌头深情地舔过万物的腰身[4]。

上述三种语言范式——神学语言、科学语言和出没于中国古人唇齿之间的汉语——彼此之间无论有何差异、有多大的差异，都有如下一些共同特点：清晰、明确、干脆、爽朗、毫不含糊；确定性、连续性和肯定性向来是——而且尤其是——其间的重中之重。那些曾经或迫不得已或情不自禁将它们发明出来的时代，态度都异常鲜明：不会同意 A 与 -A 同餐共食，不会同意如日中天的美和死亡同时并在，不会同意诚实（sincere）里的罪性（sin）、堕落（perverse）里的诗意（verse），更不会同意将死亡与纵情欢愉的念头深度联系

[1] 参阅敬文东：《那看不见的心啊》，《十月》2022 年第 1 期。

[2] 斯宾格勒：《西方的没落》，齐世荣等译，商务印书馆，1963 年，第 14 页。

[3] 参阅敬文东：《兴与感叹》，《首都师范大学学报》2016 年第 3 期。元代无名氏的作品也许能很好地说明何为"感叹式"的："看看的相思病成，怕见的是八扇帏屏。一扇儿双渐小卿，一扇儿君瑞莺莺；一扇儿越娘背灯，一扇儿煮海张生。一扇儿桃源仙子遇刘晨，一扇儿崔怀宝逢着薛琼琼；一扇儿谢天香改嫁柳耆卿，一扇儿刘盼盼昧杀八官人。哎！天公，天公！教他对对成，偏俺合孤另！"（无名氏：《中吕・十二月过尧民歌・相思》）

[4] 参阅敬文东：《味与诗》，《南方文坛》2018 年第 5 期。

在一起。遗憾的是，在一个高度絮叨着的年月，应和着反讽时代的基本精神，连曾经虔诚、自认渺小的祈祷（亦即“颠倒的雷霆”），都已经彻底地物化了[1]，就像反讽主义者的个人激情早已彻底地内在化了[2]。事实上，这是现代主义文学艺术经久不衰、挥之不去的噬心主题；胡安·鲁尔福（Juan Rulfo）的不朽之作——《佩德罗·巴拉莫》——以简洁、无奈的口吻，代表现代主义文学道明了让反讽主义者难堪不已的这个尴尬主题：恶棍佩德罗·巴拉莫的儿子疯狂猎艳死于非命后，巴拉莫给了当地一位神甫一把金币，命令后者为他的儿子在天堂处求情。非常悖谬的是，迫于恶棍的淫威而非上帝的神威，神甫只好哭泣着对他的主说，“这都是给你的，他是可以用金钱买到拯救的。是不是这个价钱，这你自己知道”[3]。在异常悖谬的时代，上帝当然知道：就是这个价，而且是一口价。[4]

---

[1] 比如西藏转经轮的运作方式。托尼·迈尔斯在分析齐泽克时写道：“一段祈祷文被写在一张纸上，纸被卷起来，然后被放到一个圆筒里头，这样，当我们转动圆筒的时候，我们就无需思考。轮子的转动意味着它替你祈祷，更确切地说，你通过轮子的中介来祈祷。正如齐泽克指出的，当你转动轮子的时候，你在沉思什么并不重要，因为在一种客观的意义上，你仍然在祈祷。换言之，你祈祷的真诚在于你的行动（转动轮子），而不是你所想的东西。”（托尼·迈尔斯：《导读齐泽克》，白轻译，重庆大学出版社，2014 年 7 月，第 85 页）

[2] 耿占春：《叙事美学》，前揭，第 45 页。

[3] 胡安·鲁尔福：《胡安·鲁尔福全集》，屠孟超等译，云南人民出版社，1993 年，第 166 页。

[4] 事实上，早在前反讽时代，这样的事情就发生了。罗马教皇利奥十世（Papa Leo X）派多明我会（Ordo Dominicanorum）修道士特策尔（Tetzel），到四分五裂的德国境内兜售赎罪券。特策尔不断叫喊：“只要购买赎罪券的钱一敲响钱柜，死者的灵魂马上就能从炼狱升上天堂。”（陈钦庄：《基督教简史》，人民出版社，2004 年，第 226 页）对此，托马斯·佩因（Thomas Paine）有过冷嘲热讽：“炼狱的虚构，通过祈祷使灵魂脱离炼狱的想象，都要花钱去教会那里购买；免罪符、特准令和免罪券的销售均为税收法律，而且不必有其名，或不必以那种形式出现。”［参阅约翰·哈特利（John Hartley）：《文化研究简史：文化研究的指南针与路线图》，季广茂译，金城出版社，2008 年，第 169 页］更何况佩德罗·巴拉莫所处的反讽时代。

作为一种面相特殊的调性、口吻、言说姿势或发声方式，作为一种解决必达难达之态的终极方案，也作为语言的现代性或者语言的现代性情急之下迫不得已的产物，絮叨打一出生就毫不犹豫地意味着犹豫不决、神情恍惚、区隔、自我驳诘、苍老的音色、不连续、震颤和游弋。[1]总而言之，絮叨是支吾在反讽时代最好的代理者。但絮叨尤其意味着：与肯定性、确定性和连续性相关有染的一切基本要素，不但早已拉响了令基本要素恐慌的警报，并且丧钟早就特意为各个基本要素一鸣复鸣更再鸣。[2]历史主义者海登·怀特（Hayden White）坚信："对语言的不确定性已有超自我意识"，才是现代主义得以成立的前提之一[3]。伊夫·瓦岱（Yves Vade）确信："从人类学的角度被界定为'运动加不确定性'的现代性总是与我们的历史环境相关的。"[4]但究竟什么样的时空，才算得上"我们的历史环境"呢？答曰：反讽主义者寄身其间的那个悖谬的时代。而絮叨的基本特性，很有可能更多地

[1] 欧阳江河对此有很敏感的反应，他在谈论自己20世纪90年代的诗歌写作时明确地说"声音不多了"（参阅欧阳江河：《谁去谁留·自序》，湖南文艺出版社，1997年）。虽然欧阳江河并没有提及絮叨，但这句话隐含了这个问题。

[2] 在朱大可看来，所谓流氓，就是丧失了确定性、稳定性和连续性的人，一句话，丧失了价值世界的人。在本文的语境里，流氓等同于反讽主义者，流氓主义生活的时代等同于反讽时代。朱大可因此而有言："尽管反讽不是流氓主义者的发明，也不是他们的唯一武器，但它终究成了流氓话语以及一切叛逆话语的核心。思想在言说的瞬间发生了破裂，这就是反叛的开端，它如此细微，令人难以察觉，却又酝酿着一场强大的精神动乱，它显示了语义能量转移和扩大的非凡效应。"（朱大可：《流氓的盛宴：当代中国的流氓叙事》，新星出版社，2006年，第115页）

[3] 海登·怀特：《叙事的虚构性：有关历史、文学和理论的论文（1957—2007）》，马丽莉等译，南京大学出版社，2019年，第243页。

[4] 伊夫·瓦岱：《文学与现代性》，田庆生译，北京大学出版社，2001年，第115页。

寄寓于乔治·巴塔耶（Georges Bataille）絮叨性的言说之中。乔治·巴塔耶的喃喃之词据信是这样的："这一次，没有不确定，只有一种对确定的冷漠。我写下神性，不想知道什么，也不知道什么。"[1]

R.G. 柯林伍德（Robin George Collingwood）说："艺术家既不判断也不断言，既不思考也不构想，他只是想象。"[2]首先，柯林伍德说得很对。按照专业分工和由来已久的科层化，一般而言，艺术家不断言、不判断，想象才是艺术家的本职工作。茨维坦·托多罗夫的言说，相信可以为柯林伍德壮胆："我们从来无法确切知晓某个虚构作品中的陈述是否道出了作者的心声；但就画家而言，他甚至连虚假判断都不会设置：他展现，却不下判断，他的句法包括了主语，却没有谓语。"[3]与此同时，柯林伍德又说得不对。反讽时代的艺术家，本来就处于不能判断和不能断言的尴尬之境，而不是他（或她）竟然不想给出断言和判断[4]——要知道，独裁

---

[1] 乔治·巴塔耶：《内在体验》，尉光吉译，广西师范大学出版社，2016 年，第 82 页。

[2] R.G. 柯林伍德：《精神镜像：或知识地图》，赵志义等译，广西师范大学出版社，2006 年，第 51 页。

[3] 托多罗夫：《日常生活颂歌：论十七世纪荷兰绘画》，曹丹红译，华东师范大学出版社，2012 年，第 91 页。

[4] 很有意思的是，在历史学家李开元看来，连非反讽时代的中国人也会陷入难以决断之境："我读历史，常常有所感慨：政治是赌徒的天地、怪物的舞台。政治决断的艰难，往往在于难于算计时，只能投骰押注。算计是理性的行为，投骰是赌徒的直觉。我们生存的世界，是一个不确定的世界。在这个不确定的世界中，不时有直面投骰押注的时刻，踌躇不决的人，难免遭受天予不取、反受其殃的命运。"（李开元：《汉兴：从吕后到汉文帝》，生活·读书·新知三联书店，2021 年，第 40—41 页）但无论如何，只要做出投骰押注的行为，就是决断，哪怕它叫赌徒式的决断。

式的独断或独断式的独裁，至今依然是人的天性之一[1]。事实上，在荒寒的反讽时代，唯有想象才是艺术家的续命丸、还魂丹；最不济，也得是艺术家的十全大补。但归根结底，还是因为絮叨最终表征的是：在异常悖谬的时代，反讽主义者确定无疑地处于无从决断的有待决断之境[2]；对一切和命运相关的人间事务——而非纯粹的知识[3]——的无从决断，以至于将决断永无休止地延宕下去，才是絮叨在反讽时代始而获取，继而必将终生拥有的本质内

---

[1] 关于这个问题，韩炳哲有过很好的论述："我们生活在一个越来越自恋的社会。力比多首先被投注到了自我的主体世界中。自恋（Narzissmus）与自爱（Eigenliebe）不同。自爱的主体以自我为出发点，与他者明确划清界限；自恋的主体界限是模糊的，整个世界只是'自我'的一个倒影。他者身上的差异性无法被感知和认可，在任何时空中能被一再感知的只有'自我'。在到处都是'自我'的深渊中漂流，直至溺亡。"（韩炳哲：《爱欲之死》，前揭，第 13 页）独裁式的独断或独断式的独裁的共同根源无非自恋而已矣。

[2] 乔吉奥·阿甘本（Giorgio Agamben）对此有很精辟的言说："每个人都会遇到这样的时刻，他或她必须说出这个'我能'，而这个'我能'指的不是任何的确定性或特定的能力，相反，是投入其中，是整个地牵涉到他。这个'我能'超越所有能力，超越所有知识，这个肯定除了指称直面着最为迫切经验的主体，什么也不意指——虽然不可逃避，然后就在那里它被给予估量：潜能的经验。"（乔吉奥·阿甘本：《巴特比，或论偶然》，王立秋等译，漓江出版社，2017 年，第 2 页）至少可以说，阿甘本道出了无从决断的某种样态或情境。

[3] 现代知识论主张，知识是断言，是命题，"是关于某些材料（date）的，或者说，由某些材料可以分析出一定的命题，而这些命题是对那些材料的解释。"（赵汀阳：《一个或所有问题》，江西教育出版社，1998 年，第 7 页）这就是说，"知识是对事物可实证、可操作的研究，是向自然界挺进、逼近，迫使自然界讲出自身真相的方式或渠道——主要是渠道。知识不关乎灵魂"（敬文东：《诗歌：在生活与虚构之间》，《文艺评论》2000 年第 2 期）。牟宗三的评议很有力："认知系统是横摄的，而凡指向终极形态之层次皆属于纵贯系统。"（牟宗三：《中国哲学十九讲》，上海古籍出版社，2005 年版，第 327 页）横摄乃纯粹的认知，纵贯则相关于人的终极意义。横摄性的知识可以决断；纵贯性的人间事务——亦即围绕人的命运组建起来与命运相关的生存环境和氛围——不属于知识的范畴，在虚无主义时代难以甚至无法决断。

涵[1]。这种在逻辑上没有结尾也不存在结束的尴尬状态，注定会让敏感的反讽主义者心情抑郁、精神分裂、癫狂，甚至自杀。[2]对于决断，作为媒介的絮叨应当不会有半毫米长的信心，说出乔治·巴塔耶在另外一个地方说过的那些话："我的决断是不可辩解的，这仅仅是因为我的决断完全排除了任何形式的直接满足——而这，也并不是没有痛苦。"[3]如果用道地广东人的惯常口吻，那无疑是：当然"并不是没有痛苦"的啦！而以雅克·德里达之高见，决断始终意味着某种紧急复紧急的揪心状态，但也确实始终意味着当此紧要关头，压根儿就没有可以用于决断的原则、依傍、价值靠山或价值干爹。[4]鲁迅有过这样的絮叨，似乎同样意味着说话者正

---

[1] 赵汀阳则认为，初民的信号遵循 x 是 a，没有选项，只有当否定词（不，not）出现，人类才开始有了可以反思意识本身的能力。否定词意味着无穷的可能性，也就是无穷的未来，也意味着在无穷的可能性中进行选择。无穷的未来意味着"人开始以存在去占有时间，存在就将一半意义付与未来的证词，一半付与历史的证词，于是，存在无法把握自身的意义，这就是以存在占有时间所必须承担的不确定命运……否定词所发动的人类意识第一次革命，很可能也是最大的一次革命，其后果就是人类的存在有了命运，而是否会有好的命运，这本身也是一个命运问题"（赵汀阳：《四种分叉》，华东师范大学出版社，2017 年，第 56—57 页）。命运问题显然很难决断，一切占卜打卦都是欺人之行为。

[2] 海德格尔（Martin Heidegger）认为，无决断状态很复杂，跟弃神有关："弃神乃是一个双重的过程：一方面，世界图像被基督教化了，因为世界根据被设定为无限的、无条件的、绝对的东西；另一方面，基督教把它的教义重新解释为一种世界观（基督教的世界观），从而使之符合于现代。弃神乃是对于上帝和诸神的无决断状态。基督教对这种无决断状态的引发起了最大的作用。可是，弃神并没有消除宗教虔信，而毋宁说，唯通过弃神，与诸神的关系才转化为宗教的体验。一旦到了这个地步，则诸神也就逃遁了，由此而产生的空虚被历史学和心理学的神话研究所填补了。"（海德格尔：《林中路》，前揭，第 67 页）海德格尔的评议，对本文此处的观点也许可以起到一种支持作用。

[3] 乔治·巴塔耶：《色情、耗费与普遍经济：乔治·巴塔耶文选》，汪民安编，吉林人民出版社，2003 年，第 2 页。

[4] 参阅雅克·德里达：《幻影朋友之回归：以民主的名义》，汪民安主编《生产》第 2 辑，广西师范大学出版社，2005 年，第 8 页。

处于无从决断的支吾境地：

> ……人民与牛马同流，——此就中国而言，夷人别有分类法云，——治之之道，自然应该禁止集合：这方法是对的……猴子不会说话，猴界即向无风潮，——可是猴界中也没有官，但这又作别论，——确应该虚心取法，返朴归真，则口且不开，文章自灭……[1]

张伯驹词曰："往代繁华都已矣，只剩江山。"（张伯驹：《浪淘沙·金陵怀古》）很显然，在繁华早已褪尽之境，鲁迅的絮叨只能被读者转化为内心深处唯有影子没有响动的声音，虚拟的声音[2]；不再是——当然更不可能是——撞击耳膜的那股子倔强、强劲、真实的声波，在刺激、撩拨着读者的耳膜[3]。这情形，实在像极了欧阳江河那行很有名，但也很可能不祥的诗句描绘过的不祥之景："琴声如诉，耳朵里空无一人。"（欧阳江河：《一夜肖邦》）即使没有欧阳江河如此这般的精彩言说，布拉格的卡夫卡也早已为此做出了辉煌的榜样。[4]在此，寄居于内心深处的虚拟之声意味着内听；内听和道

---

[1] 鲁迅：《坟·春末闲谈》，《鲁迅全集》第一卷，人民文学出版社，2005年，第216—217页。

[2] 麦克卢汉对此等现象有非常好的描述："印刷术逐渐让高声朗读变得毫无意义，并加速了阅读动作，直到读者感到被作者所'掌控'。"（马歇尔·麦克卢汉：《谷登堡星汉璀璨：印刷文明的诞生》，杨晨光译，北京理工大学出版社，2014年，第219页）絮叨的时代肯定是出版业极度发达的时代，因此肯定是反朗读的时代。

[3] 参阅敬文东：《失败的偶像：重读鲁迅》，花城出版社，2003年，第183—188页。

[4] 参阅马克斯·勃罗德：《卡夫卡传》，前揭，第41页。

教信徒们鬼鬼祟祟着的神神叨叨，没有任何像样的裙带关系。[1]内听的含义很简单：声音被牢牢拘押在某个人的心房和心室，只能被拥有这个心室和心房的人所感知，只能被这个心房和心室的业主所捕获。[2]因此之故，鲁迅的絮叨绝对不可能被转化为朗诵。絮叨如果被强行转化为朗诵（朗诵必定以字正腔圆和高音量为特征），其情形必定非常滑稽，相当于拖着一根长辫子的贝勒爷穿着牛仔裤和皇家马褂，在前门大街提着鸟笼，边走边玩抖音或快手。从常识出发，似乎可以认定：无论是作为一种发声方式，还是抒情模式[3]，朗诵都必定是絮叨的天敌[4]；它使用的高音量，以及高音量自带的

---

[1] 道家认为："定中觉……耳有所听，神役于耳矣，急收而内听。"（张伯端：《青华秘文·下手功夫》）此处的内听仅仅指的是默读时发出的虚拟之声。

[2] 关于内听，马歇尔·麦克卢汉说得很辩证："识字的过程是建立内心独白的过程。它把听觉的东西转换为视觉的东西，又把视觉的东西再次转换为听觉的东西……读书写字产生内心独白，从今天对前文字文化的研究中可以看出这一点。"［弗兰克·秦格龙（F.Zingrone）编：《麦克卢汉精粹》，南京大学出版社，2000年，第96页］旅美华人学者叶维廉有很内行的形态学描述："打开一本书，接触一篇文，其他书的另一些篇章，古代的、近代的，甚至异国的，都同时被打开，同时呈现在脑海里，在那里颤然欲语。一个声音从黑字白纸间跃出，向我们说话；其他的声音，或远远地回响，或细语提醒，或高声抗议，或由应和而向更广的空间伸张，或重叠而剧变，像一个庞大的交响乐队，在我们肉耳无法听见的演奏里，交汇成汹涌而绵密的音乐。这是我们阅读的经验，也是创作者在创作时同时必须成为一个读者的反复外声内听的过程。"（叶维廉：《中国诗学》，生活·读书·新知三联书店，1992年，第65页）记住马歇尔·麦克卢汉和叶维廉的告诫，内听就显得稀松平常。

[3] J.G. 赫尔德说："最早的语言不就是诗歌成分的汇集么？诗歌源于对积极活跃的自然事物的发声所作的模仿，它包括所有生物的感叹和人类自身的感叹；诗歌是一切生物的自然语言，只不过由理性用语音朗诵出来，并用行为、激情的生动图景加以刻画；诗歌作为心灵的辞典，既是神话，又是一部奇妙的叙事诗，讲述了多少事物的运动和历史！即，它的永恒的寓言诗（Fabeldichtung），充满了激情，充满了引人入胜的情节！——除此之外，诗歌还能是什么样子？"（J.G. 赫尔德：《论语言的起源》，前揭，第51页）

[4] 参阅廖亦武：《朗诵》，民刊《现代汉诗》1994年春夏卷，第96—98页。

过于夸张并且始终外向的激情（一种非内在化的激情），总是倾向于也钟情于和世界的连续性、肯定性、确定性纠缠在一起，而且纠缠的程度必定很深很深。正是这些要素和基本气质，构成了朗诵的本能，合成了朗诵浑浊的力比多与荷尔蒙。就像处于青春骚动期的芒克一样，朗诵总是和腥臊味浓烈的青春年少联系在一起，更倾向于性格逐渐复苏之后慢慢鲜辣起来的春与夏，却从不了解也未曾听闻过语言的“废墟时间”，更不明了语言的“废墟时间”究竟为何物。

很容易想见的现实之一更有可能是：在所有的发声方式中，唯有朗诵，才最有资格被称为决断的声音形式。全地球的诗歌朗诵会上那些叫床般带有装饰性的高音量，确实很有可能意味着清汤寡水一样的激情。但即便是这种类似于注水牛肉一样的高音量，也确实来自某种自以为是的决断。商汤、周武、嬴政、汉武帝、汉尼拔、奥古斯都、忽必烈、彼得大帝，甚至陈胜、宋江、晁盖和洪秀全，还有被青面兽杨志干掉前的泼皮牛二，对此应当心知肚明，最为清楚——想想牛二“杠精”那般雄辩、挑衅的口吻，也许就没什么不明白的了。作为一种充满自信——哪怕是假装自信——的有声媒介和发声方式，朗诵乐于型塑的，应该是人的正面气质。比如饱满的天庭、乐观的心境以及充实、崇高、充沛、典雅、幸福，还有阳光。它们无一例外，都是美好之极的品性，既晶莹，又透明[1]——哪怕它们有可能都是伪装的，或者虚假的，正所谓“周公恐惧流言日，王莽谦恭未篡时”（白居易:《放言五首》其三）。反讽主体只有个人的内心感受，甚至很有内在的激情并且堪称丰富，却没有任何行动的能力和鲜明的个性。他们（或她们）除了认领絮叨这种寒碜的盒饭外，哪有资格享用类似于龙虾、鱼翅和满汉全席一般奢侈豪华的朗诵呢？

[1] 巴赫金注意到荷马史诗中的主人公有高声抒发情感的习惯，他认为这是希腊人没有节制的表征；他也注意到奥古斯丁的《忏悔录》在当时不能默读，必须当众宣读，他认为这能够说明拉丁文学的外在性。巴赫金的结论是：这些现象能够发生，是因为荷马史诗中的主人公和奥古斯丁生活在一个可以决断的时代（参阅巴赫金:《巴赫金全集》第3卷，钱中文译，河北教育出版社，2009年，第321—323页）。

作为媒介的絮叨和现代主义者

无论是作为语言的现代性，还是作为语言现代性的特定产物，絮叨都算得上一种极具罕见性状的媒介。絮叨作为媒介到底传播过、传播了哪些具体内容，也许很重要；但更为重要的无疑是，它为反讽时代深度塑造了这个时代急需的现代主义者，宛若奥克塔维奥·帕斯说："为了像诗人那样重新发明爱情，我们必须重新发明人。"[1] 如下人等，应当是絮叨引以为傲的得意之作或神来之笔：比如诗人庞德（Ezra Pound）、艾略特（Thomas Stearns Eliot）、瓦莱里（Paul Valéry），比如小说家陀思妥耶夫斯基（Dostoevsky）、卡夫卡、乔伊斯（James Joyce）、普鲁斯特（Marcel Proust），比如音乐家勃拉姆斯（Johannes Brahms）、勋伯格（Arnold Schoenberg），比如哲学家尼采、海德格尔和维特根斯坦。现代主义者既是絮叨的发明物，更是絮叨奉献给虚无主义

[1] 奥克塔维奥·帕斯：《双重火焰——爱与欲》，前揭，第 149 页。

时代的礼物。就这样，被絮叨发明出来的现代主义者和异常悖谬的时代处于彼此对仗、相互对称的“哥俩好”之境。马塞尔·莫斯（Marcel Mauss）非常恳切地说起过：“给人及神的礼物目的也在于购买平安。”[1]但絮叨的目的，压根儿就不在于此（而非不仅于此）。事实上，絮叨向它寄居的时代奉献礼物，具有成色很高、很高的宿命性：它不得不奉献，就像鱼儿不得不依赖水和它一张一合的鳃，实在没什么道理好讲。这样的奉献既是絮叨的义务，但也命中注定是絮叨随身携带的权利。

与反讽时代靠得最近的，当然非浪漫主义时代莫属。作为法兰西专司文学批评的第一人，圣-伯夫（Sainte-Beuve）曾遭到过同时代人和同胞普鲁斯特的驳斥。在圣-伯夫眼里，连一向被认作现代主义鼻祖的夏尔·波德莱尔（Charles Baudelaire），也不过是一位没赶上趟的浪漫主义者。[2]如你我所知，浪漫主义的本性之一，就是热衷于抒情和朗诵。不妨稍微回顾一下浪漫主义时代巴黎众多女主人主持的沙龙上，那些充满激情的言语行为吧。[3]令人吃惊的是：这等性状的言语行为，反倒是在“次最伟大的小说”［乔治·奥威尔（George Orwell）语］——亦即《追忆似水年华》——的絮絮叨叨中，得到了迄今为止最完美、最充分、最细致的展现。

［1］马塞尔·莫斯：《礼物：古式社会中交换的形式与理由》，汲喆译，上海人民出版社，2002年，第27页。

［2］参阅龚翰熊：《20世纪西方文学思潮》，河北人民出版社，1999年，第9页。

［3］参阅达恩·弗兰克（Dan Franck）：《巴黎的盛宴》，王姤华译，中国人民大学出版社，2005年，第100—120页。

这中间的原因，当真是絮叨拒绝抒情和朗诵吗？但很容易分辨的是：与无从决断又丧失了价值干爹的反讽时代相较，浪漫主义时代的内在口吻一向很高昂，态度坚决，神情嚣张和跋扈。听听抒情王子雪莱（Percy Bysshe Shelley）到底是怎么怒吼的，也许就明白了："同人生相比，我们所定居的星球的演变算得了什么？同人生相比，日月星辰的运转与归宿又算得了什么？"[1]决断甚至决断本身，几乎直接等同于浪漫主义的本能或者力比多。罗曼·英伽登（R.Ingarden）认为，所有的文学艺术作品，仅仅是靠近真理的准判断（quasi-judgment）罢了。[2]但罗曼·英伽登的如此言说，注定会遭到浪漫主义的蔑视，因为他说得太消极，太不给浪漫主义以起码的颜面。只配充任"马后炮"的反讽主义者看得很清楚：浪漫主义本来就意味着极其鲜明的个性，意味着巨大并且持久的行动。这差不多早已成为这个蓝色星球上的文学史常识，实在不值得额外张扬和申说；雪莱、拜伦（George Gordon Byron）、济慈（John Keats）等人的生平功业和所作所为，尤其是这伙人长时间持续勃起的诗兴和诗篇，似乎早已证明了这一结论。要知道，卡米拉·帕格利亚（Camille Paglia）女士早就告诫过："勃起是一种思想（a thought），和一个极度快感的想象力的行动。"[3]还是瓦尔

[1] 雪莱：《雪莱全集》第五卷，傅惟慈等译，河北教育出版社，2000 年，第 248 页。

[2] 参 阅 R.Ingarden, *Selected Papers in Aesthetics*, The Catholic University of America Press, 1985, p.161。

[3] 卡米拉·帕格利亚：《性面具——艺术与颓废：从奈费尔提蒂到艾米莉·狄金森》，王玫等译，内蒙古大学出版社，2003 年，第 21 页。

特·本雅明说得更透彻和精辟——“浪漫主义的核心是救世主义”，当然也是英雄主义[1]。英雄主义天然需要高音量，需要朗诵，需要抒情，甚至需要夸张的身体语言以为抒情之助。英雄主义最瞧不起的言说姿态和调性、最鄙视的发声方式和口吻，应该非絮叨莫属。在英雄主义看来，絮叨意味着投降或叛变。

令人惊讶的是，被絮叨创造出来的现代主义者和絮叨面相一致：他们的身份首选，也是媒介。这情形，宛若卡夫卡居然将上帝视作他的虚无主义者同伙，大可以联起手来蚕食、打劫、勒索和压榨实有[2]。对此，理查德·罗蒂（Richard Rorty）乐于给出的论证是：在上帝死后，“只有语句才有真假可言；人类利用他们所制造的语言来构成语句，从而制造了真理”[3]。真理不过是语言的产物，和自以为全方位拥有真理的上帝无干。海德格尔说得非常自信，非常乐观：“艺术作品以自己的方式开启存在者之存在。在作品中发生着这样一种开启，也即解蔽（Enthbergen），也就是存在者之真理。在艺术作品中，存在者之真理自行设置入作品中了。艺术就是真理自行设置入作品中。”[4]但这等性状的乐观和如此成色的先验之言，或许会吓破絮叨的小胆囊。而在目睹过浪漫主义过度自信的疾风骤雨后，被絮叨强制性创造出来的一众现代主义者们，既对浪漫主义怀有“羡慕嫉妒恨”的复杂心理，又垂头丧气沮

---

[1] 转引自刘北成：《本雅明思想肖像》，上海人民出版社，1998 年，第 54 页。

[2] 参阅马克斯·勃罗德：《卡夫卡传》，前揭，第 71 页。

[3] 理查德·罗蒂：《偶然、反讽与团结》，前揭，第 19 页。

[4] 海德格尔：《林中路》，前揭，第 21 页。

丧有加。但也因此明白了他们的处境：必须首先安于、固守于自己的媒介身份和角色，对真理——更何况绝对真理——不得抱有任何侥幸心理，就像罪犯不得抱有逃脱法律制裁的心理期许。然后，现代主义者才有可能得陇望蜀那般，谋取其他的世俗性勋业——当然，永远只能是世俗性的勋业，因为语言拥有苗条身材、清秀面孔的时代，尤其拥有一副超验、圣洁面容的岁月，一去不复返了。对于现代主义者拥有媒介身份这个不二之事实，T.S. 艾略特很可能比任何一个现代主义者更为心知肚明：

> 诗人有的并不是有待表现的“个性”，而是一种特殊的媒介，这个媒介只是一种媒介而已，它并不是一个个性，通过这个媒介，许多印象和经验，用奇特的和料想不到的方式结合起来。对诗人本身来说，这些是一些重要的印象和经验。但它们却在他的诗歌中可能没有占任何地位，而那些在他的诗歌中变得重要的印象和经验却可能在诗人本人身上，在他的个性上，只起了一个完全无足轻重的作用。[1]

作为反讽时代极具影响力的絮叨者，T.S. 艾略特在另一处也不得不承认：现代主义诗人之于诗，有类于皮条客之于青楼的深度热爱者；他向来发挥的，不过是桥梁、催化剂甚或催情剂的作用[2]。

[1] T.S. 艾略特：《艾略特文学论文集》，李赋宁译，百花洲文艺出版社，1994 年，第 9 页。
[2] 参阅盛宁：《二十世纪美国文论》，北京大学出版社，1994 年，第 73 页。

李敖著有一本嬉皮笑脸的书，题名为“且从青史看青楼”；如果改作“且从青楼看青史”，从比喻的层面上看或从象征的角度上说，其内涵差不多可以直接等同于T.S.艾略特的上述观点。[1]一位年轻的中国当代作家，也曾以自言自语的口吻有过这样的表述：“仿佛我，小说家，只不过是个敏感的媒介或导体。”[2]这样的道说和这等样态的自我身份定位，深得“媒介即讯息”的精髓；面对这等性状的自知之明，虚无主义时代或者反讽时代就像黄石公碰见了乖巧、机灵、懂事的张子房那样，一准儿会说：“孺子可教矣。”[3]

据信，反讽时代的终端产品有二：垃圾与单子式个人。垃圾意味着任何物品都终不免被抛弃的命运；物品没有来世唯有今生，乃物品命中注定之事。在反讽时代，“物死如灯灭才是物品必须信奉的格言、遵守的通则。对于反讽时代的人和物品来说，人世间最沧桑的语词，也许莫过于‘命中注定’”[4]。单子式个人意味着：反讽主义者彼此间必定视对方为可抛弃物，亦即一切人抛弃包括他自己在内的一切人（想想反讽主体与自己处于分裂状态这个基本事实），就像人类早已展开了一场“一切人反对一切人（bellum omnium contra omnes）的战争”[5]。要说这方面的好例证，或许不会有多少作品赶得上《局外人》。且看那个面无表情的莫尔索，对一

[1] 参阅敬文东：《对快感的傲慢与偏见》，《黄河》1999年第4期。

[2] 孔亚雷：《李美真》，上海文艺出版社，2020年，第41页。

[3] 司马迁：《史记·留侯世家》。

[4] 参阅敬文东：《命运叙事》，《当代文坛》2019年第6期。

[5] 梯利（Frank Thilly）：《西方哲学史》，葛力译，商务印书馆，1995年，第302页。

切人物的命运毫无兴趣，包括他死去的母亲，甚至他极其荒谬地成为杀人犯后，对自己的荒谬命运也说不上有多关心。犹如莫尔索那般，反讽主义者不仅沦陷于孤独之境，还终不免彼此间互为垃圾的悲催命运[1]。在承认了自己的媒介身份后，那些凄惨有加的现代主义者，比如中国的鲁迅、李金发、郁达夫、施蛰存和卞之琳，西方的里尔克、艾略特、乔伊斯、埃兹拉·庞德、弗吉尼亚·伍尔夫（Virginia Woolf）、保罗·瓦莱里、弗罗斯特（Robert Frost）和特拉克尔（Georg Trakl），携带着他们（或她们）无从降解的孤独，怀揣着他们（或她们）的垃圾身份和媒介角色，还有如下这些奇思妙想，竟然兴冲冲地开拔、上路了：既然 A 与 –A 能够同餐共食、如日中天的美和死亡能够同时并在，既然高贵的诚实（sincere）里居然会有低级的罪性（sin）、低级的堕落（perverse）里居然会有高贵的诗意（verse），既然死亡可以和纵情欢愉的念头程度很深地勾连一体，那么，同义反复（tautology）作为反讽时代的又一种精神气质，或者非物质化的终端产品，就不会显得过分唐突、打眼。在此，同义反复不难被理解，它只不过意味着：现代主义者被絮叨塑造出来后，必定会以絮叨作为自己的调性、语气、口吻或发声方式。朗诵不改初衷，永远和决断、抒情生死相依；因此，朗诵打一开始就如此这般既合情理，又合逻辑地被絮叨褫夺殆尽了。

或许，这极有可能是乔治·斯坦纳特别想说的那些话："自荷马以后，文学、想象已经随着语言而扭曲。马拉美之后，几乎所有

---

[1] 参阅敬文东：《论垃圾》，《西部》2015 年第 4 期。

重要的诗歌，以及多数决定现代主义走向的散文，都逆语言正常之流而动。”[1]在“逆语言正常之流而动”产生的所有后果当中，絮叨（或以絮叨为发声方式）必居其一，必有一席之地。如果把克林斯·布鲁克斯（Cleanth Brooks）在某处的言论翻译过来，毋宁是这样的：现代主义在不断探索语言的潜能，现代主义者呢？始终在致力于重塑一种新的语言[2]。“语言的潜能”，还有“重塑一种新的语言”云云，在它们导致的所有诗学后果当中，也应该有絮叨或应该也有絮叨吧。在此，絮叨不仅不意味着含混不清，恰恰相反，在虚无主义时代，唯有絮叨最清晰；唯有絮叨最有能力以四两拨千斤的轻松招式，将发生在反讽时代复杂、难缠的事情不那么难缠、复杂地说清楚，道明白。和圣-伯夫刚好相反，胡戈·弗里德里希（Huge Friedrich）态度坚定地将爱伦·坡（Edgar Allan Poe）、波德莱尔，视作西方现代主义的鼻祖和源头。令人大感惊奇的是，从弗里德里希对这两个人的精湛论述中不难发现，他竟然会有这样的暗示：《乌鸦》和《恶之花》都以絮叨作为它们发声的调性、口吻或语气。[3]瓦尔特·本雅明似乎给出了几乎完全相同的暗示[4]。如果仔细阅读、详加侦听，也许还不难发现：本雅明对波德莱尔精彩绝伦的论述，

[1] 乔治·斯坦纳：《巴别塔之后：语言与翻译面面观》，孟醒译，浙江大学出版社，2020年，第178页。

[2] 克林斯·布鲁克斯：《精致的瓮：诗歌结构研究》，郭乙瑶等译，上海人民出版社，2008年，第72页。

[3] 参阅胡戈·弗里德里希：《现代诗歌的结构》，李双志译，译林出版社，2010年，第38页.。

[4] 参阅瓦尔特·本雅明：《巴黎，19世纪的首都》，刘北成译，商务印书馆，2013年，第189—200页。

原本就以絮叨为发声的方式，这让他对波德莱尔的阐释显得态度游移、步履飘忽。但本雅明的精彩论述，正存乎于这样的态度和步履。关于这个问题，本雅明的热烈推崇者，亦即特里·伊格尔顿（Terry Eagleton）教授，当然不会闲着，不会袖手旁观[1]。

罗杰·斯克鲁顿（Roger Scruton）认为，“陈词滥调是一种陈旧的、漫不经心的修辞”[2]。斯克鲁顿这样说话的主要理由，也许不外乎他的个人身份：著名的保守主义哲学家。保守主义者的可爱和值得尊敬的地方就在于：他（或她）即使身处语言的“废墟时间”，仍然试图对语言给出尽可能善意的理解。或许，陈词滥调确实有可能因为被善意理解，真的变得善意起来了。[3]即便如此，苏珊·桑塔格依然愿意与斯克鲁顿判然有别。桑塔格坚定不移地认为，尤内斯库（Eugène Ionesco）“对陈词滥调的发现”，竟然“意味着他拒绝把语言当作一种交流或自我表达的工具，而是把它当作可替换之个人在某种形式的恍惚状态中所分泌的一种奇异的物

[1] 对这个问题，特里·伊格尔顿有精当、细致的观察：“本雅明的文风因其连词稀少而独树一帜，因此，他写的句子不是相互修饰或进一步解释，而是彼此紧挨着，而丝毫不觉彼此的亲密存在，于是构成了一幅别具匠心的镶嵌画，而读者似乎在阅读的任意时刻都能长驱直入。”（特里·伊格尔顿：《沃尔特·本雅明：或走向革命批评》，郭国良等译，译林出版社，2005 年，第 98—99 页）

[2] 罗杰·斯克鲁顿：《文化的政治及其他》，谷婷婷译，南京大学出版社，2019 年，第 6 页。

[3] 相反的思路是：只要恶意理解语言，语言一定会恶起来。乔治·斯坦纳对此等状况持蔑视的态度：“在我们时代，政治语言已经感染了晦涩和疯癫。再大的谎言都能拐弯抹角地表达，再卑劣的残忍都能在历史主义的冗词中找到借口。除非我们能够在报纸、法律和政治中恢复语词意义的清晰和严谨，否则，我们的生活将进一步掩向混沌。那时，一个新的黑暗时代将来临。这个前景并不遥远。”（乔治·斯坦纳：《语言与沉默：论语言、文学与非人道》，前揭，第 43 页）事情果然不出斯坦纳所料，在眼下，他担心出现的局面处处皆是。

质”[1]。细究之下会发现：被苏珊·桑塔格絮叨出来的那种“奇异的物质”，似乎可以被直接理解为或置换为作为媒介的絮叨，毕竟陈词滥调的“恍惚状态”，正是支吾最重要的特性之一。在此，乔治·斯坦纳满可以自告奋勇地站出来，主动为苏珊·桑塔格的观点做证：“与自由相对的是陈词滥调。”[2]这仅仅是因为自由始终倾向于美，意味着美[3]，还意味着自由总是处于饱满的确定性状态，决断是它当仁不让的权利，甚至干脆就是它的癖好和本能。自由不可能下嫁到或者下替至被絮叨的地步，更不存在恍惚性的自由。自由被认为具有恍惚性，就像有人说此处有一个方的圆，这本身就意味着对自由的严重歪曲，甚至侮辱[4]。

现代主义者在认领了自己作为礼物的同义反复后，的确很有自知之明：身为絮叨着的媒介，总得传播点什么吧。就像你身为电视，总得直播点你的观众感兴趣的内容呗。但在一个根本无从决断和丧失了确定性的世界，“总得传播点”的那个“什么”或者“东西”，看上去很难被言说。李洱的观察一向清楚和仔细，他的看法也一如既往地深邃和深刻：“吃盐不成，不吃盐也不成；走快了要出汗，走慢了要着凉；招供是一种背叛，不招供却意味着更多的牺牲——这是自加缪的《正义者》问世以来，文学经验的一

[1] 苏珊·桑塔格：《反对阐释》，前揭，第 128 页。

[2] 乔治·斯坦纳：《语言与沉默：论语言、文学与非人道》，前揭，第 88 页。

[3] 参阅韩炳哲：《美的救赎》，关玉红译，中信出版社，2019 年，第 76 页。

[4] 诸如“方的圆”一类说法符合语法，只能存在于语言空间，却与现实世界无涉，因而是不真实的［参阅艾耶尔（A.J.Ayer）：《二十世纪哲学》，李步楼等译，上海译文出版社，1987 年，第 31 页］。因此，“恍惚性的自由”就是对自由的侮辱。

个隐秘传统。”[1]但作为一种有声的媒介，絮叨还是将李洱的疑惑给瞬间终结了——传统的说法叫“斩立决”，坊间最新的时髦言辞据说是“秒杀”[2]。赞美《正义者》的李洱似乎有必要承认：唯有絮叨，才是解决必达难达之态的终极方案，他的《花腔》，尤其是体量庞大的《应物兄》，就堪称絮叨的集大成者。这就是说，反讽时代制造的现代经验，立即被现代主义者的絮叨所打捞；其结果当然不外乎是：现代经验（或曰反讽主义者寄居的当下世界）在一个瞬刻间，就被迅速地絮叨化了。自波德莱尔以降，人们对这种性质、样态的絮叨化早已司空见惯，被视作理所当然，合该遭受被遗忘的命运和待遇。对此，圣-伯夫也许会持有一种酸葡萄似的否定心理，或者持有一种干脆不予承认的态度。

絮叨化首先客观地意味着：作为孤独的单子式个人、本质上的垃圾和能够行走的媒介，现代主义者必须与物质性的垃圾相互对视、彼此对峙，还得将对峙和对视导致的内心感受——而非行动、性格和真理——尽可能准确地表达出来。这是每一个现代主义者必须认领和接管的义务。其次，絮叨化还很悲观地意味着：唯有絮叨，才是用于表达垃圾的最佳手段，但絮叨尤其能够作用于垃圾激发出来的内心感受，也就是反讽主体早已内在化了的个人激情。因此之故，罗兰·巴特对絮叨持有溢美之词，就不显得

[1] 李洱：《问答录》，前揭，第360页。

[2] 社会语言学应当注意坊间的说法，类似“秒杀”一类的新生语词，也许本身就是絮叨性的（参阅闻树国：《絮叨忧郁——罗兰·巴尔特〈恋人絮语〉解读》，《山花》1997年第12期）。

多么夸张、冒失或矫情：现代主义文学作品“虽然总有些可征引的什么东西，但它的不可确定性是绝对纯粹的。无论它是多么絮叨，但都具有预言的精简性（并非胡言乱语）”[1]。罗兰·巴特对如下情境，或许心知肚明：现代经验（或反讽时代）的絮叨化就是垃圾的絮叨化。在虚无主义时代，唯有垃圾才是实存之物，要么是物质性的，要么是精神性的。有关这个问题，罗兰·巴特的法兰西同胞，亦即才华横溢却又不幸短命的多米尼克·拉波特（Dominique Laporte），给予的提醒就显得既机智、沉痛，又深刻、幽默：“不应当忘记作为垃圾中虚无的东西，尿的地位比臭水更高。”[2]

在被絮叨塑造并且时时絮叨着的现代主义者看来，文学最有尊严的定义也许是：所谓文学，就是在唯一的现实之外，或发明或再造一种全新的现实。诗、小说、戏剧专司创世之职[3]；只有散文，才是对唯一一个给定的世界所做的总结和评判[4]。这情形，就好比吉尔·德勒兹（Gilles Deleuze）说过的：用英语写作的梅尔维尔（Herman Melville）发明了一种陌生的语言，这种语言“在英语

[1] 罗兰·巴特：《批评与真实》，温晋仪译，上海人民出版社，2016年，第37页。

[2] 多米尼克·拉波特：《屎的历史》，周莽译，商务印书馆，2006年，第25页。

[3] 参阅西渡：《论散文诗》，《中国投资》2014年第6期。

[4] 李洁非从“文”字的词源学角度进行考释，令人信服地证明：和依靠口头语的诗相比，散文不仅从时间上处于后发境地，而且是一种严重依赖书面文字的写作方式；中国的散文出于对政府公务的记录，仅仅是对事实的罗列（所谓“左史记言，右史记事”），是非个人性，是一种高高在上的文体；其后出现个人性的写作，庄子等人对寓言的发现与运用，是一个大的标志。总之，散文是文人的标配，在历史上从未下替到民间，是一种精英文体。（参阅李洁非：《散文散谈——从古到今》，《文艺争鸣》2017年第1期）

下面流动，并带走了英语”[1]。和发明一种陌生的语言相比，发明一种新现实根本就算不了什么——要知道，上帝也只能依靠语言，才创造了世界。[2]文学发明全新的现实，正是絮叨者张枣心心念念的绝佳梦想：“没有文学，哪来的现实呢？”[3]但它也是另一个特大号的絮叨者华莱士·史蒂文斯（Wallace Stevens），张枣热烈崇拜的对象，贡献出的不屑一顾之言辞：“在历史长河中，现实无关紧要。”[4]萨特在长篇小说《恶心》中，塑造了一位睿智的主人公，此人认为，必须要在以下两者中做出选择：要么生活，要么叙述。这仅仅是因为：如果你想让最乏味的事情成为奇遇，只需叙述就足够了[5]。该主人公有一个“呼”之欲“出”的结论，此处不妨将之直接“呼出”：叙述不仅能够发明某种新现实，而且发明新现实原本就是叙述的本能、潜意识和骚动的力比多。关于这个问题，J. 希利斯·米勒（J.Hillis Miller）说得更加详细：“文学作品并非如很多人以为的那样，是以词语来模仿某个预先存在的现实。相反，它是创造或发现一个新的、附属的世界，一个元世界，一个超现实（hyper-reality）。这个新世界对已经存在的这一世界来说，是不可替代的补充。一本书就是放在口袋里的可便携的梦幻编织

[1] 吉尔·德勒兹：《批评与临床》，前揭，第 148 页。

[2] 参阅圣奥古斯丁（Saint Augustine）：《忏悔录》，周士良译，商务印书馆，1996 年，第 235—236 页。

[3] 参阅张枣：《张枣随笔选》，人民文学出版社，2012 年，第 219 页。

[4] 转引自特伦斯·霍克斯（Terence Hawkes）：《论隐喻》，高丙中译，昆仑出版社，1992 年，第 131 页。

[5] 参阅 A.C. 丹图：《萨特》，安延明译，工人出版社，1986 年，第 10 页。

机。”[1]这里边的关键和要害或许是：蔑视唯一一个现实的人，有可能被蔑视于这唯一一个现实，却没有也不会遭受来自文学艺术给予的蔑视——荷尔德林（Friedrich Hölderlin）、凡·高（Vincent van Gogh）、麦尔维尔、卡夫卡和海子是其例。

在比较彻底的现代主义者看来，奥尔特加·加塞特（José Ortega Gasset）对文学艺术的如下评议，就不免显得正误参半："在古典艺术带给我们的享受中，生活因素大于美学因素，而面对现代作品，我们感到的更多是审美快感，而不是生活的感受。"[2]加塞特对古典艺术的看法基本正确，毕竟古典艺术发生在非反讽时代和非语言现代性的岁月。事实上，古典文学或大体上建基于文学最无尊严的定义（亦即文学是对现实的照相式反映），或大致上立足于文学较有尊严的定义（亦即文学是对现实的即时反应）。古典文学艺术必须首先得看生活的眼色，唯生活之马首是瞻；它必须乖巧、懂事、听话，生活才会让它有糖可吃。马修·阿诺德（Matthew Arnold，中译名曾作"马太·安诺德"）乐于为古典文学艺术的功能一锤定音："诗歌即人生批评。"[3]与此相反，现代艺术只可能是反讽主义者的专有形式，它必须听命于絮叨及其一切特性。唯有絮叨，才与这个既无诗意又无从决断的时代恰相对称。现代主义者，这絮叨的创造物，在同义反复地以絮叨为发声方式时，不仅

---

[1] J. 希利斯·米勒：《文学死了吗》，秦立彦译，广西师范大学出版社，2007年，第28—29页。

[2] 奥尔特加·加塞特：《艺术的去人性化》，莫娅妮译，译林出版社，2010年，第258页。

[3] 马太·安诺德：《安诺德文学评论选集》，殷葆瑹译，人民文学出版社，1958年，第82页。

能将世界絮叨化，还能更上一层楼：发明了一个又一个絮叨的世界[1]。当此关键之际，记住唐·库比特（Don Cupitt）的提醒，是一件颇有警示作用的事情："不是先有经验，再有语言的表达；不是先有对上帝或者终极者的神秘经验，再有对上帝或者终极者的表达。而是相反，先有语言，再有经验；先有关于上帝或者语言，再有关于上帝或终极者的经验。"[2]

世界的絮叨化（或现代经验的絮叨化）一直在试探性地意味着：作为媒介的絮叨是处理现实世界和反讽时代的最佳方式；现代经验虽然严重悖谬，正反两面都有它合理存在的道理，显得复杂、难缠和好一个难以被抓住牛鼻子的牛脾气！但就像五行相生、相克那样，看似眩晕、恍惚、颤巍巍和模棱两可的絮叨，正好是现代经验说一不二的大克星、大杀器，很有一些四川俚语"歪锅配斜灶——搞对了"透露出的那股子幽默感和滑稽相：你歪，而我呢，偏偏天造地设那般倾斜着，耐心等待你的出现，因为命中注定你或早或晚一定会出现。絮叨的世界最大限度地意味着：现代主义者伙同它的媒介身份与角色，创造了一个以絮叨为基址的全新建筑。这个建筑和抒情性、朗诵绝缘；在这个不断絮絮叨叨的世界里，反讽主义者以庆祝世界的无意义为途径，很快乐地通往他们（或她们）唯一值得骄傲的意义。这就是查尔斯·伯恩斯

[1] 据中国学者赵一凡介绍，纳博科夫（V. V. Nabokov）早就说出了此处的观点。纳博科夫认为，大作家都是超级骗子，其作品与现实毫无关系，却能独创一个世界（参阅赵一凡：《西方文论讲稿：从胡塞尔到德里达》，生活·读书·新知三联书店，2007 年，第 36 页）。
[2] 唐·库比特：《后现代神秘主义》，王志成等译，中国人民大学出版社，2005 年，第 2 页。

坦（Charles Bernstein）以十分激动的心情，说起过的那些话："我以世界的无意义开始，试图从中找到一些意义，仿佛语词发自肺腑而思想则可能敲响警钟。"[1]端的是好一记珍贵并且响亮的警钟啊！对此，乔治·巴塔耶乐于给出的溢美之词是："无意义（non-sens）乃一切可能之意义（sense）的结果。"[2]这就是说，絮叨的世界蔑视唯一一个现实世界和这个世界倡导的伦理学，只因为该伦理学总是以维护、强调、尊重现实生活的唯一性为己任："生活自成目的（autotelic）。任何超出生活的东西对于生活都是无意义的，生活是生活意义的界限。"[3]现实生活与它的伦理学一道，乐于赞同文学最没有尊严的定义，倾向于容忍文学比较有面子的定义，却坚决拒绝文学最有尊严和面子的定义。被拒绝的定义出自絮叨自身的坚定立场；它无视并且敌视现实生活的唯一性。对于现代主义文学艺术来说，现实的唯一性才是最大的敌人。胡戈·弗里德里希一语破的："所谓现代就是指，从创新性幻想和独立语言中诞生的世界是现实世界的敌人"，由此一来，现代主义诗歌也就成

[1] 查尔斯·伯恩斯坦：《语言派诗学》，罗良功等译，上海外语教育出版社，2013年，第116页。

[2] 乔治·巴塔耶：《内在体验》，前揭，第135页。

[3] 赵汀阳：《论可能生活》，中国人民大学出版社，2010年，第93页。但赵汀阳为唯一一个生活的伦理学辩护是绝对正确的，因为即使艺术家在不处于发明现实的时刻，也只能是生活的人。奥尔特加·加塞特对此说得很清楚："生活是一回事，诗歌则是另一回事——新诗人是这么想的，或者至少是这么感觉的。我们不要把一切都混为一谈。因此，凡人与诗人也是不相容的。凡人的宿命是走完自己的人生道路，而诗人的任务却是创作、虚构。这就是做诗人的真谛。诗人给早已存在的真实世界添上一块虚幻的大陆，让世界变得更加广阔。"（奥尔特加·加塞特：《艺术的去人性化》，前揭，第29页）

了一种“几乎单单由幻想造就、跃出现实或者毁灭现实的世界的语言”。[1]

马丁·瓦尔泽（Martin Walser）认为，发声方式才是“叙事的真正元素”[2]。彼得·汉德克（Peter Handke）伙同他自身的媒介角色，以絮叨为调性、口吻或者言说姿势，干净、利索地发明了一个与数字“9”和“13”莫名相关的絮叨的世界：“他（小说主人公菲利普·柯巴尔——引者注）神圣的数字就是玛雅人的数字：9和13。进屋之前，他要分9次把鞋蹭干净；清早起来，他要把自己的枕头抖13次；一定要等到有13只鸟儿从花园上方飞过，他才出门干活，并且要歇息9次，晚上睡觉之前，他要转9乘13个圈。”[3]对于各种型号的实用主义者、右倾理性主义者、“左倾”机会主义者来说，这个与数字“9”“13”莫名相关的絮叨的世界，近乎无话找话，迹近于为说话而造作地说话。但这些人似乎不得不承认，这个世界确实很迷人，虽然它确实既无聊，又无意义。这么说吧，这个与数字“9”“13”莫名相关的絮叨的世界始终在无话找话、在为说话而造作地说话，既无聊，又无意义，但它确实很迷人，因为它正好构成了主人公菲利普·柯巴尔迫切需要的那种东西：既有趣，又有意义。

这种无意义带来的意义和有趣，或许很好地呈现在斯坦芬·科

[1] 胡戈·弗里德里希：《现代诗歌的结构》，前揭，第190页。
[2] 马丁·瓦尔泽：《自我意识和反讽》，黄燎宇译，人民文学出版社，2021年，第13页。
[3] 彼得·汉德克：《去往第九王国》，韩瑞祥译，上海人民出版社，2014年，第300页。

兰奈（Stefan Klein）的下述言论之中："到了 20 世纪，偶然和不解最终成为小说中的一种驱动力量。于是，我们读到，卡夫卡小说中的主要人物 K 在不明白原因的情况下被人起诉，加缪笔下的陌生人处于一种莫名的情绪在海边杀死了一个阿拉伯人。在过去 30 年如美国作家品钦（Thomas Pynchon）描写的迷宫般的历史中，甚至最后连叙述者显然也失去了眼力。主人公们是否真的遭遇了邪恶力量的一个错综复杂的计划，或只是如此幻觉，以便在其生命的转折中认识到一种意义，仍然悬而未决。"[1] 作为一部纯粹絮叨性的现代主义小说，乔伊斯的《芬尼根的守灵夜》得到了麦克卢汉的高度赞誉；絮叨的世界的精髓、神采和风范，或许正好寓居于麦克卢汉的赞誉之词当中：

> 在《芬尼根的守灵夜》里，乔伊斯在创作他自己的史前洞穴画，表现人类精神的全部历史；他用的绘画语言是人类文化和技术发展的一切阶段都有过的基本的手势和体态。正如书名所示，他明白，人类进步的觉醒过程可能再次消失在祭典人或听觉人的黑夜中。在电子时代，芬尼根的部落制度周期有可能回归；如果真的回归，让我们使之成为守灵夜或觉醒夜，或两者兼而有之。乔伊斯认为，如果我们被禁在每一个文化周期里，就仿佛陷入了昏迷或梦境，那会一无是处。

---

[1] 斯坦芬 · 科兰奈：《偶然造就一切》，前揭，第 322 页。

他发现了理想的办法，据此，我们同步生活在所有的文化模式里，同时又保持完全的清醒状态。[1]

[1] 马歇尔·麦克卢汉：《媒介即按摩：麦克卢汉媒介效应一览》，前揭，第118页。

三种年轻的发声方式

任何媒介都必须有接受该种媒介的对象，这就是传播学乐于说起的受众，否则，就不成其为媒介，甚至干脆不会有媒介。媒介当然会挑选它的受众，受众也会主动靠近他倾心的媒介。媒介之所以选中某个人或某类人，仅仅因为它是这种媒介，而不是那种媒介。作为上海文艺出版社数十年来在发行量方面金枪不倒的著名品牌，《故事会》心目中的读者肯定不是复旦大学——它也矗立在上海——文学院的博士研究生。受众之所以选择某种或者某类心仪的媒介，也仅仅因为他（或她）碰巧是这种人，而不是那种人。似乎很容易获得这等"撞大运"般的估摸性答案：只要是货真价实的中国普通农民，就不大可能阅读爱因斯坦的广义相对论，或者麦克斯韦尔（James Clerk Maxwell）的方程式，虽然偶尔也可能会有概率极小的例外[1]。韩炳哲（Byung-Chul Han）非常富有

[1] 参阅周程祎:《农民工读海德格尔，为什么非得争论"正不正常"？》，上观网：https://export.shobserver.com/baijiahao/html/426803.html，2022 年 5 月 24 日 16：25 访问。

想象力，他乐于将人的情绪和某种面相特殊的媒介直接等同起来："情绪才是精神政治对人进行控制的有效媒介。"[1]只要你很幸运地尚未麻木到毫无知觉的程度，你大概就会发现：这句明显带有某种情绪的话传达出来的情绪内容，很容易被感知。但对于不无重要的这一点，眼下或可姑置勿论。但此处千万不可忘记或者忽略的是：在语言哲学看来，所谓情绪，原本就是一桩过于稠密和浓烈的语言事件（language events）[2]。既然它是一个语言事件，就不得不发出声来：事实上，它以内听为自己的存在形式、调性或口吻，却又随时可以被征用为有声的媒介。对此，作为一个语言哲学阵营之外的思想家，罗杰·斯克鲁顿也有一个高度类似于语言哲学的洞见："词语创造了情绪。就像情绪创造了词语一样。去掉词语，就是去掉情绪，而词语则是这些情绪不可或缺的表述。"[3]因此，情绪不仅表情丰富，而且音响复杂，一直在抑扬顿挫地努力工作，在平上去入地忙个不休，需要详加辨析、小心品味和评判。加斯东·巴什拉（Gaston Bachelard）的如下言论，绝不仅仅是漂亮的修辞（它诚然是修辞并且始终漂亮着）；事实上，它是在现象学的层面上，对声音的真相做出的诚实而良善的表述："和美丽的语词相配的是美丽的事物。和读音庄重的语词相配的是深沉的存在。"[4]更有甚于此的情况是："情绪可以引起特定行为的发生，在

[1] 韩炳哲：《精神政治学》，关玉红译，中信出版社，2019 年，第 65 页。
[2] 参阅 Wilfrid Sellars: *Empiricism and the Philosophy of Mind*, Harvard University Press, 1997, p.63。
[3] 罗杰·斯克鲁顿：《文化的政治及其他》，谷婷婷译，南京大学出版社，2019 年，第 13 页。
[4] 加斯东·巴什拉：《空间的诗学》，张逸婧译，上海译文出版社，2013 年，第 99 页。

这个意义上，它是具有践言性的。”[1]

德里达多次抱怨过，自柏拉图以来，西方思想便固执地认为：书写出来的文字是不可靠的传达媒介，只有脱口而出的话语才像透明的玻璃，让人清楚地看到原来的意思。[2]为此，德里达甚至放出了狠话：“一种没有分延的声音，一种无书写的声音绝对是活生生的，而同时又是绝对死亡的。”[3]无论德里达的抱怨多么地有道理，或者多么地没有道理，都不会影响以下事态的坚实存在：正是玻璃般透明的有声之言辞——哪怕它仅仅落实为内听——让每一种媒介的选民都自成群落，以便区别于其他媒介的忠实拥趸。这情形，就好像上帝的选民彼此之间互称主内的兄弟姊妹（Brothers and Sisters in Christ），以便和主外那些无法结成兄弟姊妹的人（也就是异教徒），成功地区分开来。[4]其间的天机，早已经被威廉·燕卜荪（William Empson）一语道破：“我认为，权威的、正确的观

[1] 韩炳哲：《精神政治学》，前揭，第64页。

[2] 参阅张隆溪：《二十世纪西方文论述评》，生活·读书·新知三联书店，1986年，第154页。

[3] 雅克·德里达：《声音与现象》，前揭，第131页。

[4] 诺斯洛普·弗莱（Northrop Fry）的精彩言论，是此处论断的极好证据。他说：“写作的技巧越完善，它们所创造的思想就越能渗透一个群体，诗歌在社会上就越是孤立。散文充分发展成熟并掌握了它特有的力量，于是便开始从诗歌中分离出来，因为诗歌没有任何东西能够同它的概念表达能力相比。随着科学和哲学对世界描述的发展，诗歌思想赤裸裸的原始性质就越加清楚。人们也许认为，随着科学权威本身的建立，诗人会成为科学的预言者，就像诗人早期曾是宗教的预言者一样。许多伟大的诗人，如但丁，事实上吸收和应用了他那个时代的许多科学知识。但是，大约在牛顿时期以后，越来越明显的是，大部分真正主要的诗人都只是随意或偶然地运用由科学或技术派生的意象。”（诺斯洛普·弗莱：《批评之路》，前揭，第53页）

点是：声音必须是意义的回声。”[1]德里达对此也有知命之言：“声音是在普遍形式下靠近自我的作为意识的存在。声音是意识。”[2]莫里斯·梅洛-庞蒂（Maurice Merleau-Ponty）也有极其类似的看法：“话语不仅通过词汇，而且也通过口音、语调、动作和外观表达出来。”[3]与上述诸人相比，在出生时间上稍微靠后的齐泽克可能说得更为周全：“理性（reason）和种族（race）在拉丁文中拥有相同词根（ratio）这一事实告诉我们：是语言，而不是原始的自我逐利，才是第一个并且是最大的分割者（divider）——正是因为语言，我们和我们的邻人即使住在同一条街也（可以）‘活在不同的世界之中’。”[4]这里边的要害和关键无疑是：声音不仅可以让任何一种较为成熟的语言帮助人类进行最大体量的事情生产，用以改造世界；还会因其音调上不同程度的抑扬顿挫、因其旋律上的轻重缓急和闪展腾挪，带来的或细微细腻或巨大剧烈的“意义”差异、“价值”差异或“意识”差异，将人分门别类（亦即将人区隔为不同的群落和团体）。这就好比或狰狞或表面上风平浪静、不动声色的意识形态，必然有的是能力既隔离、分化人们，致使楚河、汉界极为分明，也必然有的是能力聚拢、集合人们，以便形成各种型号、各种性质和面相的团团伙伙——对此，米歇尔·福柯（Michel Foucault）

[1] 威廉·燕卜荪：《朦胧的七种类型》，周邦宪等译，中国美术学院出版社，1996年，第12页。

[2] 雅克·德里达：《声音与现象》，前揭，第101页。

[3] 莫里斯·梅洛-庞蒂：《知觉现象学》，姜志辉译，商务印书馆，2001年，第199页。

[4] 齐泽克：《暴力：六个侧面的反思》，前揭，第59页。

早就有过他一贯精辟、独到的分析[1]。

有道是，“仄起者，其声峭急；平起者，其声和缓”[2]。因此之故，喜欢低音量的人（比如王维和柳永），总是很警惕地远离高音量的酷爱者（比如李白和苏东坡）；在整体上对温婉语气感兴趣的单子式个人比［如冰心和米斯特拉尔（Gabriela Mistral）］，大体上倾向于远离冷言冷语的追捧者、爱好者和它的大力鼓吹者［比如鲁迅和茨维塔耶娃（Marina Tsvetaeva）］。声音传达出来的意义，或者蕴含于声音之中有待破译的意识和价值，是天然的隔离带和天然的屏障。如果中关村南大街 27 号院里某个面目模糊的人，确确实实“冷得跟一条黄瓜似的”（to be cool as a cucumber）[3]，那他（或她）又怎么可能会被这个院子里某个充满暖气和热情的团伙接纳呢？塞壬（Siren）的歌声和俄尔普斯（Orpheus）的歌声当然各有其妙，但也必定各有其用，各有其忠实的拥趸，谁也不可能取代谁。[4]当然，谁也不必取代谁，毕竟“与……并存”总是比“和……同一”有着更为宽广的胸襟，更为豁达的心胸——一如诺思洛普・弗莱早就暗示过的那样。[5]

---

［1］参阅米歇尔・福柯：《词与物——人文科学的考古学》，莫伟民译，上海三联书店，2001年，第 308—311 页。

［2］冒春荣：《葚原诗说》卷一。

［3］转引自唐诺：《眼前：漫游在〈左传〉的世界》，广西师范大学出版社，2016年，第16页。

［4］切斯瓦夫・米沃什的论述也许可以为本文此处的持论提供帮助：“如果我删掉一个字，代之以另一个字，因为这样做整行诗便获得更大的准确性，则我就是在奉行古典文学的做法。然而，如果我删掉一个字是因为它不能传达一个观察到的细节，则我就是倾向现实主义。”（切斯瓦夫・米沃什：《诗的见证》，前揭，第 120 页）

［5］参阅诺思洛普・弗莱：《批评之路》，前揭，第 8 页。

一般而言，浪漫主义的发声方式总是激昂向上的。[1]雪莱对人生胜过日月星辰的豪迈宣言，也许早已证明了这一点[2]；在中国，郭沫若的天狗也自有一种天生的凶猛、奔放和豪迈："我是一条天狗呀！ / 我把月来吞了，/ 我把日来吞了，/ 我把一切的星球来吞了，/ 我把全宇宙来吞了……/ 我便是我呀 !/ 我的我要爆了 !"（郭沫若：《天狗》）虽然词语纵欲很可能是这种发声方式的必然产物，是这种言说姿势的正出后裔[3]，但赫伯特·马尔库塞（Herbert Marcuse）的精彩洞见，在此似乎依然会大有道理：浪漫主义的目的之一，原本就是为了让干瘪、乏味、枯燥的"单面人"（One Dimensional Man）获取它的新感性，变得饱满、湿润和圆融，激昂向上的发声方式因此必须始终是在场的[4]。不过，酷爱浪漫主义的读者（或受众）倾向于更进一步：他们（或她们）甚至很偏颇地认为，唯有具备了浪漫主义风格的诗，才配得上诗这个尊贵的名号[5]。这些读者似乎对激昂向上的声调有着非常迫切的需求，甚至是来自本能的渴望，他们真诚地相信：作为某种——而不是随便哪一种——意义、价值和意识的回声，激昂向上的发声方式既能批评麻木不

---

[1] 诺斯洛普·弗莱之言可以为本文此处的持论做证："诗歌就是在诗学过程的这两极之间左右摇摆地前进：在蒲伯的时代，巧智是备受青睐的因素；到了浪漫派诗人，一种雄浑的神启式语调变成了主宰，或者在拜伦那里，是两者交替出现。"（诺斯洛普·弗莱：《现代百年》，前揭，第 44 页）很显然，"雄浑的神启式语调"必然是激昂向上的语调。

[2] 参阅雪莱：《雪莱全集》第五卷，前揭，第 248 页。

[3] "词语纵欲"是钟鸣的发明，参阅钟鸣：《旁观者》，海南出版社，1998 年，第 227 页。

[4] 参阅赫伯特·马尔库塞：《单向度的人：发达工业社会意识形态研究》，刘继译，上海译文出版社，1989 年，第 129—152 页。

[5] 参阅张冰：《洛特曼的结构诗学》，中国社会科学出版社，2019 年，第 173 页。

仁的读者，又能唤醒处于沉睡之中的受众[1]。而在发声方式上总是倾向于激昂向上的浪漫主义呢？哦，它确信自己有足够强劲的爆发力，去唤醒受众的心灵，去炸开读者的迷梦。因此，它的口头禅和靶向用语据信是这样的："折掉死去的树枝，喂给饥饿的嫩苗。"[2]当卡莱尔（T.Carlyle）说，"诗人（poet）和神启的创造者（inspired maker），像普罗米修斯一样，能够创造新的象征，能给人间带来又一把天堂之火"[3]，他一定说到了浪漫主义的心坎上，正中了激昂向上的语调的下怀（而非下三路），和不受浪漫主义待见的罗曼·英伽登获取的待遇迥乎其异[4]。那些受制于激昂向上之口吻或发声方式的受众，尤其愿意相信：某种程度上的"浪漫主义升华"，能够为乐于上下颠倒、也日渐堕落的心灵提供救赎[5]，毕竟"心灵的唯一侧面是堕落"[6]。因此，这些受众打死也不愿意承认浪漫主义带来的可怕后果："既然你已习惯于这种奇怪的光芒，你脱离它就不能生存，它对你的影响正像一种麻醉药的影响一样。"当然，这伙人也就更加死心塌地地不愿意承认如下事实："浪

[1] 比如，江弱水这样说："自五四开始，强烈的自我中心感和表现欲，便成为新诗人的普遍特征。郭沫若《女神》是那时代的最强音，'我'被无限放大，在《天狗》等诗中每一行都占据着主语的位置。"（江弱水：《卞之琳诗艺研究》，安徽教育出版社，2000年，第72页）这样的主语和高音量，一定能给受众猛烈的一击。

[2] 乔治·桑塔亚那（George Santayana）：《诗与哲学：三位哲学诗人卢克莱修、但丁及歌德》，华明译，广西师范大学出版社，2002年，第130页。

[3] 转引自贡布里希（E.H.Gombrich）：《艺术与人文科学——贡布里希文选》，杨思梁等译，浙江摄影出版社，1989年，第80页。

[4] 参阅 R.Ingarden, *Selected Papers in Aesthetics*, The Catholic University of America Press, 1985, p.161。

[5] 参阅加斯东·巴什拉：《火的精神分析》，顾嘉琛译，商务印书馆，2019年，第101页。

[6] 埃米尔·齐奥朗：《思想的黄昏》，前揭，第100页。

漫主义已经使我们的趣味低下到这种程度，以致有些诗若是不具有某种形式的暧昧，我们也会否认它们是最好的诗。”[1]对于浪漫主义（或激昂向上的调性）之外的其他所有媒介，这伙人大体上持有某种不无鄙视和鄙夷的态度。[2]

莱昂内尔·特里林（Lionel Trilling）相信：“道德想象力最有效的媒介就是过去两个世纪里诞生的小说。”[3]特里林赞美的那种文体，很有可能是批判现实主义小说在他脑海里留下的深刻投影[4]。

---

[1] 托·欧·休姆（Thomas Ernest Hulme）:《论浪漫主义和古典主义》，刘若端译，戴维·洛奇（David Lodge）编:《二十世纪文学评论》（上册），葛林等译，上海译文出版社，1987年，第181—182页。

[2] 在反讽时代，越来越多的思想家窥见了浪漫主义具有极为强烈的虚妄性，法国思想家让-吕克·南希（Jean-Luc Nancy）对激昂向上的调性就持这样的观点。在让-吕克·南希的研究者看来，南希的思路是在这样的：“在日益深重的文化危机中，一种自我封闭、孤独幽闭的精神观念渐渐通过哲学唯心主义和文学浪漫主义而散播开来，一直延伸到存在主义的痛苦焦虑的精神状态和末日将至的世界感受之中。显然，存在主义的那种过分的悲情和苦感，是反交流的。显然，要摆脱这种苦恼的存在状况，就是要进入普遍交流的空间，像触摸神圣一样地触摸他人。理想的交流并不是跨越身体的媒介去触摸他人的灵魂，而是跨越灵魂的媒介去触摸他人的身体。在‘交流的无奈’之中，既然‘心连心’是一种唯心主义的过度伤感和浪漫主义的奢望，那么，‘手牵手’也堪称一个乌托邦，一个以神性为至善的‘共在’境界。”（胡继华:《复活于灾异的基督肉身：论南希“解构基督教”计划》，汪民安主编:《生产》第2辑，广西师范大学出版社，2005年，第357页）因此，所谓批评读者唤醒受众是虚妄的。

[3] 莱昂内尔·特里林:《知性乃道德职责》，严志军、张沫译，译林出版社，2011年，第118页。

[4] 茨维坦·托多罗夫的如下评议似乎可以为莱昂内尔·特里林提供证明：“小说这种题材帮助完成了对二元对立世界观的超越。小说诞生在17至18世纪，一个道德与意识形态的定论逐渐褪去，而个人自由与选择的多样性愈来愈彰显的时代。人们被从一锤定音的神学教义中解放出来，各种关于天堂或地狱的假想被抛弃。再从读者日常生活中来的场景所代替。在小说的结尾，作者有意表现一种意识的多样性，而避免对某种道德的猛烈抨击。所有这一切条件，让小说成为尤其适合探索复杂人性的一个工具。这并不意味着不存在自我中心和二元对立的小说，只是这个标准能使我们对作品的价值做出动机明确的评判。”（茨维坦·托多罗夫:《艺术或生活》，俞佳乐译，华东师范大学出版社，2018年，第139页）有了茨维坦·托多罗夫的有力论述，特里林的观点就其道“不孤”，显得更为结实、坚固。

苏珊·海沃德（Susan Hayward）认为："心理现实主义采取用人物主观视点来描述事物，社会现实主义则由与那些事件相关的人物来再现。"[1]对于罗杰·加洛蒂（Roger Garaudy）的如下判断，上述两种看法都没有足够的能力影响它的真实性，更遑论摧毁它的可信度。罗杰·加洛蒂断言：文学上的现实主义在范畴上可谓无边无际，前程远大[2]；它的本意之一，就是要求语词"炸开事物的定义、它们的实用范围和惯用的意义"，以便获得对现实世界的真正洞见，最终，让良善的和邪恶的各自露出它们的原形、现出它们的本相，让它们分别得到赞美或者受到谴责[3]。因此，在一般情况下，这种媒介更倾向于以愤慨复兼浑厚的口吻用作自己的发声方式。它以高昂的"我控诉……"为调门，浇筑、夯实、加固批判的基底，颇富道德想象力地将那些被侮辱和被损害者、那些追求公平正义的人、那些疾恶如仇的良心之士，划归同一个阵营，组成同一种性质和色调的部落。这个阵营或部落在性质上，非常有类于主内的兄弟姊妹结成的那种神性关系。用理查德·罗蒂的话来

[1] 苏珊·海沃德：《电影研究关键词》，邹赞等译，北京大学出版社，2013 年，第 44 页。

[2] 詹姆斯·伍德愿意为罗杰·加洛蒂提供声援："现实主义，广义上是真实展现事物本来的样子，不能仅仅做到逼真，仅仅做到很像生活，或者同生活一样，而是具有——我必须这么来称呼——'生活性'（lifeness）：页面上的生活，被最高的艺术带往不同可能的生活。它不应只是一种文类，相反，它令其他形式的小说看上去都成了文类。因为这种现实主义——生活性——是一切之源。它有教无类，逃学者也受其教诲，是它的魔幻现实主义，歇斯底里现实主义，幻想小说，科幻小说，甚至惊悚小说的存在成为可能。"（詹姆斯·伍德：《小说机杼》，前揭，第 178—179 页）

[3] 参阅罗杰·加洛蒂：《论无边的现实主义》，吴岳添译，百花文艺出版社，1998 年，第 98 页。

说，这种媒介能够让其受众“怀疑自己对他人的痛苦和侮辱是否敏锐，怀疑当前的制度安排能否恰当地面对这种痛苦、侮辱，以及对其他可能性的好奇”[1]。这情形，确实当得起雷蒙德·威廉斯（Raymond Williams）对它的热情赞颂：

> 体现在伟大传统中的现实主义就是一个检验的准则，因为它具体地表明从思想到感情，从个人到社会，从变动到安定之间的生气勃勃的相互渗透关系。在我们这个社会解体的时代，这些互相渗透关系，作为文学发展的起点，正是十分需要的。在现实主义作品的最高形式中，我们基本上是根据个人来认识社会，而又通过社会关系来认识个人的。这种个人和社会间的统一在作品中居于支配地位，不过它并非随意便能达到。如果它终于实现了，那将是一种创造性的发现，也许只有在现实主义小说的结构和内容之中才能创造出这种记录来。[2]

荣格（Carl Gustav Jung）说：“梦是纯洁的自然；它把天然而未经粉饰的真实显现给我们。”[3]有梦的纯洁性作为映衬，粉饰及其

---

[1] 理查德·罗蒂：《偶然、反讽与团结》，前揭，第280页。

[2] 雷蒙德·威廉斯：《现实主义和当代小说》，葛林译，戴维·洛奇编：《二十世纪文学评论》（下册），前揭，第351页。

[3] 卡尔·古斯塔夫·荣格：《精神分析与灵魂治疗》，冯川译，译林出版社，2014年，第263页。

以粉饰为词根或关键词组建起来的语词大家族，或者语词大本营（比如，修饰、装饰等）[1]，在仓促之间，不免露出了它自身的贬义、不雅的吃相和难为情。这就好比大巴黎某个法郎多多的丑女，花费多多法郎雇用了某个更丑的巴黎姑娘作为陪衬人，顿时变得美丽、亮堂了起来。当然，那些粉饰现实的作品，也毫无疑问地出自某些“有学问的猿猴”[2]之手，但也不免同样早早露出了它那贬义、不雅的吃相却又泰然自得的表情。它不需要陪衬人。它对自己的长相和颜值非常自信。它有一颗视无耻径直为虚无的虚无主义之心。它简直就是罗伯托·埃斯波西多指斥的那个“无物的平方”[3]。一般情况下，无论这货号称浪漫主义、现实主义，还是号称任何一款更加高明、听上去更加铿锵和悦耳的其他主义，都必定声音高昂，在言说的姿势上显得既谄媚，又色厉内荏[4]。还是荣格能够分毫不爽地一言中的：“如果我们现在像通神论者一样试图用东方那些艳丽的装饰物来遮盖我们赤裸的身体，我们将会错待我们自己的历史。”[5]但荣格担心的这等不祥、不雅之事，仍旧在地球上的每

[1] 罗兰·巴特的评析可以为我们此处的观点壮胆：即使“一个词语可能只在整部作品里出现一次，但借助于一定数量的转换，可以确定其为具有结构功能的事实，它可以无处不在，无时不在”（罗兰·巴尔特：《批评与真实》，前揭，第 66 页）。

[2] 艾柯（Umberto Eco）：《误读》，吴燕莛译，新星出版社，2006 年，第 78 页。

[3] 参阅罗伯托·埃斯波西多：《共同体与虚无主义》，前揭，第 68 页。

[4] 韩炳哲大概会认为，粉饰现实的作品有时候会以“披着道德外衣的娱乐文学”（Unterhaltungsliteratur）的样态面世，“其娱乐价值首先要归因于违背和重建道德秩序的辩证对立关系，即偏离和回归法则之间的辩证对立关系，例如犯罪与赎罪或违法与惩戒。道德的娱乐媒介不仅带来了单纯的快乐，还以微妙的方式实现了不可低估的社会功能。道德的娱乐媒介使道德秩序得以稳固和为人们所习惯，也就是使道德秩序成为偏好”（韩炳哲：《娱乐何为》，关玉红译，中信出版社，2019 年，第 88 页）。

[5] 卡尔·古斯塔夫·荣格：《心理学与文学》，冯川译，译林出版社，2014 年，第 33 页。

一个角落不断发生，乐此不疲、前赴后继。很显然，这样的调性和“歌德派”的靶向目标非常般配[1]，毕竟净身——而非阉割——打一开始，就意味着某种既有趣，又残酷的先验论和独断论：对于自称血统高贵的皇室来说，你胯下那个直不愣登、重达一百克的物件，被毫无商量地认作先天就是邪恶的，但尤其是肮脏的，必定是肮脏的。别忘了，这才是对净身——而非阉割——的正确释义。阉割仅仅轻描淡写地意味着：把某个东西从身体上切除，或者让这个东西与身体分开，具有零度写作显示的风范；把事情说清楚需要的那种事不关己高高挂起的默然心态，才是阉割的正确语义和表情。总而言之，在经历过如此这般山重水复的“神”操作后，有趣的局面很自然地出现了：每个有幸被谄媚的人总能听懂这种发声方式中，蕴含的那股子呈波浪状的摇尾乞怜劲。但他（或她）尤其善于在所有形式的调性中，辨析出这种独具特色的口吻和语气，就像同性恋者总能在万千人群中，轻易找到自己的同类[2]。与此同时，作为一种

---

[1] 这和诗歌起源于颂歌或歌颂大不相同。钱穆说：“诗之先起，本为颂美先德，故美者《诗》之正也。及其后，时移世易，诗之所为作者变，故刺多于颂，故曰《诗》之变……凡西周成康以前之诗皆正，其时则有美无刺；厉宣以下继起之诗皆谓之变，其时则刺多于美云尔。”（钱穆：《中国学术思想史论丛》卷一，生活·读书·新知三联书店，2009年，第129页）“颂美先德”与“刺多于颂”“刺多于美”相对照可知，“颂美先德”一定以庄重、诚服、肃穆为其调性的基准，和谄媚无关，与色厉内荏更不搭界。

[2] 不用说，既谄媚又色厉内荏的言说姿势催生出的，一定是完美的世界，但画出《尖叫》的蒙克（Edward Munch）会反驳说，虽然痛苦的呐喊并不美，但“仅看生活中娱人的一面就不诚实。因为表现主义者对于人类的苦难、贫困、暴力和激情深有所感，所以他们倾向于认为固执于艺术的和谐与美只是由于不肯老老实实而已。在他们看来，古典名家的艺术，拉斐尔或科雷乔的作品，显得虚假、伪善”（[贡布里希（E.H.Gombrich）：《艺术的故事》，范景中译，生活·读书·新知三联书店，1999年，第564页]。别的不论，至少完美的世界是虚假和伪善的，仅此一条，无论是从艺术上还是从道德-伦理上都是不合格的。

特殊的发声方式，色厉内荏一定能被众多以至于蝗虫般数量惊人的韭菜读者争相分食；因此，色厉内荏的口吻不仅得以组建起规模庞大的韭菜读者群落，还在韭菜读者组成的巨型方阵中，激发起某种盲目、神秘，却又过于庞大的力量，以供被谄媚者顺畅地使唤——这正是既谄媚又色厉内荏的口吻“黑起屁眼儿”[1]“‘潜’心”制造的最佳结局，也是这种调性“‘虔’心”追求所得的最高果位[2]。

浪漫主义、批判现实主义在发声方式上差距很大，但在音色依旧年轻、依然处于抒情时代这一方面，却没有多少像样的差别。原本就该英姿飒爽的浪漫主义自不待言，即使是在“我控诉……”的眉宇间，也因其真诚、良善的愤怒满是逼人的英气，年轻、有力的英雄结着实令人羡慕，决断的意味就像度数很高的纯粮土酒那般浓烈刺鼻，也像青春期的粉刺那样充满了呛人的腥膻味。作为一种老谋深算的发声方式，既谄媚又色厉内荏的口吻其实也相当年轻，只不过因城府较深、心机颇多稍显少年老成而已；无论是它有意紧皱的眉头或者有意舒展的笑容，都极具表演性，也大有自我戏剧化导致和演化而来的喜剧之嫌。对此，作为“一根筋

[1] “黑起屁眼儿”，蜀语，意为不怀好意地努力做某事。

[2] 这里特别需要指出的是：无论有声的媒介在如何以其音声上的抑扬顿挫将人分门别类，在如何以其旋律上的闪展腾挪把人划分为不同的群落，它的调性都必须在它虔诚的受众那里，被高度仿真化地（highly simulated ground）转换为内听，才能搞清其细微、幽暗的意义和蕴含的价值，进而发挥它应有的美学作用和伦理学作用；但也只有这种样态的分门别类，才具有特定的社会学意义，进而达致改变社会、再造世界的目的——归根到底，媒介和听命于媒介之人结成的特殊关系，才最为重要，最为致命（参阅 T.S.Eliot, *The Use of Poetry and the Use of Criticism*, Barnes & Noble, 1955, p.118-119）。

人士”[1]的韭菜读者，不一定有多么深切的感知——这很可能是韭菜读者之为韭菜读者的最大原因吧；被谄媚者从来不是头脑单纯、心地天真之辈，他（或她）对此不仅心知肚明，而且心照不宣。但他（或她）更为韭菜读者们的不明就里暗自兴奋，不禁激动得在密室里自斟自饮自赞自嗨了起来。对于各种社会力量，尤其是各种社会力量彼此间形成的无数种力量配方，既谄媚又色厉内荏的发声方式自有一身好蛮力，自有满脸的精明、冷峻、激情和干练：它能对各种力量配方的性质、成色以及质量上的优劣，迅速做出精确的算计与毫厘不爽的判断，因而既让被谄媚者的身子骨十分酥软，也得到了韭菜读者的热烈追捧，毕竟“读者对待一个词语声音的方式是随着已经产生的情感而变化的”[2]。毫无疑问，在这里情感即意义，即价值，即意识。凭良心说，既谄媚又色厉内荏的调性、口吻或言说姿势，除了让语言陷入严重的腐败——而非严重的老迈——之境外[3]，顶多不过有两处令人不安的特征：势利、世故和野蛮、邪恶。

[1] 韩少功:《序》，敬文东:《随“贝格尔号”出游：论动作（action）和话语（discourse）的关系》，前揭，第2页。

[2] 艾·阿·瑞恰慈:《文学批评原理》，前揭，2010年，第127页。

[3] “语言老迈”指的是语言进入了自己的现代性阶段或废墟时间，而语言的腐败是对语言的败坏，乔治·斯坦纳说，当对放射性辐射尘的研究被取名为“阳光行动”时，这个共同体的语言就已经陷于危机或腐败之中（参阅乔治·斯坦纳:《语言与沉默：论语言、文学与非人道》，前揭，第34页）。

絮叨要面对的

与上述三种发声方式大相径庭，絮叨意味着语言的现代性，意味着人类的语言已经进入了它自个儿的高寒阶段（亦即“废墟时间”），更意味着语言自身的沧桑感。沧桑感像极了某种形态的老年智慧，既令人羡慕，因为它确实身经百战见多识广；又令人惋惜，因为它确实身经百战见多识广，却依然无力痛痛快快做出非此即彼、非黑即白的决断[1]。米兰·昆德拉有言：“将道德判断延期，这并非小说的不道德，而正是它的道德。”为此，昆德拉特意高调表扬了《巨人传》。[2]而针对某种假设性的极端情境，莱昂内尔·特里林说：“只有残忍到疯狂地步的道德判断才会认为这种关系不是偶然产生的。”[3]很明显，在无从决断的反讽时代，高谈“残

[1] 王渔阳认为，不做判断语乃盛唐的特色（参阅《渔阳诗话》卷下）。但这不是说盛唐诗人不敢做或不能做判断语，从王渔阳的口吻上可以得知，盛唐诗人因为自信不屑于做判断语，因为判断自在不做判断语之中。因此，盛唐的情况与此处的无从决断正好相反。

[2] 米兰·昆德拉：《被背叛的遗嘱》，前揭，第6页。

[3] 莱昂内尔·特里林：《知性乃道德职责》，前揭，第341页。

忍到疯狂地步的道德判断”，本身就是一个小体量的悖谬性事件。或许特里林之所以这样说，原本就意在反讽也未可知。乔治·斯坦纳认为，“今日的语言承担起越来越俗气的任务”[1]。但这依然和老奸巨猾搭不上界，也和世故、势利沾不上边，更和邪恶与野蛮没有瓜葛。在此，“俗气”反倒有可能成色更高地意味着：语言因遭遇反讽时代，早就进入了它自身的“废墟时间”；但也会因此更深刻地意味着：这种语言因“废墟时间”变得老到、从容，具有极强和难得一见的包容性，但它又是烂熟的、颓废的。无论在任何情况下，它都对“颓废得越深，离最后审判就越近”[2]这个想当然和挠痒痒的结论，持坚决反对的态度。在玛利安·高利克（Marián Gálik）看来，颓废意味着一种不合作的态度，一种心态，一种对抗[3]。所谓不合作、心态和对抗，更有可能意味着：拒绝对任何局面做出任何决断，将“残忍到疯狂地步的道德判断”弃若敝屣，最起码也得小心翼翼地将它悬置起来，尽管所有的局面都无不盼望仲裁者能够适时现身，就像渴望出走埃及的奴隶渴望着救世主[4]。

---

[1] 乔治·斯坦纳：《语言与沉默：论语言、文学与非人道》，前揭，第 34 页。

[2] 马泰·卡林内斯库：《现代性的五副面孔：现代主义、先锋派、颓废、媚俗艺术、后现代主义》，前揭，第 163 页。

[3] 玛利安·高利克：《中西文学对峙中的颓废主义》，王燕译，《中国现代文学研究丛刊》2009 年第 1 期。

[4] 迈克尔·瓦尔泽（Michael Walzer）说得很乐观：“……我始终要设想：我们确实就在一个道德世界之内行动；各种特殊的决定确实很艰难、很有疑问、很使人痛苦，而这一定与那个世界的结构有关系；语言反映了道德世界，使我们能够接近它；最后，我们对于道德词汇的理解是非常共同的和稳定的，因而各种共同具有的评判就成了可能的……”（迈克尔·瓦尔泽：《反对“唯实论”》，阎嘉译，汪民安主编：《生产》第 1 辑，广西师范大学出版社，2004 年，第 124 页）基于本文此前已经给出的详细论述，迈克尔·瓦尔泽的乐观也仅仅是乐观而已。

作为现代中国最早的絮叨者之一，李金发有如下著名到耳熟能详的絮叨：

如残叶溅
　血在我们
　　脚上
生命便是
　死神唇边
　　的笑
（李金发：《有感》）

否定词（亦即不，not）被认为发动了一场人类意识的大革命，从那以后，作为灵长目的最顶端（坊间的时髦说法叫“天花板”），人类拥有了或美好或面相狰狞的命运[1]；“是”意味着对一切物、事、情、人主动做出呈中性的判断。《有感》与命运无涉，李金发因此得以避开了“不”，却必须用到了“是”，看上去对生命的性质、性状和性情做出了单属于《有感》的决断——但也不过是“看上去”而已。事实上，对于“生命便是/死神唇边/的笑”这个看起来十分明确、明晰的判断，《有感》并没有对它的孰好孰坏做出单属于《有感》的表态。不能想当然地认为，《有感》

［1］ 参阅赵汀阳：《四种分叉》，前揭，第56—57页。

将“生命”和灰暗的“死神”相连，就一定是坏事，因此，就一定意味着:《有感》已经做出了专属于它自己的决断[1]。仔细玩味不难获知,《有感》的做派更靠近现象学那一端:《有感》不仅是从直观的层面上看待“生命便是 / 死神唇边 / 的笑”；而且对这个直观本身在直观的层面上，做出了恰如其分的描述，但也仅仅是中性的描述而已[2]。不知道何为直观、何为现象学，因而当真认为《有感》已经做出了否定性决断的那些“一根筋人士”，一定不是反讽主义者;“一根筋人士”大约不太可能生活在眼下这个悖谬的时代，他们（或她们）更有可能属于古希腊或春秋战国。

虽然絮叨制造的现代主义文学充满了迫不得已的先锋性，但这些号称先锋的文学艺术打一开始，就因为絮叨自身的烂熟和颓废，显得音色较为苍老和暗哑、温度不高、具有极强的反讽特征，

[1] 李金发的情形有点类似于和他写这首诗在时间上距离不远的鲁迅遇到的情形。在鲁迅写给许广平的信中，有如下表述:“走‘人生’的长途，最易遇到的有两大难关，其一是‘歧路’，倘若是墨翟先生，相传是恸哭而返的。但我不哭也不返，先在歧路头坐下，歇一会，或者睡一觉，于是选一条似乎可走的路再走，倘遇见老实人，也许夺他食物来充饥，但也不问路，因为我料定他并不知道的。如果遇见老虎，我就爬上树去，等它饿得走去了再下来，倘若它竟不走，我就自己饿死在树上，而且先用带子缚住，连死尸也绝不给它吃。但倘若没有树呢？那么，没有法子，只好请它吃了，但也不妨也咬它一口。其二便是‘穷途’了，听说阮籍先生也大哭而回，我却也像在歧路上的办法一样，还是跨进去，在刺丛里姑且走走。但我也并未遇到全是荆棘毫无可走的地方过，不知道是否世上本无所谓穷途，还是我幸而没有遇着。”(《鲁迅全集》第十一卷，人民文学出版社，2005 年，第 15—16 页）鲁迅有决断吗？或许，对鲁迅有没有决断的疑问，有类于此处对李金发有没有决断的疑问。

[2] 张祥龙认为，现象学要训练的就是直观，并且对直观本身要在直观的层面予以中性描写：“一个人只看他的看所当场构成的东西，而不是看那些由于自然主义的习惯伪造出来的东西。”（张祥龙:《当代西方哲学笔记》，北京大学出版社，2005 年，第 187 页）

却又与从不轻易充当和事佬或仲裁者的老年智慧恰相吻合[1]。对此，《有感》给出了很有说服力——但艺术上未必优秀——的证明。面对此情此景，阿兰·罗德威（Allan Rodway）才会有这样的言说："后现代派是青春的，同时又是颓废的；它才华横溢，同时又是邪恶的；它专注于分析，同时又具有浪漫色彩；它既是 déja vu，同时又是 á la mode。这就是说，它是自相矛盾的。"[2]问题的关键就在于那句"它是自相矛盾的"；有了最后时刻才粉墨登场的这个准确判断，阿兰·罗德威在此之前所做的那些精彩复精彩的误判，都可以忽略不计，都可以得到原谅。

维谢洛夫斯基（Alexander Veselovsk）说得很富有诗意："词汇历经沧桑，在发展的道路上不断形成和更新，其含义往往超出了词源学的意义。"[3]维谢洛夫斯基之言自有道理：语义的漫长演变极有可能让某个语词的当下含义，截然相反于它的词源学意义。比如：古代汉语中的常用词"龟"和"鸦"，便由它们早期饱满、

---

[1] 1933 年，时年 23 岁的钱锺书写有一首七律："鸡黄驹白过如驰，欲绊余晖计已迟。藏海一身沉亦得，恋桑三宿去安之。茫茫难料愁来日，了了虚传忆小时。却待明朝荐樱笋，送春不与订归期。"（钱锺书：《春尽日雨未已》）1923 年，时年同样 23 岁的李金发写道："感谢这手与足，/ 虽然尚少 / 但既觉够了，/ 昔日武士披着甲 /……我有革履，仅能走世界之一角，/ 生羽么，太多事了呵！"（李金发：《题自写像》）两个如此年轻的人，却写出了如此老气横秋的诗作。对于写旧诗的钱锺书来说，是因为受制于汉语自带的沧桑口吻——沧桑口吻是古人使用的感叹式汉语的特征之一（参阅敬文东：《李洱诗学问题》（中），《文艺争鸣》2020 年第 8 期）；对于用现代汉语写新诗的李金发来说，是因为现代汉语的絮叨化所致。

[2] 阿兰·罗德威：《展望后现代主义》，汤永宽译，戴维·洛奇编：《二十世纪文学评论》（下册），前揭，1993 年，第 515—516 页

[3] 维谢洛夫斯基：《历史诗学》，刘宁译，人民文学出版社，2019 年，第 353 页。

厚重、让人内心踏实的绝对吉祥之义，最终变作了绝对令人晦气之义；一百八十度的大转弯，让了解内情的人士不免惊慌失措和瞠目结舌。由此可见，语义变迁的尺度究竟会有多大，会有多凶狠，多蛮霸。但如此情形，却仍然不能表明：维谢洛夫斯基的看法一定会自然正确（natural right）。事实上，维谢洛夫斯基没来得及充分考虑的情况更有可能是：语词遭遇了它的反讽时代和“废墟时间”，处于无从决断的状态，以至于它在发声方式上被高度地絮叨化了。在菊花不是菊花、干爹不是干爹、同志不是同志、小姐不是小姐的反讽时代，从理论上讲，每一个曾经光鲜的语词，都完全可能走向它原有语义的反面或背面。这样说起来，更有可能是絮叨，而不是维谢洛夫斯基所说的其他重要因素（亦即“不断形成和更新”），令语词的含义超出了它的词源学意义；或者至少可以这样认为：絮叨在其他所有可以想见的重要因素的基础上，给了语词以最后一击，令语词距离自己的词源学意义愈来愈遥远，很有似于足球比赛中最为关键的临门一脚。在反讽时代或悖谬的时代，故乡的含义之一，原本就是注定无从回返，不像“在犹太教和基督教所想象的世界中……每一种受难都一定会以复活告终”[1]。瓦尔特·本雅明用他饱经沧桑的口吻，这样说起过：“我们没有一个人有时间去经历我们命中注定要经历的真正的生活戏剧。正是这一缘故而非别的使我们衰老。我们脸上的皱纹就是激情、恶习

[1] 苏珊·桑塔格：《反对阐释》，前揭，第147页。

和召唤我们的洞察力留下的痕迹。但是我们，这些主人，却无家可归。”[1]细细想来，这段话几乎可以原封不动、一字不易，馈赠给作为媒介的絮叨，但更应该馈赠给絮叨自为运作导致的严重后果。一般而言，这后果显得既普遍、广泛，又荒凉、落寞，像烂熟的夕阳而非稚嫩的朝霞，完全当得起本雅明在口吻上的沧桑感。接下来的推论不外乎是：絮叨创造出来的现代主义者必定有着沧桑的心境，沧桑的心境意味着典型的语言事件；无论现代主义者或先锋派文学艺术的创造物，究竟是世界的絮叨化，还是絮叨的世界，也必定是沧桑的。在这个意义上，絮叨的诸多受众，也就是那些现代主义文学作品的读者，其心境也必定是沧桑的。

激昂向上的发声方式（亦即浪漫主义）、愤慨复兼浑厚的口吻（亦即批判现实主义）、既谄媚又色厉内荏的言说姿势（亦即粉饰现实的作品）和它们的受众之间，拥有一种彼此挑选、相互成全的关系。上述三种口吻，都有自己预先设定的隐含读者（implied reader）——也被称为作者的读者（Author's reader）[2]。作者的读者或隐含读者意味着：三种发声方式，都暗自希望能够出现准确理解其调性的受众；被三种有声媒介高度期许的读者，能准确破译三种口吻寄存于作品之中的自我形象[3]。与此相对称的是：三种发

[1] 本雅明：《本雅明：作品与画像》，孙冰编，文汇出版社，1999 年，第 95 页。

[2] 参阅华莱士·马丁（Wallace Martin）：《当代叙事学》，伍晓明译，北京大学出版社，2005 年，第 8 页；参阅奥尔罕·帕慕克：《别样的色彩：关于生活、艺术、书籍与城市》，宗笑飞等译，上海人民出版社，2011 年，第 15 页。

[3] 参阅 P.J.Rabinowitz, *Before Reading: Narrative Conventions and the Politics of Interpretation*, Ohio State University Press, 1987, p.17。

声方式的受众，也会暗自预设合乎自身心愿的口吻、调性或发声方式。韭菜读者渴望的，永远都只能是色厉内荏的语气，以至于能在受虐中享受某种极端体验："痛并快乐着。"[1]在调性上喜欢激昂向上的人，更有可能渴望的是浪漫主义，以及它的抒情性和朗诵特征，以便自己从麻木或者昏睡中被唤醒；而向往公平、正义的人，一般而言，更喜欢批判现实主义的发声方式，当然还有这种调性具有的朗诵性征。或许，这就是韦恩·布思（Wayne C. Booth）热情称颂过的隐含作者，至少也必须是部分性的隐含作者[2]。这三种有声的媒介因其强烈的价值偏好，以及对价值干爹的绝对依赖，还有对决断性的高度热情以至于对决断性展开的疯狂追逐，始终愿意以其强烈的抒情性，激发受众的情绪[3]。古往今来，情绪都理所当然地归属于易燃物、易爆品的绝对行列，是稠密、浓烈的语言事件，何况它还得到了三种口吻的撩拨、挑逗和深度刺激。如此这般得到过细心抚摸和早已做够了前戏的情绪，既容易让受众轻易被诱拐，又让三种媒介轻易就能诱拐受众，毕竟情绪对几乎

[1] "痛并快乐着"戏仿或干脆说盗窃了白岩松的书名《痛并快乐着》（长江文艺出版社，2010年）。

[2] 参阅韦恩·布思（Wayne C.Booth）:《隐含作者的复活：为何要操心？》，佩吉·费伦（Peggy Phelan）等主编:《当代叙事理论指南》，申丹等译，北京大学出版社，2007年，第68页。

[3] 海伦·文德勒（Helen Vendler）对此有透辟的论说："所有的抒情顿呼，无论平向还是纵向，都赋予我们各种语气，通过语气来比拟地展现我们在生活中所知的各类关系。抒情诗可以复制父母的温柔，情人的嫉妒，朋友的关怀，罪人的谦卑。这些诗歌揭示说话者身卷其中的社会关系，诗本身也常常内嵌了各种机构化的社会规范，如家庭、教会或宫廷之爱。"（海伦·文德勒:《看不见的倾听者：抒情的亲密感之赫伯特、惠特曼、阿什贝利》，周星月等译，广西师范大学出版社，2019年，第8页）这至少可以被视作受众的情绪被激发的原因之一。

所有人而言，最具有身体和心理上的直接性[1]，“有着针在痛中的速度”[2]。吉尔·德勒兹转述过瓦莱里的一个妙论：感觉或情绪“就是直接传达的东西，避开了绕圈子或者一个无聊的、需要讲述的故事”[3]。实在用不着怀疑，三种媒介的受众都是原发性的；是从预先给定的人群中，毫不费力地挑选出来的——他们（或她们）不过是赵汀阳所说的那些“无面目的群众”[4]。

张隆溪转述过接受美学、读者反应批评理论一个教条性的观点：“在对作品意义的建造中，读者的生产性作用一直是作品概念的一个组成部分——这既适用于传统的文学艺术，也适用于先锋的文学艺术。”[5]很明显，这个观点——而非张隆溪——最多只说对了一小半。因为这样的情形，和深度型塑了先锋文学艺术的絮叨将不再兼容。作为一种烂熟并且极具沧桑感的有声媒介，尤其是作为语言的现代性或语言现代性的产物，絮叨早已达致高寒之境以至于曲高和寡。因此，它彻底丧失了在现有的人群中，为自己挑选受众的机会和可能性。这就是说，絮叨的受众并不是现成的或

---

[1] 韩炳哲对情绪的解说能够很好地证明此处的持论：“感觉（Getühl）是可叙述的。情（Emotion）是一时冲动引起的。情绪和情感（Affekt）都不能展开可供叙事的空间。情感体验式戏剧不会去讲述什么，而是一股脑地将情绪宣泄在舞台上。这就是其色情性之所在。感觉与情绪和情感相比有不同的时间性。感觉具有持续性，有叙述长度情绪比感觉更仓促。情感则局限于某一片刻唯有感觉可以实现对话，可以接近他者。因此才会有共感（Mitgefühl）一词，却没有共同情绪（Mit-Emotion）或共同情感（Mit-Affekt）这样的词。情感和情绪都是单一的、独白式的主体表达。”（韩炳哲：《美的救赎》，前揭，第87页）

[2] 欧阳江河：《柏桦诗歌中的道德承诺》，民刊《象罔》（柏桦专号，1991年，成都）。

[3] 吉尔·德勒兹：《弗兰西斯·培根：感觉的逻辑》，董强译，广西师范大学出版社，2007年，第44页。

[4] 赵汀阳：《第一哲学的支点》，前揭，第122页。

[5] 张隆溪：《道与逻各斯——东西方文学阐释学》，前揭，第241页。

者给定的[1]；它没有任何办法，能够预先为自己设想、预定絮叨的读者（“絮叨的读者”在思维和构词法上模仿了“作者的读者”）。既然朗诵是絮叨的天敌，那絮叨就注定是反抒情的[2]。絮叨的沧桑感与抒情性无关，沧桑感仅仅是絮叨的精神气质，表征的是絮叨的成熟以及成熟呈现出来的精神样貌。在此，诸如“非抒情本身就是特殊的抒情方式”一类看似高妙、辩证的说辞，是不能成立的。花岗石一定会有某种样貌（万物都有表情和姿势），但这样貌真的意味着花岗石在抒情，或花岗石当真具有某种样态的抒情性吗？只不过对于饱具沧桑感的絮叨来说，反对或拒绝抒情，显然是一种非常不利甚至危险的局面。情者，性之动也。毕竟抒情性，才是人之为人的第一语言现实[3]，只因为人是必定要受制于情感的生物；和其他所有的高等动物相比，人的情感一定是语言性的。因此，人的情感必定有自己的音响形象。对于这个问题，中国古人早就有非常生动、准确的述说，随身携带着汉语自娘胎而来的抒情性：“情动于中而形于言，言之不足，故嗟叹之；嗟叹之不足，故永歌之；永歌之不足，不知手之舞之，足之蹈之也。”[4]“人之性，心有忧丧则

---

[1] 1857 年《恶之花》出版后，得到的肯定比否定多得多。据《恶之花》的主要译者郭宏安报道，在痛斥《恶之花》的人中，以下几人的言论最有名。儒勒·瓦莱斯说：波德莱尔的“‘不朽’能维持十年吗？勉强！”莫里斯·巴莱斯认为：《恶之花》即将被遗忘。甚至到了 1917 年，大名鼎鼎的阿波利奈尔还言之凿凿：他的“影响现在终止了，这不是一件坏事”。（参阅郭宏安：《论〈恶之花〉》，漓江出版社，1992 年，第 3 页）

[2] 参阅蒋洪新：《英诗新方向：庞德、艾略特诗学理论与文化批评研究》，湖南教育出版社，2001 年，第 157—161 页。

[3] 参阅亚罗斯拉夫·普实克（Jaroslav Prusek）：《抒情与史诗——现代中国文学论集》，郭建玲译，上海三联书店，2010 年，第 9—10 页。

[4]《毛诗·序》。

悲，悲则哀，哀斯愤，愤斯动，动则手足不静。”[1]钱穆的评议值得信赖：“儒家知识从德性起，德性中即有情感。”[2]深埋地下的出土文献更加深刻地意味着：作为第一语言现实的抒情性终归是埋没不了的，它早晚会重见天日，无论它被深埋地下多少春秋。1993年，湖北省荆门市郭店村出土了近千枚楚简，其中就有如下字样：“性自命出，命自天降。道始于情，情生于性。始者近情，终者尽性。”[3]它的意思大致上是：唯有有情，才是人之为人的根本；被认为拥有最高地位的“道”，也不得不以“情”为其前提——这显然出人意料地颠倒了“道”与“情”的关系。柏桦诗曰：“抒情的同志嚼蜡”（柏桦：《牺牲品》）。但《牺牲品》道说的这种情形，只能发生在反讽时代。有意思的是：受虐狂那般喜欢“嚼蜡”的“同志”，却始终倾向于“抒情”，宛若铁屑倾向于磁铁。

絮叨在反抒情、抵制朗诵的过程中，基本上拒绝了几乎所有性喜“嚼蜡”的“抒情的同志”；它能够诉诸受众的，要么是它对复杂、难缠的现代经验异常复杂、难缠的反应[4]，要么是它为虚

---

[1]《淮南子·本经训》。

[2] 钱穆：《晚学盲言》（下），前揭，第851页。

[3]《郭店楚简·性自命出》。

[4] 艾略特曾批评华兹华斯的“‘情绪是在宁静中回忆出来的’，是一种不精确的公式。因为诗既非情绪，也非宁静。诗是很多经验的集中，由于这种集中而形成一件新东西，而对于经验丰富和活泼灵敏的人来说，这些经验也许根本就不算是经验；这是一种并非自觉地或者经过深思熟虑所发生的集中……（诗歌）不是感情的放纵，而是感情的脱离；诗歌不是个性的表现，而是个性的脱离”（艾略特：《艾略特文学论文集》，李赋宁译注，百花洲文艺出版社，1994年，第10—11页）。总之，现代主义诗歌也许有很多面相，但拒绝抒情或反抒情才是根本。

无主义时代特意发明的镜像，也就是一个又一个絮叨的世界。絮叨固然能够轻松解决必达难达之态这个大难题（达难达之态意味着难以决断），但它只对絮叨本身和它发明的现代主义者有效[1]。对于那些“无面目的群众”，“那些被称作mass的‘团块’（mass的含义之一即为‘团块’）、‘大众人’（mass-man）”或乌合之众（crowd）[2]，势必全然失去了效用。对此，钟鸣有非常准确的观察：“一般来说，在为数最多而又最下层的群众中，真实的语境是不存在的。”[3]作为絮叨的受造物，现代主义者是一群孤寡之人，他们（或她们）生性孤僻、落寞、郁郁寡欢，一贯地看不起群众。事实上，他（或她）鄙视群众。而那些无面目的群众或大众人，需要抒情性的诱拐、撩拨和刺激。对此，现代主义者既无兴趣，也无能为力；乌合之众不可能懂得“我应当意指我能（I ought implies I can）”究竟为何物[4]，更不可能懂得“人如何成其所是”（How one becomes what one is）[5]，也不可能懂得该怎样从无意义处发现有趣和意义，当然，更无法忍受没有抒情性的无意义。因此，“诗和远方”必将永久性镌刻于乌合之众的列列大旗之上。西川乐于用这样的诗句，和性喜“嚼蜡”的“抒情的同志”们开玩笑：“重新变成

[1] 参阅敬文东：《作为诗学问题与主题的表达之难——以杨政诗作〈苍蝇〉为中心》，《当代作家评论》，2016年第5期。

[2] 敬文东：《艺术与垃圾》，前揭，第14页。

[3] 钟鸣：《秋天的戏剧》，学林出版社，2002年，第47页。

[4] 鲍斯玛（O.K.Bouwsma）：《维特根斯坦谈话录》，刘云卿译，漓江出版社，2012年，第14页。

[5] 据尼采《瞧，这个人——人如何成其所是》，孙周兴译，商务印书馆，2016年。

一个抒情的人，我投降。所谓远方就是使人失灵的地方。”（西川：《南疆笔记》）因此，这个数目过于庞大的群体，不可能懂得絮叨究竟为哪些人到底絮叨出了哪些神秘的内容；因此，他们（或她们）更适合充当韭菜读者大群落里边，最基本的群众[1]。事实上，在反讽时代或虚无主义时代，这个巨型群落早已组建完毕；组成这个群落的无面目的大众，异常活跃于微信群、微博，以及其他所有可以想见或暂时无法想见的社交媒体，号子四起，杀声震天，所向披靡，攻无不克[2]。就是在这等凶险之境，迫不得已的情况终于出现了：絮叨需要的受众不来自给定的人群；絮叨为了犒劳或者安慰自己，只能从乌有之中发明自己的受众——这才是絮叨的

[1] 韭菜读者有着最为强烈的从众心理，绝对不敢特立独行；韭菜读者的特征正如卡内提（Elias Canetti）所言：“人最畏惧的是接触不熟悉的事物……只有在群众中，人才免于对接触的这种畏惧心理。群众是这种畏惧心理可以在其中向其对立面转化的唯一情景。”（卡内提：《群众与权力》，冯文光等译，中央编译出版社，2003 年，第 1—2 页）韭菜读者的特征也尽在奥尔特加·加塞特的描述之中：韭菜读者“只强调自己‘与其他每一个人完全相似’。除了这种可笑的声明之外，他感觉不到任何烦恼，反而为自己与他人的相似而感到沾沾自喜，心安理得”（奥尔特加·加塞特：《大众的反叛》，刘训练等译，吉林人民出版社，2004 年，第 7 页）。对无面目的群众或乌合之众，迈克尔·哈特（Michael Hardt）和安东尼奥·奈格里（Antonio Negri）联袂做过这样的分析：“如果我们在一方面把民众与人民加以对比，另一方面我们又应将其与大众或乌合之众相比。大众或乌合之众常被用来指非理性的被动的社会力量，他们危险，具有暴力，恰恰因为他们容易被操纵。”（迈克尔·哈特、安东尼奥·内格里：《全球化与民主》，陈永国译，汪民安主编：《生产》第一辑，广西师范大学出版社，2004 年，第 235 页）

[2] 当然，社交媒介的简单易操作的特点也给这个群里带来方便和巨大的力量。韩炳哲对此的论述来得很平易近人：“平滑（das Glatte）是当今时代的标签……今天，我们为什么会认为平滑是种美呢？除去美学效果，平滑反映出一种普遍的社会要求，它是当今积极社会（Positivgesellschaft）的缩影。平滑不会造成什么伤害，也不会带来任何阻力。它要求的是‘点赞’。平滑之物消除了自己的对立面。一切否定性（Negativität）都被清除。”（韩炳哲：《美的救赎》，前揭，第 1 页）和“点赞”相伴的，是攻击，是谩骂，是诅咒。这正是所向披靡之力量的来源。

读者[1]。

众所周知,《恶之花》的第一首诗的最后一行是这样的:“——虚伪的读者。——我的兄弟和同类!”(波德莱尔:《致读者》,郭宏安译)《荒原》第一章最后一行是:“你!虚伪的读者!——我的同类——我的兄弟!”(艾略特:《荒原》,赵萝蕤译)作为《荒原》最早的汉语译者,赵萝蕤女士认为,这个句子的确切意思是这样的:“诗人认为读者和他一样,也是百无聊赖。”[2]赵萝蕤的解说虽然简短,却隐含着一种颇为坚定的口吻;它表情丰富,含义饱满,但它至少有可能意味着:就像絮叨发明了同义反复的现代主义者,它也为自己发明了受众或读者。絮叨的读者或受众同样是同义反复的:他(或她)以絮叨作为自己的发声方式,以便和絮叨在同一个频道上共鸣、共振。打一出生就絮叨着的絮叨的读者自成群落或团体,享受着无意义带来的意义和这种意义自身的有趣性,却不会被其他三种媒介的受众所理解;在三者眼里,絮叨的读者差不多都患有疯癫症,神经不正常,急需要就地治疗,或者被送上米歇尔·福柯念叨多次甚至多年的“愚人船”

[1] 乔纳森·卡勒之言可以为本文此处的持论壮胆:“读者对文学的关注各有不同,其原因之一就是文学的言辞表述与世界有一种特殊的关系,我们称这种关系为‘虚构’。文学作品是一个语言活动过程,这个过程设计出一个虚构的世界,其中包括陈述人、角色、事件和隐含的读者(读者的形成是根据作品决定必须解释什么和读者应该知道什么而定的)。”(乔纳森·卡勒:《文学理论入门》,前揭,第32—33页)

[2] 艾略特:《荒原:艾略特诗选》,赵萝蕤译,人民文学出版社,2016年,第66页“译注”。

(Narrenschiff)[1]。有证据表明：絮叨的读者很难回返激昂向上的发声方式、愤慨复兼浑厚的口吻、既谄媚又色厉内荏的言说姿势，就像饱经沧桑的语词早已丧失了它的词源学意义，弄丢了它的考古学坑口。

[1] 絮叨的读者酷似韩炳哲称赞的傻瓜："傻瓜是现代的异教徒。异教本意为选择（Wahl）。异教徒是指具有自由选择权利的人。他敢于背离正统观念，敢于摆脱从众的强迫。傻瓜作为异教徒被看作反抗舆论暴力的形象。他打破了施于异己的魔咒。由于从众的强迫愈发强烈，今天比以往任何时候都迫切地需要去强化异教意识。"（韩炳哲：《精神政治学》，前揭，第112页）絮叨的读者也有些类似——仅仅是类似——俄罗斯的"圣愚"（Foolishness for Christ）。（参阅王志耕：《圣愚之维：俄罗斯文学经典的一种文化阐释》，北京大学出版社，2013年，第13—30页）

絮叨总是没完没了

激昂向上的发声方式、愤慨复兼浑厚的口吻、既谄媚又色厉内荏的言说姿势，和它们各自的受众并不构成真正的对话关系。法官和被审判者之间发生的话语事件，哪怕是唇枪舌剑而且火爆激烈，真的够得上对话行为吗？伊凡·克里玛（Ivan Klima）的长篇小说《被审判的法官》[1]对此多有分教。在巴赫金看来，对话意味着平等、民主、尊严与和谐。事实上，在更多的时候，上述三类口吻对它们的受众颇具碾压之势，犹如中国的教室里老师和学生的关系，尤其有类于中国的教室里讲台和课桌构成的巨型修正比。接受美学、读者反应批评理论等等现代人文学说，倾向于强调如下事实：读者对于作品的意义生成，具有一定程度的建设性和建构性作用。这当然有道理、没毛病，毕竟任何一个读者的心灵都并非“妙手空空”，也绝非白板一块。但这些学说却非常不合时宜

[1] 伊凡·克里玛:《被审判的法官》，星灿译，中国友谊出版公司，2004年。

地妄自菲薄：它们过度夸大了读者在作品的意义生成方面，所拥有的真实能力[1]。

郭沫若的《天狗》把它异常饱满充沛的精、气、神，颇为自信地用于批评它认为的正处于麻木状态的受众，唤醒它认为的正在呼呼大睡的读者。这和李金发的《有感》在做派上实在大异其趣[2]。但问题是：作为反讽时代的特殊人种，三和大神能被《天狗》激活吗？更何况虚无主义一贯视精美的睡眠为无物，为乌有[3]。但《天狗》对此持十分自信的态度。巴尔扎克（Honoré de Balzac）视长篇小说为民族秘史，因而像经营秘史那般，经营他的《人间喜剧》:《欧也妮 · 葛朗台》从第一个字开始，就致力于煽动、主导读者对这部小说中某位男性主人公的厌恶情绪，的确合乎民族秘史的通常做派，以至于极为完好地呼应了韩炳哲对于

[1] 对此，杰拉德 · 普林斯（Gerald Prince）有过很合理的抱怨："文学研究者不再建立给定文本就其作者意图而言或就一套文本模式而言的意义，而是越来越经常地聚焦于以期待与解释的惯例为武装的读者如何建构一个文本并赋予它意义的。理想读者（ideal readers）、虚拟读者（virtual readers）、隐含读者（implied readers）、知识读者（informed readers）、胜任读者（competent readers）、经验化读者（experienced readers）、超级读者（super readers）、主要读者（arch readers）、平均读者（average readers）以及普通读者（plain old readers）现在大量存在于文学批评中，我们似乎进入了这样一个时代：作家、写作过程和作品的重要性低于读物、阅读过程和读者的重要性。"（杰拉德 · 普林斯:《叙事学：叙事的形式与功能》，徐强译，中国人民大学出版社，2013 年，第 103 页）

[2] 旅美华人学者米家路贡献了一个很有洞见的观点："在中国新文学的第一个浪漫主义诗人与象征主义之父的中间，诞生了一个两极世界：一极以郭沫若笔下的持续创造之身体为代表，这身体被四溢的、向前进步的爆炸性能量所灌注；另一极则以李金发笔下无法行动的麻木肢体为代表，它被倦怠所黯淡，被昏昏欲睡所困乏与灌注。"（米家路:《狂荡的颓废：李金发诗中的身体症候学与洞穴图景》，赵凡译，《江汉学术》2019 年第 4 期）这应该将激昂向上的调性和絮叨的特点很好、很准确地区分开了。

[3] 参阅乔纳森 · 克拉里:《24/7：晚期资本主义与睡眠的终结》，前揭，第 13—15 页。

情绪的优质想象力（也即是本文此前引用过的那句话："情绪才是精神政治对人进行控制的有效媒介。"）。黑格尔说得很精辟：所谓长篇小说，不过是"市民社会的史诗"[1]——此人对市民一向持十分鄙夷的态度；卢卡奇也很有想象力地说起过：长篇小说乃是"被上帝遗弃的世界的史诗"——在无神论的马克思主义者卢卡奇看来，被上帝遗弃的世界或者没有上帝的世界，才堪称真正的世界[2]。柳青经由呕心沥血而来的《创业史》体量巨大[3]，但它或许更投普鲁士的老臣民黑格尔的老脾气。现在看来，称《创业史》为神谕式的史诗，不会有太大的问题或者错误[4]，因此，它又似乎很凑巧地，正中了卢卡奇的下怀。略萨（Mario Vargas Llosa）很形象地说："创作长篇小说大概相当于职业舞女面对观众脱去衣裳、展示裸体所做的一切。"[5]断言作为作家的柳青居然不同意略萨的得道之言，尤其是断言作家柳青不知絮叨究竟为何物、不知絮叨到底有何功能和效用，很可能有些冒险、冒失，甚或冒犯；但断言不怒自威、面相庄严肃穆的《创业史》对絮叨持有一种绝对不以为然、不屑一顾的鄙夷态度，却肯定不会有任何问题，毕

---

[1] 黑格尔：《美学》第三卷，朱光潜译，商务印书馆，1991 年，第 167 页。

[2] 卢卡奇：《卢卡奇早期文选》，张亮等译，南京大学出版社，2004 年，第 61 页。

[3] 说柳青呕心沥血创作《创业史》，还不是指他如何在语言-文字方面费尽心血，而是指发生在语言-文字之前对体认实际生活方面的费尽心血（参阅柳青：《和人民一道前进——纪念毛泽东同志"在延安文艺座谈会上的讲话"十周年》，《人民文学》1952 年 6 月号；参阅黄济华：《柳青的创作和深入生活》，《华中师院学报》1982 年第 3 期）。

[4] 关于这个问题的详细论述请参阅敬文东：《何为小说？小说何为？》，《文艺争鸣》2018 年第 6 期。

[5] 略萨：《中国套盒：致一位青年小说家》，赵德明译，百花文艺出版社，2000 年，第 13 页。

竟史诗既意味着巨大而持久的行动，以及过于鲜明的性格，还天然地意味着决断和必须要做出决断[1]。更为重要的是：《创业史》的眉宇间英雄结十分醒目、打眼，而且自始至终洋溢着直至横溢着超级自信。它之所以自称有能力告诉它的读者应当往何处去[2]，乃是因为在体量宏大的《创业史》看来，它的后台很硬，靠山很强大；而它的读者呢？答案是：读者既是给定的，又是后置性的，只不过需要一番无须花费多少力气的挑选工作而已。面对大致相似的神学情境[3]，赵汀阳不动声色地说："人们希望得到自然的庇护，希望'听'到自然的指导，希望自然能对人说话，于是出现了巫师。"[4]巫师不仅洞悉秘密，还能依据对秘密的性质的洞悉，自行决断以为大众决断。因此之故，真实的情形大约只能是这样的：读者因其给定性、后置性，以及浮皮潦草和花费不了多少精力的被挑选性，早已被勒令端坐在书桌前，空其腹心，接受来自《创业史》这个文本性巫师给予的谆谆教诲[5]。实际上，作品对读者造成的碾压之势，就是如此这般或被猝然搞定，或被水滴石穿

[1] 参阅刘纳：《写得怎样：关于作品的文学评价——重读〈创业史〉并以其为例》，《文学评论》2005 年第 4 期。

[2] 参阅李洱：《问答录》，前揭，第 135—136 页。

[3] 提供历史目的论的任何学说，其思维都必定是神学的，比如，早已有人从没有彼岸、不存在拯救与超验的儒家学说那里窥察到了神学的影子（参阅杨国荣：《神学形式下的人文内涵》，《江淮论坛》1992 年第 3 期；参阅李小娟：《过程神学与儒家宗教性探究》，《学习与探索》2010 年第 6 期），台湾学者黄进兴甚至为此撰有专书曰《皇帝、儒生与孔庙》（生活·读书·新知三联书店，2014 年）。

[4] 赵汀阳：《坏世界研究：作为第一哲学的政治哲学》，中国人民大学出版社，2009 年，第 25 页。

[5] 参阅敬文东：《李洱诗学问题》（中），《文艺争鸣》2019 年第 8 期。

那样在悄无声息中渐渐炼成……

“话说天下大势，分久必合，合久必分……”[1]，这是说书艺人以感叹语气，在对台下的听书者讲话；“释闷怀，破岑寂，只照着热闹处说来……”[2]，这是鼓词艺人以感叹语气，在对围坐四周倾听鼓词者做出的吟唱。说书艺人和鼓词艺人的倾听对象，可以想见，都必定既是在场的，也是集体的[3]。很难设想，第三产业中以口舌谋食的从业者，居然会只为一个人说书，只为一个人吟唱鼓词[4]；更难设想，在遥远的和毛茸茸的说书时代，竟然会有不在场的听众[5]。将说书和吟唱鼓词归入朗诵的范畴或领地，应该不至于有任何障碍和羁绊可言，因为它们不仅是高音量的，而且基于道德-伦理等价值干爹和靠山给出的决断比比皆是，令人简直要惊讶于它

[1] 罗贯中：《三国演义》第一回。

[2] 贾凫西：《木皮散人鼓词》起首辞。

[3] 参阅亚罗斯拉夫·普实克：《抒情与史诗——现代中国文学论集》，前揭，第94—96页。

[4] 张大春贡献的一个故事（据他说来自小说家高阳），很能支持此处的持论。据说，杭州有个说书人擅长说《水浒传》，尤其擅长说第二十六回“偷骨殖何九送丧，供人头武二设祭”。一日，此人说到“武松径奔到狮子桥下酒楼前”，一拍惊堂木，道“欲知后事如何，且听下回分解”。下台后，来了刚才一位听书的，此人从怀中掏出一包银两，说他要外出三日，就无法听到武松打杀西门庆这一段了，希望自己三天后还能听到这一节。三天后，听书者从外地回来，但听说书人惊堂木一拍：“且说那武松一步抢进酒楼，便问酒保道：‘西门大郎和什么人吃酒？’……”参阅张大春：《小说稗类》，广西师范大学出版社，2004年，第187—188页。

[5] 关于这一点，不妨听听马歇尔·麦克卢汉的建议：“原始人生活在一架暴虐的宇宙机器中，其暴虐性远远超过了重文字的西方人所发明的一切机器。耳朵世界的拥抱性和包容性远远胜过眼睛世界的拥抱性和包容性。耳朵是极为机敏的。眼睛却是冷峻和超然的。耳朵把人推向普遍惊恐的心态。相反，由于眼睛借助文字和机械时间而实现了延伸，所以它留下了一些沟壑和安全岛，使人免受无孔不入的声音压力和震荡。”（麦克卢汉：《理解媒介》，前揭，第180页）听说书、听说鼓词，差不多就是麦氏说的必须依仗耳朵的拥抱性和包容性，因此必须是在场的。

们的决断何以如此干脆、直白，为何如此简单、直撇[1]。激昂向上的发声方式、愤慨复兼浑厚的口吻、既谄媚又色厉内荏的言说姿势，原本就意味着朗诵和抒情，或天然就适合抒情和朗诵。从理论上讲，既然有拘押于心的内听始终存在，三种较为年轻的发声方式就既可以是个人的，也允许是不在场的。和说书、吟唱鼓词在性质上几乎没有任何不同，三种较为青春的说话口吻必然会以脆生生的抒情性决断为方式，更愿意对众人——而非单个读者——发言和讲话[2]。一般而言，这三种调性虽然各不相同，甚至彼此反感，却都像顽皮的孩子那样可谓真正的“人来疯”：受众越多，便越亢奋，甚至会口若悬河到了几至于信口开河的地步[3]。

众所周知，絮叨打一出生，就处于“高处不胜寒”的尴尬境地，处于语言的烂熟和颓废状态，对抒情性持有一种天然反感的态度。如前所述，絮叨无奈之下，只得被迫为自己发明具有同义反复特性的受众，亦即絮叨的读者也在絮叨着。这里边的关键与要害是：絮叨一旦自己决定起动自己，它的受众便会立即诞生，因为絮叨的读者是否现身、何时现身，向来取决于絮叨，无关乎

---

[1] “直撇”，蜀语，意为干净、利索，不拖泥带水。说书必须有决断，苏东坡记载的一个故事是很好的证据：“王彭尝曰：‘涂巷中小儿薄劣，其家所厌苦，辄与钱，令聚坐听说古话。至说三国事，闻刘玄德败，颦蹙有出涕者；闻曹操败，即喜唱快。’”（苏轼：《东坡志林·怀古》）

[2] 参阅马尔科姆·考利（Malcolm Cowley）：《流放者归来：二十年代的文学流浪生涯》，张承谟译，重庆出版社，2006年，第281—282页。

[3] 奥尔特加·加塞特说：“每一位真正的诗人，无论他口若悬河或是惜字如金，都是无可取代的。”（奥尔特加·加塞特：《艺术的去人性化》，前揭，第198页）话虽如此，无论古今还是中外，“惜墨如金”更有可能比“口若悬河”更值得尊敬。

天意，更无关乎给定的大众，比如自愿接受《创业史》之谆谆教诲的那些空其腹心的读者。这便毫不犹豫地意味着：絮叨和絮叨为自己发明的读者必定同时面世，既不早一分，也不晚一秒。众所周知，反讽时代或虚无主义时代，同时也是反形而上学因此形而上学土崩瓦解的琐碎、琐屑的时代——形而上学总是乐于强调抽象，倾向于突出整体[1]。雅克·德里达说得好像很神秘："形而上学的历史是绝对的要自言自语。"[2]德里达的意思也许是：形而上学在历史上拒绝一切形式的对话性；或者，拒绝对话贯穿了形而上学的整个历史；或者，形而上学自身的历史不过是自说自话而已矣。在如此样态的反讽时代或虚无主义时代，只存在一次次即时发生的那一个个具体的絮叨，絮叨只能是即时性的；但每一次和即时性肌肤相亲的那个具体的絮叨，并不意味着居然会是絮叨的某种二级形式，或次生形态。每一个具体的絮叨不仅都是即时性的，还是随身的、及肉的，从来不是对某个抽象絮叨进行的分有，更不是对某种整体絮叨进行的局部性呈现。它当然就是它自己，也只能是它自己。就像絮叨反对朗诵一样，絮叨也是反形而上学的：世上从来不存在有关絮叨的抽象理念，这和柏拉图主张桌子的理念绝对高于具体的桌子迥乎其异；出于完全相同的道理，

[1] 吉尔·德勒兹对形而上学给出的绝妙言论可以附注于此，以供理解何为形而上学的抽象性和整体性。啪嗒学（epi meta to phusika）有一个很确切、很明晰的对象：大转折，对形而上学的超越，向外或向内的拓展，"关于附加在形而上学之上的东西——或者在其之中，或者在其之外——的科学，它同形而上学的距离正如形而上学同物理学的距离"（吉尔·德勒兹：《批评与临床》，前揭，第192页）。

[2] 雅克·德里达：《声音与现象》，前揭，第131页。

每一次即时性的絮叨，也就从来不是对絮叨的理念进行的拙劣模仿。每一个絮叨都处于孤独状态：所有具体的絮叨彼此间鸡犬之声相闻，却绝不往来[1]。絮叨原本就意味着孤独；没有孤独，又何来的絮叨呢?

因此，伴随着一次次具体的絮叨而来的，必定是一个个具体可感的受众[2]。絮叨和它的读者不仅彼此间结成了真正的对话关系，而且絮叨只对被它发明出来的读者讲话；被发明出来的受众，必须而且必然和絮叨共用同一个振幅[3]。絮叨拒绝朗诵，拒绝属于大众的抒情性，而且拒绝对大众讲话。它或厌恶或害怕大众，就像卡夫卡曾经两手一拍，唇齿轻启："唉，群众。"[4]絮叨早已丧失了对大众说话的兴趣和热情，但首先是因为个人激情的内在化，致使絮叨过早丧失了对大众讲话的动力。激情的内在化意味着内卷，内卷意味着自己跟自己的内心较劲；自己跟自己的内心较劲属于典型的内部行为和语言事件，却从不指向心灵之外的虚无主义时

---

[1] 布朗肖（Maurice Blanchot）说："作品是孤独的：这并不意味着它始终是不可交流的，是无读者的。但是，阅读作品的人进入了对作品孤独的肯定中去，正像写作品的人投身到这种孤独的风险中去一样。"（莫里斯·布朗肖：《文学空间》，顾嘉琛译，商务印书馆，2003 年，第 3 页）这很可能是因为孤独的作品乃孤独者的絮叨的堆积物。

[2] 就语言自身的演变而言，社会生活的沧桑起伏具有直接的作用（参阅仲立新：《试论五四文学革命中的语言现代性问题》,《文艺理论研究》2000 年第 4 期）；但任何一种给定的语言被文学征用后，一定会和作者的综合气质深度相关。作者的综合气质不仅是作者的全部社会关系的总和，还必定大于这个总和。作者依靠他（或她）的综合气质使用语言，语言必定会在万千作者笔下呈现出万千风情。絮叨作为一种口吻、一种发声方式、一种媒介出现在某些作者笔下，必定不会自外于万千风情。

[3] 参阅敬文东：《李洱诗学问题》，人民文学出版社，2021 年，第 185—187 页。

[4] 参阅钟鸣：《窄门》,《大家》1996 年第 5 期。

代，更没有指向心灵之外的兴趣和热情，但尤其是没有破心灵而出的动力。就这样，个人激情的内在化，让絮叨过早关闭了对着大众讲话的几乎所有通道[1]。无论是对于天生需要表达自己的单子式个人，还是对于表达本身，这都并非好事情，也绝非好兆头——但这是后话，暂且按下不表。除此之外，絮叨的即时性还必然意味着：它和它的讲话对象是单独的、私下的、一一对应的。这就是说，在某个特定的时刻，只有唯一一个特定的讲话对象。与说书艺人、鼓词艺人面对的集体性听众大不相同，絮叨面对的，只有不同时刻、不同心境时分被发明出来的不同个体。和三种相对年轻的调性迥乎其异，处于“废墟时间”当中的絮叨再也不可能是“人来疯”。除了不对众人讲话以外，絮叨也不会对着上帝讲话，因为絮叨原本就是上帝为自己制造的反讽——布拉格的卡夫卡早已道明了这一点[2]。絮叨更不会对自己讲话，因为个人激情的内在化堵死了祈祷通往独白的道路，拆毁了独白和祈祷之间必须的桥梁。甚至面对虚无这“无物的平方”[3]，絮叨也会整夜无话——既然都已经虚无了，还有什么好絮叨的呢？海德格尔有一个承袭巴门

[1] 这也导致了絮叨和絮叨者反感大众和大众组成的集体或被集体歌颂的集体主义，奥尔特加·加塞特说出了絮叨和絮叨者的心声：“严格来说，大众现象作为一项心理学事实，无须等到个人以麇集的方式出现后才可以定义，面对单独的一个人，我们就可以判断他是不是一个‘大众人’（a mass-man），大众人是这样一种人：他从不根据任何特殊的标准——这一标准的好坏姑且不论——来评价自己，他只是强调自己‘与其他每一个人完全相似’。除了这种可笑的声明外，他感觉不到任何烦恼，反倒为自己与他人的相似而感到沾沾自喜，心安理得。”（奥尔特加·加塞特：《大众的反叛》，前揭，第 29 页）

[2] 参阅马克斯·勃罗德：《卡夫卡传》，前揭，第 71 页。

[3] 参阅罗伯托·埃斯波西多：《共同体与虚无主义》，前揭，第 68 页。

尼德（Parmenides of Elea）而来的著名疑问：为什么在者在，而无反倒不在[1]？但这不应该是絮叨面对虚无时可以提出的问题。事实上，絮叨只愿意分别和它的每一个存在着的受众单独谈心，不存在（亦即“无”）的读者原本就是不存在的——此处无需巴门尼德化；每一个絮叨着的读者也只愿意把自己沧桑的心境，单独托付给值得信任的絮叨。在这里，再一次地，沧桑并不意味着读者是抒情性的。

令人倍感好奇的是：絮叨和它的读者究竟会谈论什么、到底在谈论什么呢？就像文学语言之所以是文学语言，其前提是语言必须指向语言自身（language calling attention to itself）[2]，絮叨与其受众的谈论之所以可以被称作谈论，其前提当然是絮叨及其受众必须拥有自指性[3]：它们在谈论究竟何为絮叨，在谈论絮叨的前世、絮叨的今生。但更在谈论这样一个问题：在虚无主义时代或悖谬的时代，絮叨究竟应当有何作为呢？谈论拥有的这等形貌

[1] 维特根斯坦的《伦理学讲稿》中有一个很动人的叹息：“世界竟会存在，这是多么奇怪啊！”有学者认为，这个感叹与贯穿海德格尔一生思想的一句话相对应：“为什么存在者存在而非什么都不存在？”这个问题被海氏称之为“哲学的基本问题”。[弗里德里希·魏斯曼（Friedrich Waismann）记录：《关于海德格尔的“存在”与“畏”》，何卫平译，湖北大学哲学研究所《德国哲学论丛》编委会编：《德国哲学论丛》1998 年卷，中国人民大学出版社，1999 年，第 81—82 页]

[2] 参阅周英雄：《结构主义与中国文学》，台湾东大图书公司印行，1983 年，第 124 页；参阅敬文东：《论新诗现代主义的内在逻辑和技术构成》，《山东师范大学学报》1995 年第 2 期。

[3] 这就是顾随说的：“诗中对仗，文中骈偶，皆是干连，而非发生。”（顾随：《顾随全集》第三卷，河北教育出版社，2001 年，第 287 页）语言自指和絮叨自指，指的是人必须让语言和絮叨本身得到重视、得到呈现。这就是说，絮叨和语言不仅仅是人类趁手的工具，它们有被重视和尊重的那一面。

和体态，既有“却顾所来径，苍苍横翠微”的倒叙特征，也充满了展望来世时的将来时态（future tense）。乔治·斯坦纳毫不犹豫地认为：作为语言在时间之轴上的自然延伸，将来时态既意味着对死亡的颠覆和解构[1]，还必将是“一种深沉的、形而上的冒犯”[2]。

就是在这种具有强烈自指性的谈论中，絮叨的世界诞生了。文学作为对现实世界的本能性反应（亦即正当防卫），絮叨当然可以让现实世界得到彻底的絮叨化，让这个无法决断的世界以文本的形式继续无从决断；文学作为发明新现实的一种特殊方式[3]，絮叨当然有能力发明一个又一个絮叨的世界：絮叨为满足自己，专门发明了一个个无需决断的世界以自慰。很显然，这是絮叨在替虚无主义时代或反讽时代手淫，就像热内（Jean Genet）乐于“替宇宙手淫”[4]。从絮叨的本性上说，它更倾向于也更倾心于絮叨的世界；这种倾向性和拳拳私心，肯定是大有道理的：为的是和絮叨发明的一个又一个独立的受众或读者彼此呼应、相互俯仰。尤为重要，却也常常被轻易忽略的一幕，大体上是这样的：进入“废墟时间”的絮叨以及絮叨为自己发明的读者，同时看见了、目睹了

[1] 参阅乔治·斯坦纳:《语言与沉默：论语言、文学与非人道》，前揭，第46页。

[2] 乔治·斯坦纳:《巴别塔之后：语言与翻译面面观》，前揭，第27页。

[3] 关于文学发明新现实，纳博科夫有很好的陈说：大作家都是超级骗子，其作品与现实毫无关系，却能独创一个世界（参阅赵一凡:《西方文论讲稿：从胡塞尔到德里达》，生活·读书·新知三联书店，2007年，第36页）。

[4] 苏珊·桑塔格:《反对阐释》，前揭，第106页。

絮叨的世界诞生的全过程[1]。这不但深刻地意味着絮叨的世界、絮叨和絮叨的受众同时诞生，还令人震惊地意味着，这三者彼此间，相互目睹了把它们分别带到反讽时代的那三条伟大的产道。羊水腥味浓烈、令人反胃，却预示着新生。青春年少的三种发声方式一直在共享同一种傲慢：后置性地挑选读者，却能预先定制作品的性状、结局和作品的精神质地，以此对读者或受众造成碾压之势。这与絮叨谦逊、民主、平等的做事方法迥乎其异——但絮叨的这等做派，注定会被那三种年轻的调性视作平庸无能。作为一位伟大的作家、法兰西学院历史上第一位女院士，玛格丽特·尤瑟纳尔（Marguerite Yourcenar）说得格外睿智、格外令人心动："真正的出生地是人们第一次把理智的目光投向自己的地方。"[2]相互目睹各自诞生的时刻，毫无疑问是一个至关重要的时刻。这个时刻之所以来临，其间必有缘由。但也许没有几个人，会像彼得·汉德克的小说主人公兼叙事人——菲利普·柯巴尔——那样，更为清楚地知道这个缘由究竟腰身如何、到底存身何处。菲利普·柯巴

[1] 这里有一个很好的例子：荣格面对絮叨的世界的集大成者《尤利西斯》时，出现了罕见的误判。荣格的评议是这样的："《尤利西斯》是对我们这个时代的记录，它充满着人文主义的精神而毫无宗教的性质，并且，它还暗怀着一个秘密。它能够解脱精神的枷锁，它的冷漠彻底地冻结了一切多愁善感，甚至冻结了正常的情感。但这些有益的效果并不是它力量的全部，有一种看法认为，这部作品有魔鬼本人参与创作，这种说法虽然有趣，但却并不是一个令人满意的假设。这本书中有生命的力量存在，而生命从来就不只是邪恶与破坏。确实，这本书的最复杂的方面好像是否定的、分裂的、但我们能够从这复杂的现象背后感觉到一种简单清澈的东西，感觉到赋予了这本书意义和价值的秘密的目的。"（卡尔·古斯塔夫·荣格：《心理学与文学》，前揭，第 123 页）荣格仅仅将《尤利西斯》看作对虚无时代的准确反映，《尤利西斯》仅仅将世界絮叨化了而已。

[2] 玛格丽特·尤瑟纳尔：《哈德良回忆录》，陈筱卿译，东方出版社，2002 年，第 35 页。

尔以絮叨为发声方式，道出了这个缘由的存身之处，确实非常符合菲利普·柯巴尔彼时彼地的真实身份：

叙述，没有什么更现实的东西比得上你，没有什么更公正的东西比得上你，你是我最神圣的东西。叙述，远方战士的守护女圣徒，我的女主人。叙述，一个个宽敞无比的运输工具，天国之车。叙述的眼睛，映照出我吧，因为唯独你认识我，赏识我。天空的蔚蓝，通过叙述，降临到这低地上吧。叙述，参与的音乐，放免、恩赐和净化我们吧。叙述，生机勃勃地掷出字母，充溢那词句的联系，组合成文字，以你别开生面的图案表现出我们共同的图案吧。叙述，重现吧，这就是说，重新活跃起来吧。一再推迟一个不许存在的决定吧。盲窗和空空如也的山间小道，愿你们是叙述的激励和透明水印花纹。叙述万岁。叙述一定要长存。叙述的阳光将会永远普照在那只有伴随着生命的最后一息才能够被摧毁的第九王国之上。从叙述王国里被驱逐的人，和你们一起离开那悲伤的本都，返回吧。后来者，当我永远不在这里时，你会在叙述的王国里找到我，在第九王国里。在你那杂草丛生的田间小屋里的叙述者，你怀着地方意识，哪怕你平静得一声不吭，也许沉默数百年之久，倾听着外面，沉浸在内心，可是过后呢，王者，孩子，集中心思，挺直身子，支撑在胳膊肘上，微笑一圈，深深地呼吸，再拿起你那调停一切争端的东西开

始吧……[1]

导致那个时刻的缘由究竟是什么、那个缘由到底存身何处，相信菲利普·柯巴尔通过对叙述的絮叨性赞美，已经叙述得足够清楚，甚至足够完美。但菲利普·柯巴尔似乎更愿意告诫眼下这个异常悖谬的时代：作为絮叨至为精美的发明物，作为被型塑出来的絮叨的世界，第九王国是开放的、永无止境的，因为絮叨没有终结。絮叨的世界不会、不该，也不配拥有一个具有决断性的结尾。尼采说得有点儿神秘："世界在每一个单独的瞬间都完结了，达到它的结束。"[2]尼采心知肚明：这情形，只适合拥有超历史能力的奇人异士。但这样的尤物，应当不会产生于历史性的人间，他只能产生于纯粹的观念[3]。眼下必须要承认的现实是：絮叨不仅反对朗诵、抒情性和形而上学，也反对结束。絮叨的本意，原本就是不断延宕、再延宕对事态的决断，以至于最终无从决断——絮叨

[1] 彼得·汉德克：《去往第九王国》，前揭，第300—301页。布朗肖说得很精辟："叙事并非对某一事件的记述，而恰为事件本身，是在接近这一事件，是一个地点——凭着吸引力召唤着尚在途中的事件发生，有了这样的吸引力，叙事本身也有望实现。"（莫里斯·布朗肖：《未来之书》，赵苓岑译，南京大学出版社，2015年，第8页）布朗肖的话，差不多将《去往第九王国》的叙事人对叙述的赞美的精华给提炼出来了。

[2] 参阅戴维·弗里斯比：《现代性的碎片：齐美尔、克拉考尔和本雅明作品中的现代性理论》，前揭，第43页。

[3] 对于这个问题，赵汀阳有高见："人所创造的只是历史，所以历史是人的合法思想对象。当存在论问题收敛于人所创造的历史世界，即'万事世界'（the world of facts），人就能够以历史创造者的思想尺度去反思万事的存在意义。因此，人也有属于人的创世学和存在论，即历史形而上学或形上化的历史。"（赵汀阳：《历史·山水·渔樵》，生活·读书·新知三联书店，2019年，第14页）赵汀阳的意思很清楚：在历史性的时刻，不可能有超历史的人存在。

从来就不配拥有自己的天涯海角和天尽头。因此，絮叨不得不对它的读者或受众永无休止地讲话；它的受众或读者也不得不和它一起，将话语行为永无休止地持续下去。这和时间一到，就必须散场的说书、吟唱鼓词截然相反。

不过，菲利普·柯巴尔对反讽时代或虚无主义时代的告诫，似乎早已存乎于罗兰·巴特的理论构想之中。作为一个著名的絮叨者，一个质地优异的媒介，罗兰·巴特倾向于支持絮叨将自己不断延宕、再延宕、再一次地延宕下去[1]，直至罗兰·巴特死于一场突如其来的车祸，但这只是一个意外的、令人悲伤的结尾。乔吉奥·阿甘本（Giorgio Agamben）对此似乎心有灵犀。在解读他心爱的卡夫卡时，阿甘本至少已经从侧面，较为成功地呼应和支持了罗兰·巴特的文学理论[2]。阿尔贝·加缪毫不含糊地说到过："一本书的结局已经寓于它的开头部分。这个关联是不可避免的。"[3]但

[1]《恋人絮语》的译者汪耀进在作为"译者序"的《罗兰·巴特和他的〈恋人絮语〉》中，总结了罗兰·巴特的文本理论："在文互涉这一前提下，巴特构造了他的文本理论：1. 文本不同于传统'作品'，文本纯粹是语言创造活动的体验。2. 文本突破了体裁和习俗的窠臼，走到了理性和可读性的边缘。3. 文本是对能指的放纵，没有汇拢点，没有收口，所指被一再后移。4. 文本构筑在无法追根寻源的、无从考据的文间引语，属事用典，回声和各种文化语汇之上。由此呈纷纭多义状。他所呼唤的不是什么真谛，而是碎拆。5. '作者'既不是文本的源头，也不是文本的终极。他只能'造访'文本。6. 文本向读者开放，由作为合作者和消费者的读者驱动或创造。7. 文本的指向是一种和乌托邦境界类似性快感的体验。"（罗兰·巴特：《恋人絮语》，前揭，第6页）

[2] 阿甘本是这样说的："卡夫卡寓言的一个突出特征，就是在它们的结尾包含了一种完全颠覆其意义的逆转的可能性。最终的分析是，对此寓言的所有解释皆把它读解为乡下人寓言式的训导故事，他在完成法律加诸其身的不可能的任务面前，无可救赎地失败或遭受了挫败。"（阿甘本：《弥赛亚与主权者：瓦尔特·本雅明的法律问题》，麦永雄译，汪民安主编：《生产》第2辑，广西师范大学出版社，2005年，第268页）

[3] 阿尔贝·加缪：《西西弗神话》，前揭，第15页。

以这等口吻说出这样的话，还真不是加缪得了便宜又卖乖；那很可能是因为某本书的开头部分，正好不谋而合地"'起'始"于絮叨自己"'起'动"了它自己[1]。加缪之所以有这番言论，很可能是因为他原本就是一个体形硕大的絮叨者——《局外人》《鼠疫》《正义者》是其明证[2]。艾布拉姆斯（Meyer Howard Abrams）说："开端以某种方式发起一个主要行动，以此能使我们期待更多的行动。"[3]很容易看出来，艾布拉姆斯只愿意重视高贵的开端，不屑于或者竟然忘记了在他看来不免卑贱的结尾。也许，他那样说，是不想颠倒上与下之间早已结成的那种反讽关系[4]？

西格弗里德·克拉考尔（Siegfried Kracauer）说："有悲剧之处方有结局……弥赛亚式结局则不会落入人的现实，或者说，只会突

[1] 爱德华·W. 萨义德（Edward Waefie Said）特别重视作品的"开端"（亦即加缪所说的"开头部分"）："但凡作家，都知道选好开端是写作的关键，不仅因为下文大大取决于开端，更是因为一个作品的开端，几乎可以说，是进入其内容的主入口。而且，一本书写完后回头看，它的开端可以视为一个点，由此出发，作者与所有其他作品踏上两条不同的路；作品的开端，一上来就确立了同已有作品之间或连续或对抗或两相混合的关系。"（萨义德：《开端：意图与方法》，章乐天译，生活·读书·新知三联书店，2014 年，第 19 页）但萨义德对絮叨的无结尾属性没有给出论述，是很遗憾的事情。

[2] 中国学者张隆溪对里尔克的精辟论述可以为此做证："对于里尔克，诗作为赞颂成了一种语言魔术，它帮助召唤出那些无名的、不可说的东西……词的巫术确实开启了扭转的可能，诗人的抱怨——无力向天使说话，无力把有形之物转变成无形之物，诗性言说的困难——于是有希望被颠倒过来。"（张隆溪：《道与逻各斯——东西方文学阐释学》，前揭，第 121 页）絮叨的无结尾性正体现张氏两次强调的"无力"一词当中。

[3] M.H. 艾布拉姆斯：《文学术语汇编》，外语教学与研究出版社，2004 年，第 226 页。

[4] 戴维·洛奇对弗兰克·克莫德（Frank Kermode）所持的观点颇为称许："叙事技巧中的'剧情突变'，相当于修辞学中的反语；它存在于哪怕结构最简单的每一部小说中。'剧情突变'取决于我们对结尾的信心；预期落空却又不失和谐；宣布我们的预期虚假的趣味性……'剧情突变'越大胆，我们越觉得作品尊重了我们的真实感。"（参阅戴维·洛奇：《写作人生》，河南大学出版社，2015 年，金晓宇译，第 155 页）戴维·洛奇此处的结尾只是一种修辞，它起到的只是叙事学的作用，无关乎决断，或者已经决断。

袭人的现实。当然，若现实因它之故而蒸发，它也蒸发。”[1]很遗憾，絮叨从来不支持悲剧；约瑟夫·K. 无罪却最终被处决，那不是悲剧，唯现象学层面上的耻辱而已矣——在告别人间的最后一刻，约瑟夫·K. 对此了然于胸[2]。存身于虚无主义时代的现代主义者非常可怜，他真的没办法像他自我宣称、自我预期和设想的那样“怎么都行”，只因为“怎么都行”的实质恰好是：怎么着都不行，或者哪条路都无法用于行走[3]。如果强行给絮叨的世界安置一个具有决断性的结尾，很有可能是徒劳的，说不定还会得到报应、遭到羞辱。向往革命的勃洛克（A. A.Blok）就是一个很好的例子。长诗《十二个》常常被看作勃洛克的代表作，也被视作有关十月革命——不一定是粉饰十月革命——最著名的文学作品之一。但在勃洛克的俄罗斯同胞纳博科夫（V. V. Nabokov）看来，《十二个》确实“非常糟糕，自觉地躲在虚假的‘原始’调子里，结尾又糊上一个粉红的纸板样的耶稣基督”。纳博科夫更进一步认为，这个结尾，这个“粉红的纸板样的耶稣基督”，可以解释勃洛克为什么自杀，为什么自杀后留下的遗嘱中，会有两行这样的诗句：“看，莫斯科忍受饥饿，/ 从前整洁美丽，而现在是买卖投机。”[4]实际上，每一个真正的反讽主义者也许都明白：“粉红的纸板样的耶稣基督”，绝无可能充任《圣

[1] 西格弗里德·克拉考尔：《侦探小说：哲学论文》，黎静译，北京大学出版社，2017 年，第 172 页。

[2] 参阅《卡夫卡全集》第 3 卷（亦即《诉讼》），前揭，第 183 页。

[3] 参阅敬文东：《新诗：一种快乐的西西弗文体》（上），《扬子江文学批评》2020 年第 5 期。

[4] 参阅布赖恩·博伊德（Brian Boyd）：《纳博科夫传：俄罗斯时期·1899—1929》，刘佳林译，广西师范大学出版社，2019 年，第 238 页。

经》里作为结尾的《启示录》；它也绝对不可能预示《启示录》里预言的耶稣基督的复活与再生。《启示录》愿意以这样的口吻对信徒讲话："证明这事的说是了，我必快来。阿门。主耶稣啊，我愿你来。"（He which testifieth these things saith, Surely I come quickly. Amen. Even so, come, Lord Jesus.）[1]

作为一个自觉的现代主义者，罗伯-格里耶（Alain Robbe-Grillet）对自己的絮叨者身份和媒介角色了悟甚深。他因此很自觉地走上了与勃洛克完全相反的絮叨之路。他的小说《在迷宫中》为絮叨的世界为何不会有结尾，提供了杰出的范例。据弗兰克·克默德（Frank Kermode）的观察和分析，具体情形大致是这样的：《在迷宫中》的主人公之一是一位士兵；像《在迷宫中》的许多人物一样，该士兵也是从其他不相干的事物中浮现出来的。这正是絮叨的经典做法：絮叨很清楚，在反讽时代，因果关系具有强烈的虚构特性，是语言的产物，一如大絮叨者尼采坚持认为的那样[2]；因此，絮叨不会知道也不敢保证的是：每一个人物与其他事物到底会有何种铁定的逻辑关系。事实上，凡是在物、事、情、人之间设置的关系愈加铁定，就势必距离物、事、情、人之间的

[1]《圣经·启示录》22:20。

[2] 赵汀阳对此提供的解释是："第一，'每个事物都有原因'这个前提永远都是一个可疑的假设。如果要证明这个前提，就必须能够考察每一个事物以求得证据，由于事物无穷多，所以永远也不可能考察完'每一个事物'，接下来所做的推理即使正确也不能保证是真的。第二，这套推理的结论是自相矛盾的。一方面，必须有一个绝对原因，否则不能解释万物的产生；另一方面，这个绝对原因又必须是自身的原因。这意味着，绝对原因在生出自己之前只能是不存在的，既然不存在，就不可能去生出自身。"（赵汀阳：《思维迷宫》，中国人民大学出版社，2010 年，第 16 页）这个解释是有力的。

真实关系愈加遥远[1]。秉承法国新小说的反小说习性，罗伯-格里耶也以同样诚实的态度描写其他事物，比如，那个士兵携带的小包，一条街道，一张墙纸，都彼此互不相干。《在迷宫中》刚告诉读者，士兵有一项任务；读者正想知道任务的长相或腰身时，《在迷宫中》马上丢开那项任务，描写起其他东西：窗台上的积雪、靴子的光泽、杯子底部在桌上留下模糊不清的圆圈。《在迷宫中》有一个孩子，但弗兰克·克默德认为这个孩子无助于读者，虽然他反复出现，却令人摸不着头脑。《在迷宫中》还出现了一个女人，给了士兵一些食物和照片，照片与士兵和他正在执行的任务有一点神秘关系。士兵似乎到达了他意欲寻找的那个陌生的地方，"但不对，他还没有到，因为在故事里，他已于早些时候回来了，尽管他当时似乎还没有做梦。他甚至发现了自己是在大街上"。弗兰克·克默德说："故事的结尾又回到了开头，又回到了叙事者所能直接感知的领域之内。"[2]在萨特的长篇小说《恶心》里，有一个名曰洛根丁的主人公。此人的言论，或许道出了絮叨的世界为何没有结尾的部分原因："在生活中，什么事情都不会发生。只不过背景经常变换，有人上场，有人下场，如此而已。在生活中无所谓开始。日子毫无意义地积累起来，这是一种永无休止的、单调

---

[1] 陈寅恪有类似的看法："今日之谈中国古代哲学者，大抵即谈其今日自身之哲学者也；所著之中国哲学史者，即其今日自身之哲学史者也。其言论愈有条理系统，则去古人学说之真相愈远；此弊至今日之谈墨学而极矣。"（陈寅恪：《审查报告一》，冯友兰：《中国哲学史（上）》，生活·读书·新知三联书店，2009年，第448页）如此看来，事物之间的关系是语言的产物。

[2] 弗兰克·克默德：《结尾的意义：虚构理论研究》，刘建华译，辽宁教育出版社，2000年，第19页。

的增加。……是的，这就是生活。可是等到我们叙述生活的时候，一切又变了……故事从后面叙述起，每一分钟时间都不是乱七八糟地堆砌起来，而是被故事的结尾紧紧咬住，拖着向前；每一分钟本身又把它前面的一分钟拖着向前”，如此反复不已[1]。

虽然《恶心》《在迷宫中》和所有其他的文学作品一样（不止是现代主义文学作品），都必须有一个结尾，但那仅仅是某部作品的结尾，不是絮叨和絮叨的世界的收束。事实上，虽然絮叨制造出来的作品，只是絮叨的世界的一个渺小的断面、一个不得已而为之的切片，却必定是絮叨的世界的全息图。众所周知，任何作品都需要一个事实性而非象征性的结尾[2]，因为反讽时代的读者即使在睡眠被虚无化的情况下，也不会有耐心每周七天，每天二十四小时用于阅读一部永远没有收束的作品。这和听说书、听鼓词吟唱者的受众相去甚远。

也许 T.S. 艾略特是一个更有说服力的好例证。《荒原》发表后，引起了很大的反响，针对某些不虞之誉或误解，艾略特在 1931 年

[1] 让-保罗·萨特：《萨特小说集》，亚丁等译，安徽文艺出版社，1998 年，第 512—513 页。

[2] 2001 年年初，本人在一篇文章中明确表达过这个意思：“作为开放型、非圆形叙述方式的动用者，卡夫卡从一开始就没有指望 K 能够进入城堡，所以他的小说永远没有真正的结尾；贝克特也没有奢望传说中那位叫作戈多的人会最后出现，所以两个等待戈多的倒霉蛋只好一直把言不及义的废话说下去，直到剧终还在说个不停——是残缺的、非完整的叙述，让等待戈多的不幸之人患上了口腔痢疾。《城堡》《等待戈多》的结尾并不是事件的结尾（或人格的最终完整），只是文本的结尾（文本必须要有哪怕只是形式上的结尾）；《城堡》和《等待戈多》中的人物因此只有出发，却永远不会有客厅、书房或者书房中的现实，有的只是半路上的客栈。……诚如我们早已知道的，推动《城堡》、《等待戈多》的叙事内驱力，从来就不是虚幻的乌托邦（比如健全的文化人格），而是实存的绝望和拯救的不可获得。”（敬文东：《圆形叙述的黄昏——余秋雨论》，《首都师范大学学报》2001 年第 3 期）

特意这样写道：“当我写完那首名为《荒原》的诗歌时，一些对之颇为赞赏的批评家说，我表达出了‘一代人的幻灭’，这纯属无稽之谈。也许我替他们表达了他们自己遭遇幻灭的感觉，但那并非我的旨意所在。”[1]在另一处，艾略特似乎说得更不卖面子：《荒原》“仅仅是个人对生活发出的毫无意义的牢骚，仅仅是一曲有节奏的怨诉而已”[2]。不排除这里边有故意自嘲和自我幽默的成分，但无论如何，“一代人的幻灭”“一曲有节奏的怨诉”，都是诗学事实和阅读感受，都有絮叨的成分在内。艾略特对此无法否认；何况接受美学、读者反应批评理论等现代学说，也倾向于剥脱艾略特自以为拥有的那份否决权。

“幻灭犹欲取，哀哉一痴儿。”（张耒：《读太白感兴拟作二首》其一）“归来故巢亦已毁，朝吟夕怨欲诉谁？”（赵文：《双雁吟》）中国古人使用的汉语以感叹为魂[3]，距离它的“废墟时间”还相当遥远。幻灭和怨诉当然存在，但它不是絮叨；虽然怨诉和幻灭音量不高，却是抒情主人公对自己面临的窘境做出的决断。该决断也许有“一弹再三叹，慷慨有余哀”暗示的那份“优柔”（佚名：《西北有高楼》），却并不意味着“寡断”。《简·爱》里如诉如泣的怨诉、幻灭和哀叹，也不是絮叨。只因为《简·爱》里的哀叹、怨诉和幻灭，不仅仅是韩炳哲心目中与媒介相等同的某种

[1] 转引自安德鲁·桑德斯（Andrew Sanders）：《牛津简明英国文学史》（下），谷启楠等译，人民文学出版社，2000年，第784页。

[2] 艾略特：《荒原：艾略特诗选》，前揭，第100页。

[3] 参阅敬文东：《兴与感叹》，《首都师范大学学报》2016年第3期。

情绪[1]，它还拥有棱角分明的价值靠山，至少上帝的影子依旧若隐若现，何况英语在那时尚不知语言的现代性究竟为何物。因此，《简·爱》必须得有一个被价值靠山认可的结尾，这个结尾还必须是决断性的，拥有脆生生的音响效果，可以被朗诵。从字面上看过去，法捷耶夫（A. A. Fadeyev）的《毁灭》或许比 T.S. 艾略特否认过的"一代人的幻灭"来得更威猛，有"近乎垂直的陡坡"昭示的那种凶险性[2]。但被法捷耶夫供奉于内心的革命语义自有天纵的神力：它将俄语的"废墟时间"，尽可能长久地堵在了"尿道阻塞的丛林中"［德里克·沃尔科特（Derek Walcott）语］；革命语义一定会视俄语的"废墟时间"为必须铲除的羁绊。因此，《毁灭》也不絮叨，它因此而拥有一个被革命话语高度认可的决断性结尾，就像《十二个》以"粉红的纸板样的耶稣基督"为收束[3]。正是在这里，瑞恰慈可谓目光如炬，他的杰出评议令人佩服：

> 艾略特先生笔下的典故是追求凝练的一个技巧手法。《荒原》在内容上相当于一首史诗。倘若不用这个手法，就需要十二卷的篇幅。但是这些典故和注释，作者对其中有些东西作

[1] 参阅韩炳哲：《精神政治学》，前揭，第 65 页。

[2] 敬文东：《多次看见》，前揭，第 122 页。

[3] 张清华等人认为，与革命话语靠得很近的"红色叙事"充满希望性的结尾总是意味着开启了另一个希望，革命的远大前程给决断性的结尾提供了乐观、可靠的依据（参阅张清华、赵亦然：《结尾的意义——"红色叙事"的时间修辞研究》，《文艺争鸣》2016 年第 9 期）。虽然这篇文章谈论的是中国的"红色叙事"，但考虑到中国的"红色叙事"和苏联的"红色叙事"——包括法捷耶夫的《毁灭》——之间的关系，就可以断定，《毁灭》的结尾具有相类似的性质。

了阐释，已经使得不少任性的读者立刻表示不满。这样的读者尚未开始理解究竟典故有何作用。[1]

被艾·阿·瑞恰慈抱怨的这些读者，实在配不上《荒原》这个絮叨的世界（而非世界的絮叨化），却又实在怪不得那些自以为是的读者。实际上，这些读者多多少少有点自作多情，因为他们（或她们）原本就不是絮叨的发明物，他们（或她们）仅仅是反讽时代爱好抒情、热衷于朗诵的无面目的群众，仅仅是被好奇心诱惑而不请自到，就像某个乡下人好奇地打量他完全无法理解的宫殿，以及宫殿里各器物之间和谐、整饬的内在关系，也像未庄的阿 Q 不理解城里人煎鱼为什么必须要用葱丝。但艾·阿·瑞恰慈这段话的重要性，还不在他抱怨的读者那一端；这段话确认的以下事实，才尤为重要：絮叨丧失了决断的能力，只好将絮叨无限制地延续下去，絮叨的世界因此不会有像样的结尾。但艾·阿·瑞恰慈也有某些失察的时刻："《荒原》在内容上相当于一首史诗"里的"史诗"，只有在比喻的层面上方才成立，因为《荒原》里所有的行动都是残废的、蹩脚的[2]；

[1] 艾·阿·瑞恰慈：《文学批评原理》，前揭，第 281 页。

[2] 有证据表明，《荒原》和《尤利西斯》同年出版，但前者受到后者的影响。艾略特的传记作者林德尔·戈登（Lyndall Gordon）这样写道："漫步在墓园当中的艾略特将布鲁姆（《尤利西斯》的主人公——引者注）的思绪（'多少人啦！这些人的足迹曾遍布都柏林'）改换成但丁式的'这么多/我没想到死亡毁灭了这么多'。尸体在布鲁姆眼中是种植的，而非埋葬的，躬身除去杂草的园丁象征着躯体复活的唯一形式。'你种下的是尸首，'艾略特笔下的旁观者挖苦地问着一位机械劳作的人，'它发芽了吗？'"（参阅林德尔·戈登：《不完美的一生：T.S. 艾略特传》，许小凡译，上海文艺出版社，2019 年，第 563—565 页）被种植的尸首怎么会有史诗急需的巨大的行动呢？

如果没有大量的典故和注释，《荒原》“就需要十二卷的篇幅”中的“十二卷”，只有在这个数字作为虚数的前提下才会有效。实际上，作为虚数的“十二卷”，正好象征着和表征着无穷“卷”[1]。艾略特之所以甘冒欧洲诗学传统之大忌，在诗里诗外大肆征用典故、使用注释，极有可能是因为他明知《荒原》没有结尾，又实在想给它一个哪怕假装性的结尾[2]。但即便如此，激昂向上的发声方式、愤慨复兼浑厚的口吻、既谄媚又色厉内荏的言说姿势，很可能依然不会认可艾略特和《荒原》的做法，因为那个结尾毕竟真的只是一个假装性的结尾[3]。

---

[1] 典故在这方面的作用，被一位中国学者很明确地说了出来。蒋洪新说：“《荒原》中运用了大量的典故，这也许是艾略特所有诗篇中典故使用最多的长诗。典故是一个文学文本对另一部文学作品或其某一段落，抑或对一个著名人物、地点、事件等等，所做的或直截了当或间接含蓄的引用或影射。典故的目的在于烘托或张扬作者在作品中所要传达的旨趣，引发读者兴趣，使之更好地分享作者的经验。因此，典故能够凭借使读者产生联想，来丰富和拓展作品的内涵，增加作品的蕴含深度，提高它作为感情观照对象事物或客体的审美性质和情趣。”（蒋洪新：《英诗新方向：庞德、艾略特诗学理论与文化批评研究》，湖南教育出版社，2001 年，第 161 页）

[2] 威廉斯（William Carlos Williams）差不多是艾略特的同辈美国诗人。他将艾略特的《荒原》称作灾难，把艾略特看作“一个无力支撑自己沉重脑袋的侏儒”，一个“具有人形的文学怪物”（参阅彭予：《二十世纪美国诗歌——从庞德到罗伯特·布莱》，河南大学出版社，1995 年，第 44 页）。威廉斯之所以这样谈论艾略特，是否意味着艾略特那个假装的结尾可以充当原因之一呢？

[3] 关于絮叨的世界没有结尾这个问题，卡夫卡也许是最值得关注的对象，他的三部长篇小说都没有结尾（参阅叶廷芳：《卡夫卡全集》第 3 卷编者前言，前揭，第 2 页），不得不说是一个意味深长的美学事件。叶廷芳的精准观察得到了阿甘本的支持：“每个人都提起了一场针对自己的诬陷案。这是卡夫卡的出发点。因此，他的世界不是悲剧性的而是喜剧性的：罪行并不存在——或者说，罪行不过是自我诬陷，即用莫须有的罪名来控告自己（也就是说，用自己的清白来控告自己，这是最具喜剧性的姿态）。”（阿甘本：《〈亵渎〉节选》：黄晓武，《生产》第 9 辑，汪民安、郭晓彦主编，江苏人民出版社，2014 年，第 12 页）阿甘本暗示的是：这个过程永无休止。

絮叨与人格分裂

1924年的某一天，弗吉尼亚·伍尔夫这样写道："在1910年的11月，或者在大致这个时候，人类本性便发生了变化。"[1]西格蒙德·弗洛伊德（Sigmund Freud）为伍尔夫的言说，似乎提前给出了证据。此人1907年写成的一篇文章，就以如下这个不祥的句子作为开篇："来自神经折磨的所谓患者强迫行为，与信徒用以表达虔诚的仪式，这二者之间存在着相似性。"紧接着，弗洛伊德又补充道："我肯定不是第一个对此感到震惊的人……"弗洛伊德特意做这样的告白，也许是在惊惧中为他的惊人发现寻求同道以壮胆色吧。但彼时彼刻，他还不可能预知弗吉尼亚·伍尔夫十七年后，会说出那等妙言妙语为其呼应。而在另一处，弗洛伊德的表述却显得明确、坚定，好像不再有任何惊惧感："鉴于他们的相似

---

[1] 转引自彼得·沃森（Peter Watson）：《虚无的时代：上帝死后我们如何生活》，高礼杰译，上海译文出版社，2021年，第298页。和伍尔夫的言论相对仗的是："1495年，查理八世的法国军队攻打那不勒斯，历史以这个特定的事件，作为梅毒开始传染全世界的诞生时辰（1495年2月22日下午四时）。"（德博拉·海登：《天才、狂人的梅毒之谜》，前揭，第29页）

性和可比性，人们可以冒险地把强迫性神经症视为宗教形成过程的病理学参照体系，并把神经症视为一种个人宗教，把宗教视为一种普遍的强迫性神经症。”[1]很显然，这等乖谬的情形较之于彼得（Peter）的乖谬行径要严重得多，也恶劣得紧——彼得不过是鸡鸣之前三次不认其主，应验了其主耶稣基督的预言而已矣（Lord said: Before the cock crow, thou shalt deny me thrice）[2]。弗洛伊德描述的如许情形，甚至比伊甸园里的蛇还要更加凶险，毕竟那条长虫还把上帝当作上帝来对待。作为弗洛伊德最得意的弟子，荣格对此的幽默之言大致上是这样的：啊，“当我们把那个魔鬼叫作神经症时……”[3]不过，此处稍加细想、稍作思索，也许便不难发现：精神分析学说（Psychoanalytic theory）拥有一副非常不祥，却又极为精悍、强劲的面容，和反讽时代的基本口吻正相般配（反讽时代的基本口吻是：A 与 –A 同时并存、同时成真，还得互为前提，互为依据）；自打一开始，该学说就似乎在和反讽时代的精神气质互通有无，彼此之间在暗送秋波。精神分析学说的本意和初心，很可能就是直接冲着反讽时代发言，因而自动臣服于反讽时代。只不过这个故事说起来稍微有些话长。

一部西方的精神史和信仰史有分教：在《圣经》和围绕《圣经》组建起来的精神宝库尚未出现之前，语言的讽刺味和抒情性

[1] 此处所引弗洛伊德的言论，尽皆转引自彼得·沃森：《虚无的时代：上帝死后我们如何生活》，前揭，第 96—97 页。

[2] 参阅《圣经·路加福音》22:55—22:62。

[3] 卡尔·古斯塔夫·荣格：《精神分析与灵魂治疗》，前揭，第 269 页。

都不免过于浓烈；在与这等语言相呼应、相俯仰的所有精神和价值靠山中，盖伦（Claudius Galenus）倡导的精神四气质说（Four Temperaments）据信占有一席之地。四气质说建基于希波克拉底（Hippocrates）提出的四体液说（Humorism）。无论《圣经》抑或四气质说，都无关乎人的神经和神经系统，更无关乎强迫性神经症。以盖伦的精神四气质说为靠山，西方人大体上能够马马虎虎解释自己的处境，安慰自己的命运，说服自己的心情，提升自己在地球上继续存活下去的信心和勇气。这么说吧：四气质说给信众带去的精神效果，相当于巴黎某个法郎多多的丑女花费多多法郎为自己找到陪衬人，以至于让自己的相貌随之亮堂了起来，情绪也随相貌之亮堂开朗了起来。即便是到了反讽时代紧锣密鼓的酝酿期，西方人依然倾向于相信："根据四体液说，结核病是艺术家的病。"[1]《圣经》以及围绕《圣经》组建起来的精神资源虽然晚出有年，但到底后来居上[2]。它在很长的一段时间里，力气、未来和前途都无可限量。在神学充满自信的岁月里，信徒要么单独要么集体向上帝祷告，上帝因此成为各位信徒的中介，信徒们由此既结成主内的兄弟姊妹免于孤独，也由此以上帝为桥梁，与山河大地紧密相连免于同整个世界相分裂[3]。在那些天高云淡的日子里，

---

[1] 苏珊·桑塔格：《疾病的隐喻》，程巍译，上海译文出版社，2014年，第45页。

[2] 西方世界结束"自然神崇拜"，按米什莱（Jules Michelet）大师的历史学估算，要晚至"基督教大获全胜之前不久"（米什莱：《女巫》，张颖绮译，电子工业出版社，2014年，第3页）；四气质说在基督教大获全胜后也基本上失去了影响。

[3] 参阅马丁·布伯：《我与你》，前揭，第12—20页。

假如——仅仅是假如哦——很偶然地出现了几例神经症或患者强迫行为，顶多被认为肉体有恙（而非灵魂受到了感染），最多被视作某种不洁之疾，依照神学语义的规定直接做掉就行了，又何来那么多的废话要讲呢？无论是在神学时代，还是在四气质说管控的年月，没有人大逆不道地将患者强迫行为，直接等同于表达虔诚的信徒仪式；也不会有人胆敢在神经症和神圣的宗教之间，画上邪恶和不洁的等号。人类的本性不会发生变化，也不该发生变化——《神曲》《天路历程》和《复乐园》，很好地表达了这一主题，展示了这一信念[1]。

但事情的另一面很可能是：即使是在祈祷声和教堂的钟声相交织的青葱年月，或抒情时代，源自古希腊——而非古希伯来——的反讽精神也从未忘记在暗处发愿：一定要生长、生长、快快生长[2]。只不过在那时，神学力量过于强大，反讽精神因此生长得过于缓

[1] 参阅陈鹤鸣：《但丁〈神曲〉宗教灵魂观念探源》，《外国文学研究》1998 年第 3 期；参阅吴玲英：《论〈复乐园〉里耶稣基督的神性与人性：兼论〈基督教教义〉中耶稣基督的身份》，《外国文学研究》2013 年第 1 期。

[2] 西方文明来自古希腊和古希伯来。前者以逻各斯为中心，倡导理性真理（参阅李泽厚：《实用理性与乐感文化》，生活·读书·新知三联书店，2005 年，第 4—5 页）；后者以听觉为中心，倡导启示真理（参阅杰拉尔德·克雷夫茨：《犹太人和钱——神话与现实》，顾骏译，上海三联书店，1991 年，第 166 页）。两者在古罗马帝国合流［参阅斐洛（Philo）：《论凝思的生活》，石敏敏译，中国社会科学出版社，2004 年，第 8—26 页］。反讽精神与逻各斯以及它导致的理性真理有关，与希伯来无染。即使在中世纪，神学命题也渴望得到来自理性的证明；理性的证明被神学认为更加可信。这就是说，启示真理并不对理性真理构成真正的威胁，因为理性真理和逻各斯自有其无法被摧毁的力量［参阅爱德华·格兰特（Edward Grant）：《中世纪的物理科学思想》，郝刘祥译，复旦大学出版社，2000 年，第 70—133 页］。但也正是因为启示真理过于强大，反讽精神只在暗处生长。文艺复兴以后，理性真理突飞猛进，终于进入了波澜壮阔的反讽时代，反讽精神充沛之极。［参阅敬文东：《李洱诗学问题》（上），《文艺争鸣》2019 年第 7 期］

慢，还不可能获得任何显山露水罚点球的机会[1]；到得反讽时代及其基本精神“突然‘露峥嵘’”——而非“偶尔‘露峥嵘’”——的时候，人类本性便发生了变化；弗洛伊德描述过的那等悖谬之境，也就很合时宜地如期现身了。《十日谈》《巨人传》《失乐园》或许提前预告了这个划时代的大转向。在神学时代，信徒们通过我主上帝这个伟大的中介，彼此间毫无障碍地联结在一起。而在冷冰冰的反讽时代[2]，人们要么将个人宗教（亦即A）直接视作神经症（亦即 –A），并以此为中介，相互联结在一起；要么将强迫性神经症（亦即 –A）直接等同于宗教（亦即 A），并以此为桥梁，相互勾连一体。面对斯情、斯景、斯时、斯世，乔治·巴塔耶给出的点赞是：“那时，神性拥有一种疯狂的、耳聋的在场，亮得让人陶醉。”[3]在另一处，此人还有令人更爽、心情更亮堂的揶揄之词：“我体验着神圣，它是如此的疯狂，如果我说出来，必定有人会发笑。”[4]尤尔根·哈贝马斯（Jürgen Habermas）也说得既富有神韵，还能起到一锤定音的效果：“罪责感是意志分裂的表现。”[5]和以上诸位相比，苏珊·桑塔格很平实地把一个基本事实给摆明了：“我们这个时代，是一个有意识地追求健康，却又只相信疾病包含

---

[1] 关于这个问题，阿兰·科尔班（Alain Corbrn）的《大地的钟声：19 世纪法国乡村的音响状况和感官文化》（王斌译，广西师范大学出版社，2003 年）有很生动、形象的描述。

[2] 反讽时代是一个以冷脸和淫相作为面具底色的时代，这就是此处加上定语“冷冰冰”的原因（参阅敬文东：《那丢不尽的脸啦》，《十月》2022 年第 2 期）。

[3] 乔治·巴塔耶：《内在体验》，前揭，第 82 页。

[4] 乔治·巴塔耶：《色情、耗费与普遍经济：乔治·巴塔耶文选》，前揭，第 87 页。

[5] 尤尔根·哈贝马斯：《对话伦理学与真理的问题》，沈清楷译，中国人民大学出版社，2005 年，第 88 页。

的真实性的时代。”[1]桑塔格这句话的真实含义很有可能是：在眼下这个异常悖谬的时代，“我们”每一个反讽主义者都是病人——请注意桑塔格使用的“我们”一词，它意味着说这句话的人，也不过病人而已矣。几乎所有的现代主义者，还有他们（或她们）发明的絮叨的世界，反反复复地表达了这个主题；而《追忆似水年华》也许提前应和了桑塔格睿智的言说：“在神经病理学中，一个医生尽管不怎么说傻话，但他也是一个治愈了一半的神经官能症病人。”[2]反讽时代的基本精神，必将真实并深刻地体现于、落实于每一个病人身上，当然，还有隐藏、埋伏在他们（或她们）身上的疾病。无限期地处于无从决断的状态，还有永远没有结尾这个尴尬的处境和现实，注定会令人发疯。在此，桑塔格女士或许为弗洛伊德先生的上述言论，给出了迄今为止最通俗化、最自谦，也最为无神论的解释[3]。

精神分析学说面相不祥，因为它原本面对的就是有病的时代；

---

[1] 苏珊·桑塔格：《反对阐释》，前揭，第53页。

[2] M. 普鲁斯特：《追忆似水年华（3）：盖尔芒特家那边》，许渊冲等译，译林出版社，1990年，第302页。

[3] 当然，也可以用齐格蒙·鲍曼的议论来解释弗洛伊德的那几句话：“‘人类废品’（human waste），或者用更准确的说法——废弃的人口（wasted human）（‘多余的’和‘过剩的’，指那些不能或者人们不希望他们被承认抑或被允许留下来的人口）的产生，既是现代化不可避免的产物，同时也是现代性不可分离的伴侣。它是秩序构建（order-building）（每一种秩序都会使现存人口的某些部分成为‘不适合的’、‘不合格的’或者‘不被人们需要的’）和经济进步（economic progress）（这种进步必须要贬低一些曾经有效的‘生存’方式，因此也一定会剥夺倚靠这些方式生存的人的谋生手段）必然的副作用。”（《废弃的生命》，谷蕾等译，江苏人民出版社，2006年，第6页）如此说来，病人组建的反讽时代才是反讽时代的精神作为一个命题，得到了普遍的认可。

但它异常精悍，因为在面对这个有病的时代时，它自以为富有十分强大的阐释力。尽管精神分析学颇有抱负，但事实上，它也无法对这个时代开出决断性的处方——把病情描述清楚就已经很了不起了[1]。精神分析学说特别愿意强调的是：反讽时代事关每一个反讽主义者的神经系统，尤其事关和神经系统深度有染的各种疾病。精神分析学说和弗洛伊德一并认为：强迫性神经症才是其间的重中之重、罪魁中的罪魁。[2]而洞悉和发现人类的神经系统、神经系统的功能、神经系统有可能遭遇的诸多障碍、诸多障碍极有可能给人类捎去的诸多麻烦、痛苦和灾难，原本就是人类自我认知史上的特号大事件。现代病理学认为：强迫性神经症是焦虑障碍的一种常见类型；焦虑障碍又很有可能是疾病的现代性最通常的表现形式之一。[3]米歇尔·福柯花费整整一本书的篇幅，用于描述临床医学怎样诞生于欧洲、为什么会诞生于欧洲，临床医学

[1] 这里有必要借弗洛伊德的追随者弗洛姆（Erich Fromm）的话，来体察弗洛伊德的良苦用心："弗洛伊德自己的体系，并不像大部分人所认为的，只关乎'疾病'与'治疗'的概念，而是关乎人的'拯救'的，它绝不只是精神病人的治疗学。"（弗洛姆：《心理分析与禅佛教》，林木大拙、弗洛姆等：《禅与心理分析》，孟祥森译，海南出版社，2012 年，第 122 页）但这一良苦用心注定会失败。

[2] 弗洛伊德在某处曾这样说起过抑郁症："忧郁症最突出的特征是非常痛苦的沮丧，对外在世界不感兴趣，丧失爱的能力，抑制一切活动，并且自我评价降低以至于通过自我批评、自我谴责来加以表达，这种情况发展到极致时甚至会虚妄地期待受到惩罚。……在哀悼中，是世界变得贫困和空虚；在忧郁症中，变得贫困和空虚的则是自我本身。"（西格蒙德·弗洛伊德：《哀悼与忧郁症》，马元龙译，汪民安、郭晓彦主编：《生产》第 8 辑，江苏人民出版社，2013 年，第 3—5 页）在弗洛伊德那里，抑郁症更有可能是强迫性神经症的症状之一。

[3] 参阅季建林、徐美勤：《抑郁症和精神分裂症共患焦虑障碍的研究》，《临床精神医学杂志》2004 年第 1 期；参阅熊鹏、王继才、张吉营：《158 例抑郁症患者共患焦虑障碍的临床分析》，《山东精神医学》2002 年第 4 期。

与理性的关系到底是什么；附带着，福柯似乎还暗示了一个更为隐秘的结论：确实有一种疾病的现代性存在，否则，运转机制极为复杂的现代临床医学就不可能诞生在现代欧洲，并出口到整个世界[1]。疾病的现代性，并不仅仅是指某种病、某些病只属于某个特定的时代（比如说反讽时代）。梅毒（Syphilis）足够大名鼎鼎了吧，但它迟至十五世纪，才有缘经由哥伦布率领的勇士们从美洲带到欧洲，很快成为欧罗巴的疾病新贵，它是地理大发现和大航海时代经典性的副产品[2]；艾滋病不用说，它是眼下这个悖谬岁月特有的贵恙。苏珊·桑塔格说："艾滋病是地球村反乌托邦先遣队之一。"[3]

事实上，疾病的现代性更倾向于、更乐于意指的是：从今往后，疾病不再是自然界对人类或慷慨或阴险的馈赠，不再是自然界自发和随机的产物。疾病的现代性至为深刻地意味着：疾病更有可能是人的主动发明和创造，或至少与人的荒谬行为深度相关，和反讽主义者的悖谬特性"有"非常直接的"一腿"[4]。尤其令人震惊的是，现代人一直处于历史的迷雾之中无力自拔[5]，反讽主义

[1] 参阅米歇尔·福柯：《临床医学的诞生》，刘北城译，译林出版社，2011年，第218—222页。

[2] 梅毒被哥伦布从美洲带到了欧洲，它有很多名字："白人的耻辱（the pale criminal）、那不勒斯症（the Neapolitan Disease）、法国人病（the Morbus Gallicus）、大水痘（the Great Pox）、梅毒（syphilis）"等（德博拉·海登：《天才、狂人的梅毒之谜》，前揭，第13页）。梅毒的种种"昵称"足以证明本文此处的结论。

[3] 苏珊·桑塔格：《疾病的隐喻》，前揭，第183页。

[4] 参阅敬文东：《对几种常见病的时间分析——兼说写作》，《天涯》1997年第5期。

[5] 参阅海德格尔：《林中路》，前揭，第345页。

者的自我——ego 而非 self——由此始终处于迷失的状态[1]。荒谬成为反讽主义者的固有属性，事实上早已沦陷于逃无可逃的难堪之境。阿尔贝·加缪因之而有言："荒谬在于人，同样也在于世界。它是目前为止人与世界之间的唯一联系。它把人与世界互相联系起来，犹如共同地仇恨能够把诸个存在联系起来一样……自被认识到的那一刻起，荒谬就是一种激情，一种在所有激情中最令人心碎的激情。"[2]如果阿尔贝·加缪言下无虚，那么，归属于焦虑障碍的强迫性神经症、现代人对诸如海洛因一类超级毒品的高度依赖、艾滋病、心理抑郁症、萨斯（亦即 SARS）、肥胖症、新冠肺炎等等[3]，就是乖谬的现代人主导的乖谬性结局，有幸成为精神分析学说跃马驰骋的巨型领域。从隐喻或象征的层面看，契诃夫的《第六病室》对此竟然有着天才般的预见性：人造的暴力和人造的压迫导致的精神病，甚至可以直接传染给专司精神病的医务人员。

乔纳森·克拉里（Jonathan Crary）令人惊讶地发现，在地球村时代或虚无主义时代，每个生而有病的反讽主义者都恨不得将自己的睡眠虚无化，以便每周七天，每天二十四小时用于创造财富，以求幸福生活即便不能提前到来，起码能够如期降临（亦即

[1] 参阅保罗·蒂里希（Paul Tillich）:《蒂里希选集》，何光沪等编译，上海三联书店，1999年，第 212—213 页。

[2] 加缪:《西西弗神话》，前揭，第 23—24 页。

[3] 也许正是因为艾滋病专属于这个时代，而且有人类自找之嫌，所以它才被认为更为邪恶。苏珊·桑塔格对此而有精辟之言："艾滋病似乎助长了一些不祥的意象，那些围绕着某种既作为个体脆弱性的标志，又作为社会脆弱性的标志的疾病所滋生出的不祥幻象，在这一点上，它胜过了癌症，与梅毒旗鼓相当。"（苏珊·桑塔格:《疾病的隐喻》，前揭，第 159 页）

A）[1]，却因为严重受制于这等虚胖、浮肿的幸福理念，将自己很轻易地推到了焦虑障碍的凶险之境（亦即 –A），神经被苦苦折磨，从而变得抑郁有加[2]，却也呼唤出了絮叨性的精神分析学说。韩炳哲对此说得很恰切、很准确：

> 精力耗尽或抑郁症等心理疾病是 21 世纪的主要病症，它们都呈现出自残的特征。人们对自己施加暴力，进行自我剥削。由外而来的暴力退场了，取而代之的是一种自生（selbstgeneriert）的暴力，它比前者更加致命，因为这种暴力的受害者误以为自己活在自由里。[3]

是啊，剿匪不成反被匪剿与求锤得锤相比，到底哪一个更美妙、更美好，究竟哪一个更下贱、更下作呢？但无论结果如何，

[1] 参阅乔纳森·克拉里：《24/7：晚期资本主义与睡眠的终结》，前揭，第 18 页。

[2] 韩炳哲对此有相当不错的评议："忧郁症（Depression）是一种自恋性的病症，病因往往是带有过度紧张和焦虑、病态性控制狂色彩的自我中心主义。自恋型忧郁症的主体往往被自己折磨和消耗到精疲力竭，感到无所适从，被'他者'的世界遗忘。爱欲与忧郁是相互对立存在的。爱欲将主体从'自我'世界中拉扯出去，转移到'他者'世界。"（《爱欲之死》，前揭，第 13 页）这段话与此处给出的结论彼此参照，更见出此处所获结论的重要性。弗雷德里克·詹姆逊（Fredric Jameson）对此也有很好的评议："乌托邦向来是一种模糊的理想，它鼓励某些人拼命实现这种不可能的理想，并反复使其他人确信它们永远不可能一开始便实现，于是它驱使激情主义者和教条主义者进入疯狂状态，同时又使自由主义者的半心半意获得一种停滞性的心智宽慰。结果，那些急于行动的人可以和不想行动的人同样确定地抛弃乌托邦，当然反过来也同样如此。"（弗雷德里克·詹姆逊：《时间的种子》，王逢振译，中国人民大学出版社，2018 年，第 46 页）较之于韩炳哲从心理学层面上的观察，詹姆逊从乌托邦的角度出发，似乎既拓宽了对这个问题的理解，也似乎更为深刻。

[3] 韩炳哲：《暴力拓扑学》，安尼等译，中信出版社，2019 年，第 55—56 页。

都不会改变如下结论的真实性：疾病的现代性和语言的现代性在性质上恰相等同；也不会影响如下局面的坚实存在：疾病的现代性和语言的现代性坐拥一种彼此呼应、相互俯仰的关系。疾病的现代性意味着：在反讽时代，疾病已经迈入了它自身的“废墟时间”，变得积极主动，颇有主体性，又关乎反讽主义者之为反讽主义者最重要的那个东西——敏感的神经系统，还有它必将遭遇的焦虑障碍。反讽主体的精神实质据信是这样的：他必定会把源自神经系统的疾病（亦即 −A）视作自己不二之宗教（亦即 A），只因为他深度受制于自己的荒谬属性，不得不沦陷于如此这般深度自虐之境地。推销员格里高尔在某个早上醒来，突然发现自己变作了甲虫，慢慢地，他说服自己在生活习惯上已然成为甲虫。《变形记》很有可能对这个不二之宗教，做出了如此这般既深刻，又辛辣的剖析：人依赖于、有瘾于自己的疾病。弗洛伊德到底不会搞错：唯有带病的宗教，才是反讽时代特有的产物，才是反讽主义者唯一可靠的皈依之地。

格非的长篇小说《春尽江南》对此深有会心，它比《变形记》来得更直接。这部小说的主人公之一王元庆，是一个智商极高、心性极度敏感的怪人。不出反讽时代之所料，此人果然沦陷于深度抑郁，就像柏桦的诗中所说：“这大腿沦陷了南京。”（柏桦：《种子》）王某在彻底崩溃之前，花费巨资（据说是四千多万元人民币），顶住各方面的压力和讥笑（尤其是讥笑，这反讽时代的尤物），颇富卓识地修建了一家“心理危机干预中心”。王元庆相信，不久以后，这里的生意必将火爆。作为反讽时代的臣民，王元庆的愿望没有落空的任何可能性，甚至他自己最后也如其所愿，成了这里的常客和长客。可以想见，那些曾经讥笑过他的人，也终不免纷纷来到“心理危机干预中心”，希望他们（或她们）的“心理危机”能够得到很好的“干预”，以便来日再战[1]。凭良心说，王元庆实在有必要感谢疾病的现代性。

麦克卢汉将汽车、镰刀、挖掘机等机械工具，看作人的运动系统的延伸；将电报、半导体、电视等媒介，视为人的神经系统的延伸。他称前者为外爆（explosion），呼后者为内爆（implosion）。外爆此处不必申说，内爆的确切意思是：“在倚重电子媒介的电子时代，人类完成了感觉器官和中枢神经在全球范围内的延伸。”[2]如果从麦克卢汉惯常的思维路径照直了看过去，强迫性神经症完全可以被视作发生了故障的内爆；或者：内爆受到了非常严重的羁绊，从而成了内爆自身的焦虑障碍。语言哲学给出的启示是：意识能够拥有的最大速度，毫无疑问是光速的无数倍（而不是区区双倍）。只要意识愿意，它只需一个刹那，就能达致“精骛八极、心游万仞”的无所不至之境[3]。佛家经典认为：一弹指有六十刹那，一刹那有九百生灭。[4]在这等平静、胜算在握的描述面前，光速

[1] 参阅格非：《春尽江南》，上海文艺出版社，2012年，第78—82页。

[2] 李曦珍：《理解麦克卢汉：当代西方媒介技术哲学研究》，人民出版社，2014年，第44页。

[3] 陆机：《文赋》。

[4] 参阅《仁王护国般若波罗蜜多经》。

“又算得了哪把夜壶呢”[1]？原本高度敏感的神经系统，就因为内爆严重受阻，突然变得“钝”了起来。但也正是这种摩擦系数极大的“钝”，让原本敏感的反讽主义者深陷于焦躁不安之境（亦即 −A），倾心于自己的个人宗教（亦即 A）；个人宗教和焦躁不安不仅同时存在，还必须互为前提。这里边的“神”逻辑，具有非常典型的反讽精神：反讽主义者唯有敏感，才能达致“钝”的境界；唯有“钝”的境界，才能让反讽主体脱“敏”而沦陷于焦虑障碍，紧接着，又因焦虑障碍变得异常焦躁——焦躁无他，只可能是多倍的敏感。如果从这个思维路径出发，就可以有限度地同意中国学者赵一凡的如下言论：

> 呼应尼采的癫狂，一批半疯半痴的现代思想家，诸如克尔凯郭尔、荷尔德林、陀思妥耶夫斯基等，相继成为“末世精神”的表率。他们或飘然若仙，或装神弄鬼，写下许多让人心魂不定的哲理文字。在缪赛尔看来，这批狂人泛滥于“上帝死后”，其中不乏叛逆与创新的精神领袖，也有不少虚无绝望之徒。由于难以界定，他通称其为现代危机造就的“无定性之人”。[2]

毫无疑问，“现代危机”在此等价于有病的反讽时代；而作为

[1] “又算得了哪把夜壶呢”，蜀语，意为啥也不是，一点也不重要。
[2] 赵一凡：《哈佛读书札记》，生活 · 读书 · 新知三联书店，2016 年，第 211 页。

模棱两可、内含有些紊乱的概念，“无定性之人”很有可能出自思想懒惰者之手。实际上，“无定性之人”在此专指那些内爆受到严重羁绊的不幸之士。作为媒介的絮叨将这伙强迫性神经症患者，从其他媒介的拥护者那里分拣出来以至于自成群落；强迫性神经症患者伙同自己的个人宗教和媒介身份，游荡在反讽时代或虚无主义时代这个无边无际的场域，没完没了地絮叨着，絮叨着直至没完没了（talk endlessly without getting to the point）……

乔治·斯坦纳说：“很多伟大作家的沉默、疯狂、自毁都是人对语言边界之感受的力证。”[1]这当然是精湛绝伦的评议，但也不妨尝试另外的思维进路，以便将斯坦纳的精湛评议发扬光大。是否可以倾听这样的设想：反讽时代无从决断的特性，导致了絮叨的无边无际，也伤及了反讽主体的神经系统，内爆因此受到了非常严重的羁绊，以至于让这伙人深陷于精神分裂、崩溃的境地。这情形，导致的结果更有可能是：让反讽主义者突然察觉到了如下这个既残酷，又完全无从规避的现实。这个现实是：反讽主义者一路疾走，径直来到了语言的边界地带；语言对反讽主体来说，突然间变得不够用（而非不管用）了。在此，语言的边界意味着：相对于表达自身的边界不断往外扩张，也相对于表达自身的规模不断向外拓展，语言突然间不免显得寒酸、贫穷和捉襟见肘[2]。但这正

[1] 乔治·斯坦纳：《巴别塔之后：语言与翻译面面观》，前揭，第 329 页。

[2] 张隆溪对此的看法是：“语言的不足无疑构成了人的局限的一个部分，精神与现象世界的分裂也始终与我们无力把握和表达内在的幻觉相互关联。”（张隆溪：《道与逻各斯——东西方文学阐释学》，前揭，第 109 页）张隆溪的看法当然自有道理。

好是语言的现代性的真实面相之一：语言的现代性不仅意味着人类的语言进入了它自己的“废墟时间”，而且在突然面对某种、某些新的发声方式或调性时，自己的表达库存深陷于缺斤短两的窘迫之境。李洱对卡佛（Raymond Carver）的小说所做的观察，可以为此做证：“你读他（亦即卡佛——引者注）的小说，最感动的往往就是他的语调，那真是一个彻底被打败的人的语调，说起话来有一搭没一搭的，都连不成句了。”[1]

疾病的现代性和语言的现代性总是处于相呼应、相俯仰的状态，因此之故，有了语言入不敷出（亦即语言的现代性）这个难啃的现实，强迫性神经症患者（亦即疾病的现代性）即便有了自己的个人宗教，也无法痛快地絮叨，更别奢谈任何一种形式的结尾（或结束）。这是因为个人宗教不得不遵从反讽时代的基本口吻和基本的精神气质（亦即 A 与 –A 同时并存、同时成真，还得互为前提，互为依据）。从逻辑上说，这等样态的遵从导致的结果必然是：个人宗教（亦即 A）最终顶多不过是强迫性神经症患者（亦即 –A）的一个负面镜像，没有丝毫能力拯救内爆于它的严重被羁绊之境地。至此，精神分析学说的实质和内里，理当得到暴露：反讽时代自身的潜意识，必将主要体现为语言的现代性和疾病的现代性；二者的深度和合，构成了规范、管控、操纵一切反讽主义者的潜意识——弗洛姆（Erich Fromm）更愿意谓之为社会

[1] 李洱：《问答录》，前揭，第 64 页。

潜意识[1]。有了这种性状、样态和性质的潜意识，尼采不得不因为语言自身的捉襟见肘而发疯，进而写下既絮叨，又疯狂，甚至很邪恶的哲学话语，发明了一批又一批单个的读者（或受众），致使受众（或读者）也跟着他疯狂起来——希特勒无疑是其中最好的读者，虽然这个疯子，这个疯狂的分裂者，如此真实地痛恨犹太人。凡·高不得不因为色彩配方无法满足他的絮叨性欲望，先割耳，后自杀，自杀之前炮制了那么多既絮叨，又疯狂，甚至杂乱无章和惑人心智的画作[2]。很容易分辨，明人徐渭发疯不同于犹太人尼采发疯，徐渭是因为或然性——而非必然性——十分凑巧地精神失常，他发疯纯属肉身范畴；勃洛克自杀不同于凡·高自杀，勃洛克自杀是因为理想或信仰破灭。就像“神话什么也不藏匿”，因此“完全不需要用潜意识来解释”一样[3]，徐渭和勃洛克的命运选择也无须从语言的匮乏、表达的无边际、絮叨反对结尾等角度给予解释。无论如何，他们和感染了反讽时代自身潜意识的一切人或东西，都难以排上环节过多的“转折亲”。

卢梭（Jean-Jacques Rousseau）生活在相对年轻的反讽时代，

---

[1] 关于弗洛姆的社会潜意识的比较准确的阐释，请参阅姚本元：《潜意识理论发生发展探微》，《东北师大学报》1999年第1期。

[2] 罗曼·雅柯布森曾经有过一个大胆的推测：“相似性出现障碍的结果是隐喻无法实现，毗连性出现障碍则使换喻无法进行。”（《隐喻和换喻的两极》（下卷），张祖建译，伍蠡甫、胡经之主编：《西方文艺理论名著选编》，北京大学出版社，1987年，第429页）无论是换喻无法进行，还是隐喻无法实现，都将导致失语症。放在本文的语境里，不妨这么认为：相似性出现障碍也好，毗连性出现障碍也罢，类似于内爆受到了严重的羁绊，导致言说主体处于表达崩溃进而精神崩溃的状态。

[3] 罗兰·巴特：《神话修辞术》，前揭，第152页。

作为发声方式的絮叨彼时尚处于发育之中，离它的成熟、颓废和烂熟状态，还有较长的一段路途要走。作为一个轻度的反讽主义者，卢梭对自己的习性有这样的夫子自道："对孤寂和冥思的兴味，伴随着我心赖以为生的外向而温柔的情感，在我心中不断地滋长着。喧嚣和嘈杂会束缚乃至窒灭我的情感，而平静和安宁却能使之重燃而激昂起来。我只有在静心冥思时才有爱的能力。"[1]如此说来，他将淫乱之后获得的五个孩子送交弃婴堂，从此不管不顾，仅仅是因为外部的"喧嚣和嘈杂"让他的内爆处于严重停滞的状态[2]。但天地良心，卢梭确实对嘈杂、喧嚣的反讽时代有无尽的仇恨，对内爆的被阻扰状态深怀疑惧之心，对无从决断、无法结尾的现实境遇厌恶之极，对于伏尔泰（François-Marie Arouet）为之骄傲的人类文明深怀杀伐之念。伏尔泰在读了卢梭的大作《论人类不平等的起源及其他》之后，致信卢梭：读尊著，令人顿起爬行之志[3]。卢梭在无从决断的时代（当然是轻度的无从决断），给出了无比坚定的决断：反讽主义者要想避免精神分裂、疯狂、崩溃和自杀，就得重返人类

[1] 卢梭：《一个孤独漫步者的遐想》，袁筱一译，漓江出版社，1996年，第178页。

[2] 但卢梭处于"静心冥思时"，是否一定有能力诚实呢？要知道，他所说的"爱的能力"必须在诚实的前提下才有爱和爱的能力。卢梭的本意是想写一部关于自己的极为诚实的书。《忏悔录》完成后，他很惊讶地发现："我十分惊异自己竟然编造了这么多的谎话。我记得当时是把它们当作真话来讲的。"（参阅杨正润《回忆的缺陷》，《文汇读书周报》2002年3月8日）

[3] 伏尔泰的原话据信是这样的："先生，我收到了您写的反对人类的新书，深表谢意……至今还没有人如此煞费苦心地要让我们与禽兽同类，读了您的著作，人们意欲四足爬行，不过我失去此习已逾六十年之久，复习恐怕力不从心，很遗憾。"［亨利·古耶（Henri Gouhier）：《卢梭与伏尔泰：两面镜子里的肖像》，裴程译，华东师范大学出版社，2008年，第62页］

原初的纯真状态，远离反讽时代不断鼓励和怂恿的物质性欲望[1]。诺斯洛普·弗莱认为，卢梭乖张的思想-话语行为，不过是为欧洲人讲述了一个“睡美人神话”而已[2]。但十分悖谬的是：这等反人类的疯狂结论，很有可能是卢梭发疯之后的臆想物；或者，这个疯狂的结论导致了卢梭的内爆被严重羁绊，终至于发疯的境地——A 和 –A 不出所料地又一次重合在一起。关于这一点，罗伯特·达恩顿（Robert Darnton）有精绝的评析：“因为在自己的周围到处都感受到人与人之间的隔膜，卢梭渐渐不再跟外部世界打交道，而转向内心世界去寻找绝对透明，最后变成疯子。卢梭的疯癫状态是一种异化形式，骨子里是对人类原初纯真状态的极度自恋。”[3]众所周知，阅读卢梭著述的很多人，最后变作了疯子；甚至在这些疯子中，还不乏血腥之徒，比如雅各宾专政时期的马克西米连·罗伯斯庇尔先生（Mr.Maximilien Robespierre）[4]。

---

[1] 弗洛姆对此有精辟的评议：“在西方文化的根源——希腊和希伯来文化——中，生活的目标是完美的人，现代人则认为生活的目标是完美的物，以及如何制造此物的知识。”因此，现代西方人“处于精神分裂性的无能——无力于体验情感”的状态之中（弗洛姆：《心理分析与禅佛教》，前揭，第 120 页）。但弗洛姆这样说不是对卢梭的声援，他只是描述了一个事实。

[2] 参阅诺斯洛普·弗莱：《现代百年》，前揭，第 74 页。

[3] 罗伯特·达恩顿：《拉莫莱特之吻：有关文化史的思考》，萧知纬译，华东师范大学出版社，2011 年，第 280 页。

[4] 比如，海涅（Heinrich Heine）就很有会心地写道：“记住吧，你们这些骄傲的行动者！你们不过是思想家们不自觉的助手而已……马克西里安·罗伯斯庇尔不过是卢梭的手而已，一只从时代的母腹中取出一个躯体的血手，但这个躯体的灵魂却是卢梭创造的。使让-雅克·卢梭潦倒终生的那种焦虑，也许正是由于卢梭在精神里早已预料到他的思想需要怎样一个助产士才能降生到这个世界上来，而产生的吧。”（海涅：《论德国宗教和哲学的历史》，海安译，商务印书馆，1972 年，第 99 页）

海子多次在他的诗中宣称，他走到了人类的尽头。这个性急的孩子一心想在反对抒情、排斥朗诵和拒绝行动的反讽时代，构建他心爱的史诗，却很不幸地受制于一种异常疯狂的抒情方式。他拒绝絮叨。他渴求着决断。而他使用的，几乎全是农耕时代的语词："我希望能找到对土地和河流——这些巨大物质实体的触摸方式。"[1]反讽时代被严重污染的土地与河流值得触摸吗？但海子的河流与土地是纯洁的。海子甚至使用的还是神学时代的语词："我又生活在圣洁之中。"[2]在虚无主义时代寻找圣洁，这是一个令人发指的魔念，但海子却自认为他找到了。海子像牧羊人放牧他的羊群一样，驱使这些语词重返它们的词源学时代。海子看起来甚至比卢梭更加激进。卢梭怀念的，不过是他臆想中的人类原初的纯真状态。海子却一门心思为原初的纯真状态，这个纯粹的"睡美人神话"，提供来自语词层面的证据；他甚至试图在如其所是（As it is）的角度，对原初的纯真状态给出词源学上的说明。和那些被语言的现代性逼疯（比如尼采）、逼死（比如凡·高）的人相较之下，语言的现代性对于海子来说反倒意味着：不是语言不够用，而是语言突然间显得太多了。海子深陷于疾病的现代性，但他的语言却处于青春年少的抒情时代或朗诵时代，这让语言的现代性和疾病的现代性相互扑空。两种现代性相互扑空的严重性，远胜于它们彼此呼应、相互俯仰导致的潜意识——这种潜意识能够规范、管

[1] 海子：《寻找对实体的接触》，《海子诗全编》，上海三联书店，1997年，第869页。
[2] 海子：《日记》，《海子诗全编》，前揭，第881页。

控、操纵一切反讽主义者。语言的现代性突然间涌向了海子，既让海子目不暇接，也让海子猝不及防。就这样，处于疾病的现代性当中无力自拔的海子，被语言的现代性的突然涌现给彻底弄蒙了。相对于海子那短促、急切、肺活量不大的抒情方式，体量巨大的史诗无疑是一个吸附力极强的黑洞；这个黑洞像扣押机敏的光线一样，将海子机敏却犹如黑土一般憨厚的抒情，死死扣押在黑洞的内部。这一切，更有可能意味着：海子的抒情方式和他寄居的反讽时代产生了极大的龃龉，两者间有着很强的摩擦力。这等性状的摩擦力不仅让海子的内爆严重被羁绊、被阻扰，甚至让他进入了精神的幻觉状态。和海子遭逢语言的现代性很相似，海子遭逢疾病的现代性也自有其鲜明的特色：他因为自己的原因，语言竟然鬼使神差地显得太多了，太多的语言让他在猝不及防中不免精神分裂；而不合时宜的抒情方式，又让他的精神分裂分明带有很强的自找的特性。凡此等等，正合疾病的现代性的内在含义和基本语义。这就是说，海子拒绝语言的现代性，却又迎合了与絮叨相配套的疾病的现代性。这样说起来，海子留下杂乱、疯狂、急躁的《太阳·七部书》，然后在精神失常的状态中自杀身亡，并非没有道理[1]。

内爆被严重阻塞的人急需要救治，毕竟精神分裂、疯狂、崩

[1] 张同道等人曾经认为，“海子则象征了朦胧诗之后中国现代诗的方向”（参阅张同道主编：《二十世纪中国文学大师文库·诗歌卷·纯洁诗歌》，海南出版社，1994年，第4页）。这也许是误认；但将此误认附注于此，或可作为某种纪念。

溃和自杀，是调性愈升愈高的糟糕境地。自杀也许可以算作某种决断形式；分裂、疯狂和崩溃，只能是内心稠密而又极度不祥的语言事件。阿尔贝·加缪在《西西弗神话》开篇不久，就禁不住这样写道："真正严肃的哲学问题只有一个：自杀。判断生活是否值得经历，这本身就是在回答哲学的根本问题。"[1]有意思的是，作为一个真正的絮叨者，加缪居然陈述了一种大胆的决断。但这样的决断暗示的前景却非常悲惨：在无从决断的反讽时代，自杀是唯一可行并且唯一真实的决断；人类自杀率的波动史和变迁史，也许能够部分性地证明这一看法的正确性。人的自杀能力，给了人可以和上帝平起平坐的唯一一次机会，因为看起来无所不能的上帝没有自杀的本事。上帝必然受制于他的无限性，恰好讽刺性地成为上帝自身的局限性。库切说得好极了："自杀，并不是一种身体反对自己的行为，而是意志反对身体的行为。"[2]但库切所说的"意志"，也就是被严重阻塞的内爆[3]，早已被反讽时代自身的潜意识深度浸染，否则，意志就不会在无法自我忍受的情况下，禁不住跳出来反对它寄居其间的身体，上演一场农夫与蛇、东郭先生与狼的戏剧，由此陷自己于恩将仇报的不义境地。在反讽时代，

---

[1] 加缪：《西西弗神话》，前揭，第 7 页。

[2] 库切：《迈克尔·K 的生活和时代》，邹海仑译，浙江文艺出版社，2004 年，第 200 页。

[3] 有比较明确的证据证明，人的精神（或曰意志、心灵、灵魂等）与人的神经系统有千丝万缕的关系，精神和神经系统无法分离（参阅章鹏、张琪涵、尹军、白学军：《镜像神经系统和心智系统在人际互动中的作用：来自 fNIRS 的证据》，中国心理学会编：《第二十一届全国心理学学术会议论文集》，2018 年），这是此处将强迫性神经症看作意志被败坏后呈现的样态之一的原因或理由。

凡是倾向于絮叨的反讽主体，都是强迫性神经症患者；既然个人的小宗教对于这样的意志早已无济于事，强迫性神经症患者又该如何下手呢？

伊塔洛·斯维沃（Italo Svevo）的长篇小说《芝诺的告白》（*The Confessions of Zeno*）提供了一份也许专属于反讽时代的解决方案。很显然，《芝诺的告白》的主人公戏仿了古希腊的同名思想家。此人提供了哲学史著名的芝诺悖论：飞矢不动。在小说中，主人公，也就是那个瘾君子，一生的主要痛苦来自戒烟悖论（此悖论在品相上，或许类似于芝诺悖论）：抽烟让人心情愉快，但会残害身体，很痛苦；戒烟对身体有利，但又令人心情难受，很痛苦。这就是说，戒烟和抽烟都既让人痛苦（亦即 -A），同时让人愉快（亦即 A），这正是反讽时代自身的潜意识导致的正常局面。小说的结局很有趣：行将就木的芝诺发现，正是这个折磨了他一生的戒烟悖论（亦即 -A），悖谬性地构成了他美好的一生（亦即 A）；此人的个人宗教竟然奇迹般给了此人一个极为美好的人生[1]。他终

[1] 维特根斯坦临终时最后的慨叹，可以和《芝诺的告白》的主人公的感慨相互参照——维特根斯坦的一生也是反讽的一生。据维特根斯坦的学生诺尔曼·马尔康姆（Norman Malcolm）记载："4 月 27 日，星期五，下午他去散了一会儿步。那天夜里他病得非常严重。他仍然是清醒的，当医生告诉他只能活不多的几天时，他叹息说，'好的！'在他失去知觉以前，他对贝文夫人（那一整夜她都在看护他）说，'告诉他们，我度过了极为美好的一生！'他说的'他们'显然是指他的那些亲密的朋友。当我想到他的深刻的悲观主义，想到他精神上和道德上遭受的强烈痛苦，想到他无情地驱使自己的心智，想到他需要爱而他的苛刻生硬又排斥了爱，我总认为他的一生是非常不幸的。然而在临终时他自己竟大声说它是'极为美好的'！对我来说这是神秘莫测而且感人至深的言语。"（诺尔曼·马尔康姆：《回忆维特根斯坦》，李步楼等译，商务印书馆，2012 年，第 113 页）

于从戒烟悖论中抽身而出，转而相信“吸烟犹如祈祷”，也乐于承认“香烟是我们这个时代的祈祷”[1]。被阻塞的内爆（亦即A）和个人的小宗教（比如祈祷亦即 -A）又因此连接在一起，呼应了弗洛伊德的大胆言说。很显然，《芝诺的告白》是语言的现代性产的卵、下的蛋：它是一个絮叨的世界；主人公在这个毫无意义的世界上，寻找到了他需要的意义和这种意义带来的有趣。伊塔洛·斯维沃之所以能够给《芝诺的告白》一个结尾，不是因为絮叨的世界居然有结尾，而是作为反讽主体，芝诺必有终结的那一日。

[1] 参阅理查德·克莱恩:《香烟：一个人类痼习的文化研究》，前揭，第 25 页。

絮叨与羞涩

基于如前所述，也许可以获得这样一个印象：絮叨性情倔强、态度强硬、性格孤僻，不具备起码的妥协精神，在行为方式上很像“一根筋人士”那样更倾向于一意孤行。絮叨很有可能是人类发声方式上的强迫性神经症患者，在努力寻找自身的小宗教。事实上，发声方式也有它自己的焦虑障碍。

絮叨反对抒情、拒绝朗诵、排斥决断，因此，它更倾向于消极和负面，更倾向于病态，健康是距离絮叨很远的东西。就像巴尔扎克的某部长篇小说，宣称手是相貌的总和的缩影那样[1]，马克思也乐于认为，人是一切社会关系的总和。仿照马克思的经典句式和他的思维理路，此处似乎有理由这么认为：至少在表达方式上，絮叨与世上一切消极性、负面性和病态性的总和靠得最近。而消极性、负面性和病态性的总和，似乎可以用一个非常古老的汉

[1] 参阅巴尔扎克:《邦斯舅舅》，傅雷译，人民文学出版社，1978 年，第 126 页。

字来形容，但说成来概括可能会更准确、更精当：那就是丑。许慎释“丑”为“可恶也，从鬼”；段玉裁为之做注云：“非真鬼也，以可恶，故从鬼。”[1]在中国古人丰腴的念想中，鬼的样子天然和丑联系在一起，丑鬼是其例[2]。为什么又有死鬼一说呢？在中国古人的想象力能够覆盖的范围内，凡死物，皆丑也[3]。无独有偶，在西方，魔鬼也是丑的象征，这个结论得到了教会的认可，甚至还有颇为正式的宗教表述[4]。许、段二公对于丑的含义给出的解释（而非基督教对魔鬼做出的表述），可以毫厘不爽地直接用在絮叨身上，其准确度，正可谓若合符契，有似于宋江题《水浒》。絮叨的如许癖好或特性，正好无缝对接于一个极为重要的结论：反讽时代在美学上崇尚的，是审丑。要知道，古典（classicus）的反义词是“粗俗”，不是“新”“最近”或“现代”[5]。有鉴于此，世界的絮叨化在这里的所指无非是：与丑联系紧密的现代经验得到了很好

[1] 许慎：《说文解字·鬼部》。

[2] 参阅王洪岳：《试论中国人的审丑意识》，《济南大学学报》2000年第6期。

[3] 许慎认为：“美”“甘”可以互训，“美”的意思是“甘”（参阅许慎：《说文解字》卷四）；“甘”的意思是“美”（参阅许慎：《说文解字》卷五）。《诗》云：“大田多稼。”（《诗经·大田》）郑玄笺注有言：“大田，谓地肥美，可垦耕，多为稼”，“得时之稼兴，失时之稼约”（《诗经·大田》）。“兴”者，“多”也。此处大约可以断言：得时多稼（“稼兴”）即美物，成物即美物。死物当然就是“丑鬼”。

[4] 一部很有趣的书这样描述魔鬼：公元447年，“托莱多公会议（Council of Toledo）对魔鬼的描述是：又高又黑，有脚有爪，驴耳，两眼发光，牙齿咯咯作响，长着硕大的生殖器，浑身还散发着硫黄的味道”[罗贝尔·穆尚布莱（[Bobert Muchembled）：《魔鬼的历史》，张庭芳译，广西师范大学出版社，2005年，第12页]。只不过对魔鬼的描述比许、段二公来得详细。

[5] 参阅马泰·卡林内斯库：《现代性的五副面孔：现代主义、先锋派、颓废、媚俗艺术、后现代主义》，前揭，第19页。

的呈现；现代经验似乎从一开始便与美无关，甚至直接就是美的反面[1]。而絮叨的世界，无非干脆就是一个以丑为主导的艺术空间罢了。无数个絮叨的世界彼此之间，极为完美地构成了一个想象的共同体（Imagined Communities）；它们相互之间，有着强烈的家族相似性（Family Resemblance）。自波德莱尔以降的一切现代主义文学作品，都可以作如是观[2]。

审丑和疾病的现代性彼此呼应。理由十分简单：作为美学上的严重痼疾，审丑是反讽主义者的主动发明，与反讽主体的悖谬特性“有”非常直接的“一腿”，并不是大自然在自然状态下“云行雨施，品物流行”[3]那般随机、随性的行为[4]。既然审丑和疾病的现代性深度有染，那它就一定和语言的现代性正相匹配；审丑是

---

[1] 一般认为，科学是现代经验的前提，但有人认为科学带来的并不一定是美。贝利（Stephen Bayley）在他的大著《审丑：万物美学》中，专门写有一章并题名为“丑陋的科学或善的数学引致恶的结果”。（参阅贝利：《审丑：万物美学》，杨凌峰译，金城出版社，2014 年，第 35—56 页）戴维·弗里斯比则这样写道：“如果现代性的中心特征之一是现代经验的不连续性，如果按照马克思的观点，另一个特征是我们体验的世界具有被具体化的特质的话，那么，我们面对的世界是失去总体的世界，其中的事物或彼此虚假联系在一个并行的连续体中，或存在于严格的隔离中。”（戴维·弗里斯比：《现代性的碎片：齐美尔、克拉考尔和本雅明作品中的现代性理论》，前揭，第 285 页）很显然，这样的隔离状态如果不说是丑的，起码是不美的。

[2] 即使是在现代主义并不浓郁的中国现当代文学中，也不乏审丑的例子（参阅董小玉：《先锋文学创作中的审丑现象》，《文艺研究》2000 年第 6 期；参阅王金城：《从审美到审丑：莫言小说的美学走向》，《北方论丛》2000 年第 1 期；参阅王洪岳：《二十世纪末叶文学的审美论与审丑论》，《齐鲁学刊》2003 年第 2 期）。

[3]《周易·乾卦·象》。

[4] 亚罗斯拉夫·普实克对此有很好的观察：“因为在过去，人类所有的经验都必须经过‘美’的检验，只有所谓‘文’或‘美’的东西才允许进入文学的圣殿，这也称之为‘文’，邪恶或丑陋的情感则一概被排斥在大门之外，而近代的文学开始容纳范围更广的人类经验。”（亚罗斯拉夫·普实克：《抒情与史诗——现代中国文学论集》，前揭，第 10 页）只不过捷克汉学家没有提到语言的“废墟时间”，只笼统地说“近代的文学”。

语言进入自身的高寒地带导致的可能性之一。这对反讽主义者来说也许很遗憾，毕竟反讽主体实在不愿意生活在语言的“废墟时间”，尤其不愿意与丑为伴；但对这个可能性本身来说却又十分地幸运：它竟然鬼使神差地化为了唯一一个现实性[1]。而“竟然鬼使神差地化为了唯一一个现实性”云云，又深刻地意味着不可解释的神秘性；所谓“鬼使神差”，只能归于冥冥之中神秘的天意[2]。

早在20世纪80年代中后期，刘东就很有“‘眼’力”地指出过一个很“打‘眼’”的现象或事实：达利（Salvador Dali）的青铜圆雕《带抽屉的维纳斯》也许较早地塑造了现代主义的“丑神”，堪称现代诗学在审丑方面给出的绝佳例证；但也许唯有波德莱尔，才算得上“丑艺术的真正宗师”[3]。所有的现代主义文学艺术都可以被视作安迪·梅里菲尔德（Andy Merrifield）所谓“邪典书”（cult book）[4]。审丑令人过于寒心地意味着：从前被认为美的东西，

---

[1] 李洁非在现代汉语中，发现了一个有意思的事实：“过去，我们习惯于一种貌似很站在‘工农立场’的观点，即：工农大众反感、抵触、排斥知识化的文明语言。受这观点影响，上世纪五六十年代和‘文革’中许多作品曾经刻意描写，工人或农民毫不掩饰地嘲笑、奚落知识分子说话的方式、口吻和词汇。它们把这样描写，当作是对工人、农民的赞美，当作工人、农民的文化自豪感的体现。经过语言美丑观的这种颠覆与‘革命’，我们看到，久而久之，汉语是怎样一点点远离了文雅（看看现在网络上铺天盖地的那些暴虐、肮脏、唾沫横飞的留言吧），连知识阶层的日常语言也以粗鄙为附。”（李洁非：《典型文案》，人民文学出版社，2010年，第53页）李洁非的描述可以看作一种被败坏了的语言如何构建粗鄙的作品，但这样的作品本身并不以丑为务。

[2] 参阅敬文东：《小说与日常生活的神秘性》，《扬子江评论》2017年第2期。

[3] 参阅刘东：《西方的丑学：感性的多元取向》，北京大学出版社，2007年，第141页、第184页。

[4] 所谓邪典书，就是内容和形式离经叛道但又得到很多人追捧的那种书（参阅安迪·梅里菲尔德：《居伊·德波》，前揭，第4页）。

现在突然变得羞于被人提及了[1]。激昂向上的发声方式、愤慨复兼浑厚的口吻、既谄媚又色厉内荏的言说姿势等调性，曾经传达过的那种种美好、刚健、正派与良知，被认为早已过时复兼过气和过期了。反讽时代固执地认为：唯有语言的青春期才有美，美不过是天真、稚嫩的象征，属于人类的口唇期，没有任何真实感可言，纯属虚构；只有丑，才和语言的现代性相般配，才与疾病的现代性相俯仰，也才有一副成熟、沉着、持重和沧桑的表情，最能给人以启迪、教益，具有最起码的真实感。这就好比说：唯有臭，才是豆腐或者鳜鱼的精髓；唯有苦，才是某种瓜的本质。对于前者（亦即美），12 世纪的教士圣维克多的雨果（Hugo of St.Victor）所说的那段话可以用作说明："感觉只有故乡甜美的人，尚属青涩的初学者；待每一片土地如故土之人是强者；但对圣人来说，整个世界都是异国他乡。"[2]对于后者（亦即丑），博胡米尔·赫拉巴尔（Bohunul Hrabal）的话可以用作说明：所谓反讽主义者，不过是一些生活在"社会垃圾堆上的人"罢了[3]。因此，反讽主体压根儿就配不上围绕美组建起来的一切东西，以及经由这些东西形成

[1] 欧阳江河的言说，可以为本文此处的观点做证："我曾有意停写了八九年。我担心：我的写作会不会变成一种惯性的东西，会不会跟心灵和生活的处境脱离开来？词，会不会变得抽象，变得像呵的气一样稀薄，像一种勾兑出来的东西，原酿的东西会不会已经从中消失了？勾兑的东西是没有时间的，它要么是将时间看作格式化的配方，要么是对时间的取消。……单纯的美文意义上的'好诗'对我是没有意义的，假如它没有和存在、和不存在发生一种深刻联系的话，单纯写得好没有意义，因为那很可能是'词生词'的修辞结果。"（欧阳江河：《电子碎片时代的诗歌写作》，《新文学评论》2013 年第 3 期）

[2] 转引自童庆生：《汉语的意义》，生活·读书·新知三联书店，2019 年，第 66 页。

[3] 博胡米尔·赫拉巴尔：《巴比代尔》，杨乐云等译，中国青年出版社，2004 年，第 6 页。

的那种种有机的、氤氲的和迷人的氛围。在更多的时候，氛围需要的不是视觉，而是触觉。所以，氛围就显得既神秘，又不神秘，罗兰·巴特对此的理解值得信任[1]。这就是说，唯有丑，才是絮叨关注的重心；唯有不正常的事态，才是絮叨的落脚处。无论是世界的絮叨化还是絮叨的世界，都莫不视和谐、幸福、美好为不合时宜之物而加以拒斥。

因此，现代主义文学艺术呈现出前所未有的悲观和黑暗的事态，就自在情理和逻辑之中。絮叨发明的现代主义者和它为自己发明的受众（或读者），都显得既绝望，又虚无；现代主义者们发明的絮叨的世界则一片黯淡，就像某个著名的主人公哀叹过的："我的过去，一片朦胧……"[2]实际上，他（或她）的现在更是一片朦胧；他（或她）的未来呢？他（或她）没有未来。对于反讽主义者和反讽时代，未来是一件不可思议的事情。丑不仅是一切积极性和正面性的反面，它还意味着现代主义文学变得前所未有的蛮横和冰冷。这让絮叨的世界变成疯人院的可能性越来越大，以至于疯人院最终当真成为一个晦暗的文学现实。布罗茨基（Joseph Brodsky）在赞扬茨维塔耶娃使用的主要标点符号——破折号

---

[1] 罗兰·巴特认为，触觉"与视觉不同，是最能消除神秘感的感官"。视觉保持了距离感，而触觉却将之消除没有了距离，神秘感就不会产生。神秘的面纱被揭开，一切都变得能够被欣赏和消费。触觉破坏了完全他者（das ganz Andere）的否定性。触觉所触及的一切都被世俗化。与视觉不同的是，触摸无法让人惊叹（参阅韩炳哲：《美的救赎》，关玉红译，中信出版社，2019 年，第 6 页）。

[2] 帕特里克·莫迪亚诺（Patrick Modiano）：《暗店街》，黄雨石译，百花文艺出版社，1986 年，第 1 页。

时，有这样的神来之笔："它不仅被她用来说明现象的类同，而且还旨在跳过不言自明的一切。此外，这一符号还有一个功能：它删除了二十世纪俄国文学中的很多东西。"[1]在所谓"很多东西"中，大有可能包括俄罗斯文学贡献的疯人院；充斥于这个空间的，当然是众多以至于无穷的强迫性神经症患者。实际上，在反讽时代，连美和天使都是可怕之物，在象征的层面上美和天使都患有强迫性神经官能症：

究竟有谁在天使的阵营倾听，倘若我呼唤？
甚至设想，一位天使突然攫住我的心：
他更强悍的存在令我晕厥，因为美无非是
可怕之物的开端，我们尚可承受，
我们如此欣赏它，因为它泰然自若，
不屑于毁灭我们。每一位天使都是可怕的。
（里尔克：《杜伊诺哀歌》第一首，林克译）

美和天使的可怕性与絮叨相互造就[2]：絮叨更倾向于丑，因此，它打一开始就要么丧失了陈说美好的能力，要么自动放弃了陈说

[1] 布罗茨基：《文明的孩子：布罗茨基论诗和诗人》，刘文飞等译，中央编译出版社，1999年，第141页。

[2] 关于《杜伊诺哀歌》的开头部分（亦即本文所引部分）的解释历来聚讼纷纭，此处将之理解为美和天使的可怕性当然只是所有可能理解方式中很普通的一种。关于这首诗中的天使和美该怎么理解以及对其理解产生的纠纷，请参阅刘皓明：《里尔克〈杜伊诺哀歌〉述评：文本、翻译、注释、评论》，上海文艺出版社，2017年，第176—198页。

美好的愿望，这让美和天使的可怕性有可能成为反讽时代最通常的表情，以便更好地呈现丑、突出丑。事实上，还有什么东西，比美和天使的可怕性更有能力将丑突出到极致呢？而美和天使的可怖面容，反过来又会让絮叨更有可能成为反讽时代最为正确的发声方式，以便更好地诉说丑、叙述丑。事实上，还有哪种发声方式，竟然比絮叨能更好地描摹丑、陈说丑呢？除此之外，絮叨不仅能说出美和天使的可怕性竟然是这样的（亦即世界的絮叨化），还能型塑出美和天使的可怕性构成的世界，以及这个世界究竟是怎样的（亦即絮叨的世界）。维特根斯坦当然不会说错："神秘的不是世界是怎样的，而是它（就）是这样的。"[1]维特根斯坦的意思显然是：世界的絮叨化远比絮叨的世界神秘莫测得多；生活世界远比文学艺术更富有想象力。[2]经由絮叨的自为运作，再加上美和天使的可怕性从旁助拳、掠阵，现代主义文学在高度青睐审丑的同时，终于彻底丧失了羞涩的能力[3]。其结果不外乎是：不断趋近于零摄氏度的讥诮（或曰讥刺、讥笑、嘲笑等），终于成了絮叨最

[1] 维特根斯坦：《逻辑哲学论》，郭英译，商务印书馆，1985 年，第 96 页。

[2] 参阅敬文东：《何为小说？小说何为？》，《文艺争鸣》2018 年第 6 期。

[3] 羞涩是一种美好的品质，它始终和美与良善连接在一起。李洱的《花腔》写道："羞涩可是一种秘密，是个体存在的秘密之花，是对自我的细心呵护。"（李洱：《花腔》，上海文艺出版社，2013 年，第 65 页）在小说之外的某处，李洱很动情地说过："有童心的人，才会有羞涩。这样的人内心善良，不愿违背自己的意愿。不假言，不修饰，看到别人违愿，也会感到羞涩。这样一个人，充满着对细微差别的感知和兴趣，并有着苦涩的柔情。对这样的人来说，'我'就是'他'，'他'就是'我'，和世界息息相通。学识、阅历和情怀，使得他对这个世界的体验，永远像是男女的初恋，但又比那种初恋深邃。"（李洱：《问答录》，上海文艺出版社，2013 年，第 231—232 页）因此，羞涩的丧失不是一件渺小的事情。

重要、最常见的表情。即使是美和天使的可怕性，也必须要在第一时间内，拥有一副讥诮的面容，否则，它就不太可能和絮叨相互成全、彼此成就。很容易想象，讥诮和审丑十分般配：两者的冷是等价的，两者的斜视也是等价的。冷意味着热情度偏低，斜视意味着蔑视的眼神。很显然，《杜伊诺哀歌》大幅度地强化了这副面容，才显得如此极端，以至于让它的受众（或读者）很快就进入了精神战栗的境地，和絮叨在同一个振幅彼此共鸣。

即便如此，仍然有理由认为：讥诮、讥刺、讥笑或嘲笑，确实为现代主义文学提供了一定程度上的批判力量，毕竟疯人院里从来不乏先知一类的角色（比如鲁迅的《狂人日记》里的那个疯子，再比如他的《长明灯》里的那个疯子）[1]。而且正因为他（或她）是先知，所以他（或她）发疯。巴赫金在解读陀思妥耶夫斯基时，指明了这一点："狂欢笑谑也指向最高事物即权力的、真理的交替，世界秩序的交替。笑谑抓住交替的两极，关注交替本身，关注危机本身。在一个狂欢笑谑行为里，集合了死亡与复活、否定（嘲笑）与肯定（欢乐的笑）。这是包含着对世界的深刻观察、无所不能的笑谑。这就是双重性狂欢笑谑的特征。"[2]不用说，巴赫金对人类语言有着远超常人的深刻认识，但他在这里还是稍显乐观了一些，毕竟作为絮叨的表情，讥诮即使偶尔出现热情，也必

---

[1] 参阅敬文东：《从铁屋子到天安门——关于20世纪前半叶中国文学"空间主题"札记》，《上海文学》2004年第8期。

[2] 米哈伊尔·巴赫金：《陀思妥耶夫斯基诗学问题》，刘虎译，中央编译出版社，2010年，第140页。

定是冷色的；讥诮如果偶尔有狂欢，也必定是蔑视的。这和《巨人传》里高热度的狂欢和高度的热情决然不同。《巨人传》虽然描写过度夸张，有似哈哈镜，但它不审丑、不絮叨，它将全部的热情劲头一股脑儿投向了积极和正面。《巨人传》的“狂欢笑谑”和冷色调的讥诮无关[1]。如果把陀思妥耶夫斯基的所有主人公放在一个院子里，必定是一座不折不扣的疯人院。好在伊凡·克里玛对此显得更为冷静和沉着。他是这样说的：“在我们这个世纪降临于人类的灾难由这样一种艺术提供帮助，它推崇原创性、变化、无责任感、先锋派，它嘲笑所有的以往的传统和蔑视在画廊和剧院的观众听众，它以一种光滑的愉悦冲击读者而不是提出那些拷问人的问题。”[2]

当审丑盛情邀请讥诮作为自己的主要表情时，羞涩事实上早就失去了机会。当羞涩丧失了机会后，无论讥诮着的反讽主义者使用何种手段和工具，去撩拨、戏弄和刺激含羞草，含羞草都不会像以往那样娇羞得软下身来，仍旧兀自恬不知耻地挺着笔直的腰杆。早在十七世纪，秘鲁智者加西拉索·德拉维加（Inca Garcilaso de la Vega）就有很严肃的告诫：“我希望万能的上

[1] 巴赫金在论及《巨人传》里的狂欢时，就这样描述：“玩笑和诙谐不是来自上帝，而是来自魔鬼；基督徒只应当始终不渝，一本正经，为自己的罪孽悔过和悲伤。”（巴赫金：《弗朗索瓦·拉伯雷的创作与中世纪和文艺复兴时期的民间文化》，《巴赫金全集》第6卷，李兆林等译，河北教育出版社，2009年，第85页）而在狂欢节期间，“弥撒结束时，神父学三声驴叫，以代替往常的祝福，学三声驴叫，代替‘阿门’，回答他的也是这样的驴叫”（同上，第91页）。由此便可知一个结论：陀思妥耶夫斯基处于语言的“废墟时间”，他的主人公具有狂欢笑谑是有可能的，但肯定是讥笑性的。

[2] 伊凡·克里玛：《布拉格精神》，前揭，第42页。

帝到时候会解开这些秘密，以使那些胆大妄为的人更加感到羞愧和耻辱，因为在上帝的智慧与人类的智慧之间的差距，犹如有限和无限之间的差距一般大，而他们竟……认为上帝造物时不可能超出他们的想象。”[1]如今看来，此人的告诫显然毫无用处，虽然他确实有一股子知其不可而为之的勇气；尼尔·波兹曼（Neil Postman）对反讽时代为何丧失羞涩，给出了较为新颖的解释：

> 我要宣称，在一个不能保存秘密的社会里，羞耻不能作为社会控制和角色分辨的手段，因而不会产生任何影响。假如人们生活在一个社会里，有法律要求人们在公共沙滩上裸体，那么暴露身体的某些部位的羞耻感很快会消失殆尽。因为衣服是保密的一种手段，如果我们把保密的手段剥夺了，那么我们也被剥夺了秘密。类似地，当维护乱伦、暴力、同性恋、精神病这些秘密的手段消失了，当这些秘密的细节变成公共话语的内容，可供在公共领域里的每一个人检查，那么对这些问题的羞耻感也会随之消失。曾经是可耻的事情现在变成了一个“社会问题”或“政治问题”或“心理现象”。但在这个过程中，它一定会失去其阴暗和难以捉摸的性质，同时也会失去一些道德力量。[2]

---

[1] 印卡·加西拉索·德拉维加：《印卡王室述评》，白凤森等译，商务印书馆，1993 年，第 12 页。

[2] 尼尔·波兹曼：《童年的消逝》，吴燕莛译，广西师范大学出版社，2004 年，第 124 页。

反讽时代每天都在发生的事情，可以随时随地给尼尔·波兹曼的平实论述做证，而大江健三郎的中篇小说《性的人》里面有一句话，似乎可以充当尼尔·波兹曼那段漫长论述的总结："观众想看的是那种恬不知耻的肉体，是羞耻本身。"[1]问题是：当羞耻本身（shame itself）已经被当作商品，得到了观众的饱和性观看，难道还会有羞耻存在或者那还能叫作羞耻吗？何况羞耻还会像休斯（G.Hughes）描绘的那样，"愈被使用，就愈得到净化"，它的"震惊值"（shock value）也会因越被观看越不断得到降低[2]。麦克卢汉说："谁也不能想象，还有什么内心愧疚是个人的愧疚。"[3]如果个人的内心愧疚丧失了，难不成还会有一种名叫集体的内心愧疚存乎于世？很显然，荣格的集体无意识学说无法对此做出有效的理解和解释。雅克·德里达给出的犀利阐释是这样的："如果一个人总是处于'无耻'的状态中，那么'羞耻'从何谈起？反之亦然。正因为人类具备了赤身裸体的概念——也就是说具备了羞耻感，他就永远不能随心所欲地赤身裸体了。动物是赤身裸体的，因此它就处于'非裸体'的状态中；而人类不能随便赤身裸体，因此，他就可以处于裸体的状态中。在此，我们遇到了一种差异，即两种不处于裸体状态中的裸体行为之间时间上或'意外的不幸'

---

[1] 大江健三郎：《性的人·我们的时代》，郑民钦译，译林出版社，1999 年，第 4 页。

[2] G.Hughes, Swearing: *A Social History of Foul Language, Oaths and Profanity in English*, Penguin Press, 1998, p.193.

[3] 马歇尔·麦克卢汉：《媒介即按摩：麦克卢汉媒介效应一览》，前揭，第 59 页。

（contretemps）上的差异。在研究善恶观念的科学领域，这种‘意外的不幸’开始给我们带来危害。”[1]现代主义文学肯定有可能关注“研究善恶观念的科学领域”，但它也许不会对“意外的不幸”给出任何像样的决断；絮叨一准儿会在审丑的层面上，以讥诮的表情、以美和天使的可怕性为桥梁，发明一个又一个和“意外的不幸”密切相关的文学空间，亦即絮叨的世界。至于将“意外的不幸”絮叨化，那就更“不在”絮叨和它宠幸的讥诮之“话下”了。早在一百年前，李金发就已经唆使他的抒情主人公[2]，将这个不在话下的事情做出来了："长发披遍我两眼之前，/遂割断了一切羞恶之疾视，/与鲜血之急流，枯骨之沉睡。"（李金发：《弃妇》）

羞涩的被丧失，是美好被羞于提及的首要前提。李洱的大著《应物兄》中有一位见地颇深的主人公。此人生前留下的笔记被朋友们整理出版了，朋友们很诧异其中的一个片段：

> 尼采为何重提羞愧？因为现代哲学已经不知羞愧。羞愧的哲学，宛如和风细雨，它拥吻着未抽出新叶的枯枝。无数

[1] 雅克·德里达：《"故我在"的动物》，史安斌译，汪民安主编：《生产》第3辑，广西师范大学出版社，2006年，第74页。

[2] 此处需要指出的是，语言转向（language turn）让人们认识到语言不仅仅是工具，因此，部分性建基于语言转向的现代主义诗歌作为一种文体，具有它的自我，亦即作为文体的诗对自己的长相有自我意识。诗人当然更有自我意识。因此，诗人必须和作为文体的诗歌商量、谈判，塑造出一个两者都认可的抒情主人公；抒情主人公说出的话被诗人作为书记员记录下来，就是诗篇。因此，现代主义诗歌可分为作为文体的诗、诗人、抒情主人公、诗篇。（参阅敬文东：《新诗：一种愿以拯救性教义为自我的文体》，《中国现代文学研究丛刊》2020年第11期）现代主义诗歌拒绝诗歌工具论。

的人，只听到尼采说“上帝死了”，并从这里为自己的虚无找到理由。但或许应该记住，羞愧的尼采在新年的钟声敲响之际，曾经写下了对自己的忠告：今天，我也想说出，自己的愿望和哪个思想，会在今年首先从我的心田流过，并成为我未来全部生命的根基、保障和甜美！我想学到更多，想把事物身上的必然看作美丽，我会成为一个把事物变美的人。[1]

絮叨是反讽时代最正确的艺术形式或艺术形式的结果，审丑和讥诮的确是虚无主义时代最恰切的审美方式。恩斯特·卡西尔（Ernst Cassirer）认为：艺术给人带来的不是其他东西，不过是对形式的享受而已。[2]果如是言，对于文学艺术来说，不知羞涩为何物的絮叨也许是福音，但对反讽主体来说，却有可能是灾难。问题是，现代主义文学还有能力让我们成为“把事物变美的人”吗？特里林说得好：“为了获得真实，某种文化或某种文化之部分的协同努力生成了自己的陈规、自己的一般性、自己的陈词滥调、自己的格言警句，萨特从海德格尔那里借了一个词，就是‘饶舌’（gabble）……现代社会需要那些提醒我们身处堕落状态的文字，需要那些说明我们何以会对自己的生活感到羞耻的文字，那些想满足这种需要的人，也在为‘饶舌’做出贡献。”[3]作为人类发声方

[1] 李洱：《应物兄》，人民文学出版社，2018年，第883页。
[2] 参阅卡西尔：《人论》，甘阳译，上海译文出版社，1986年，第181—183页。
[3] 莱昂内尔·特里林：《诚与真》，刘佳林译，江苏教育出版社，2006年，第101—102页。

式上的强迫性神经症患者，絮叨到底有没有如此这般的饶舌能力呢？无论怎样，“让不可能的成为可能”（西川:《李白》），总是值得追求的最高境界。

参考文献

保罗·蒂里希:《蒂里希选集》，何光沪等编译，上海三联书店，1999 年。

弗朗茨·卡夫卡:《卡夫卡全集》(十卷本)，叶廷芳等译，河北教育出版社，1996 年。

顾随:《顾随全集》，河北教育出版社，2001 年。

海子:《海子诗全编》，上海三联书店，1997 年。

胡安·鲁尔福:《胡安·鲁尔福全集》，屠孟超等译，云南人民出版社，1993 年。

黄宗羲:《黄宗羲全集》，浙江古籍出版社，2012 年。

列宁:《列宁全集》，中共中央马克思恩格斯列宁斯大林著作编译局编译，人民出版社，1971 年。

鲁迅:《鲁迅全集》，人民文学出版社，2005 年。

罗曼·雅柯布森:《雅柯布森文集》，钱军等译，湖南教育出版社，2001 年。

米哈伊尔·巴赫金:《巴赫金全集》第 6 卷，钱中文等译，河北教育出版社，2009 年。

让-保罗·萨特:《萨特小说集》，亚丁等译，安徽文艺出版社，1998 年。

塞缪尔·贝克特:《贝克特全集》，余中先等译，湖南文艺出版社，2016 年。

徐复观:《徐复观全集：论文化》，九州出版社，2014 年。

雪莱:《雪莱全集》，傅惟慈等译，河北教育出版社，2000 年。

郁达夫:《郁达夫文集》，花城出版社，1982 年。

张枣:《张枣诗文集》，四川文艺出版社，2021 年。

* * *

《列子》，叶蓓卿译注，中华书局，2018 年。

《孟子》，方勇译注，中华书局，2017 年。

《尚书》，王世舜、王翠叶译注，中华书局，2012 年。

《圣经》，中国基督教两会出版部发行组，2007 年。

《史记》（点校本二十四史修订本），中华书局，2013 年。

《说文解字》，汤可敬译注，中华书局，2018 年。

《周易》，杨天才、张善文译注，中华书局，2011 年。

《朱子语类》，王星贤点校，中华书局，1986 年。

《左传》，郭丹、程小青、李彬源译注，中华书局，2016 年。

《了凡四训》，张景、张松辉译注，中华书局，2021 年。

* * *

A.C. 丹图：《萨特》，安延明译，工人出版社，1986 年。

A.J. 艾耶尔：《二十世纪哲学》，李步楼等译，上海译文出版社，1987 年。

J.M. 库切：《迈克尔・K 的生活和时代》，邹海仑译，浙江文艺出版社，2004 年。

J.G. 赫尔德：《论语言的起源》，姚小平译，商务印书馆，2014 年。

J.M. 库切：《内心活动：文学评论集》，黄灿然译，浙江文艺出版社，2010 年。

J. 希利斯・米勒：《文学死了吗》，秦立彦译，广西师范大学出版社，2007 年。

M. 普鲁斯特：《追忆似水年华（3）：盖尔芒特家那边》，许渊冲等译，译林出版社，1990 年。

R.G. 柯林伍德：《精神镜像：或知识地图》，赵志义等译，广西师范大学出版社，2006 年。

R.J. 约翰斯顿：《地理学与地理学家》，唐晓峰等译，商务印书馆，1999 年。

T.S. 艾略特：《艾略特文学论文集》，李赋宁译，百花洲文艺出版社，1994 年。

T.S. 艾略特：《荒原：艾略特诗选》，赵萝蕤译，人民文学出版社，2016 年。

阿尔贝・加缪：《西西弗神话》，杜小真译，商务印书馆，2018 年。

阿兰·科尔班:《大地的钟声：19 世纪法国乡村的音响状况和感官文化》，王斌译，广西师范大学出版社，2003 年。

埃利亚斯·卡内提:《群众与权力》，冯文光等译，中央编译出版社，2003 年。

埃米尔·齐奥朗:《思想的黄昏》，陆象淦译，花城出版社，2019 年。

艾·阿·瑞恰慈:《文学批评原理》，杨自伍译，百花洲文艺出版社，2010 年。

爱德华·W. 萨义德:《开端：意图与方法》，章乐天译，生活·读书·新知三联书店，2014 年。

爱德华·格兰特:《中世纪的物理科学思想》，郝刘祥译，复旦大学出版社，2000 年。

爱莲心:《向往心灵转化的庄子——内篇分析》，周炽成译，江苏人民出版社，2004 年。

安伯托·艾柯:《误读》，吴燕莛译，新星出版社，2006 年。

安德鲁·桑德斯:《牛津简明英国文学史》，谷启楠等译，人民文学出版社，2000 年。

安迪·梅里菲尔德:《居伊·德波》，赵柔柔等译，北京大学出版社，2011 年。

安托瓦纳·贡巴尼翁:《现代性的五个悖论》，许钧译，商务印书馆，2005 年。

安托万·孔帕尼翁:《理论的幽灵——文学与常识》，吴泓缈等译，南京大学出版社，2011 年。

奥尔罕·帕慕克:《别样的色彩：关于生活、艺术、书籍与城市》，宗笑飞等译，上海人民出版社，2011 年。

奥尔罕·帕慕克:《雪》，沈志兴译，上海人民出版社，2007 年。

奥尔特加·加塞特:《大众的反叛》，刘训练等译，吉林人民出版社，2004 年。

奥尔特加·加塞特:《艺术的去人性化》，莫娅妮译，译林出版社，2010 年。

奥克塔维奥·帕斯:《双重火焰——爱与欲》，蒋显璟等译，东方出版社，1998 年。

奥斯普·曼德尔施塔姆:《曼德尔施塔姆随笔选》，黄灿然等译，花城出版社，2010 年。

奥斯瓦尔德·斯宾格勒:《西方的没落》，齐世荣等译，商务印书馆，1963 年。

巴·略萨:《中国套盒：致一位青年小说家》，赵德明译，百花文艺出版社，2000 年。

巴尔扎克:《邦斯舅舅》，傅雷译，人民文学出版社，1978 年。

柏拉图:《柏拉图对话录》，王太庆译，商务印书馆，2004 年。

鲍斯玛:《维特根斯坦谈话录》，刘云卿译，漓江出版社，2012 年。

本雅明:《本雅明：作品与画像》，孙冰译，文汇出版社，1999 年。

彼得·伯克:《文化史的风景》，丰华琴等译，北京大学出版社，2013 年。

彼得·汉德克:《去往第九王国》，韩瑞祥译，上海人民出版社，2014 年。

彼得·沃森:《虚无的时代：上帝死后我们如何生活》，高礼杰译，上海译文出版社，2021 年。

伯特兰·罗素:《权力论》，吴友三译，商务印书馆，1991 年。

博胡米尔·赫拉巴尔:《巴比代尔》，杨乐云等译，中国青年出版社，2004 年。

布赖恩·博伊德:《纳博科夫传：俄罗斯时期·1899—1929》，刘佳林译，广西师范大学出版社，2019 年。

布罗茨基:《文明的孩子：布罗茨基论诗和诗人》，刘文飞等译，中央编译出版社，1999 年。

查尔斯·伯恩斯坦:《回音诗学》，刘朝晖译，暨南大学出版社，2018 年。

查尔斯·伯恩斯坦:《语言派诗学》，罗良功译，上海外语教育出版社，2013 年。

陈嘉映:《感知·理知·自我认知》，北京日报出版社，2022 年。

陈胜前:《人之追问》，生活·读书·新知三联书店，2019 年。

茨维坦·托多罗夫:《濒危的文学》，栾栋译，华东师范大学出版社，2016 年。

茨维坦·托多罗夫:《日常生活颂歌：论十七世纪荷兰绘画》，曹丹红译，华东师范大学出版社，2012 年。

茨维坦·托多罗夫:《艺术或生活》，俞佳乐译，华东师范大学出版社，2018 年。

达恩·弗兰克:《巴黎的盛宴》，王姤华译，中国人民大学出版社，2005 年。

大江健三郎:《性的人·我们的时代》，郑民钦译，译林出版社，1999 年。

戴维·弗里斯比:《现代性的碎片：齐美尔、克拉考尔和本雅明作品中的现代性理论》，卢晖临等译，商务印书馆，2013 年。

戴维·洛奇编:《二十世纪文学评论》(上册)，葛林等译，上海译文出版社，1987 年。

戴维·洛奇编:《二十世纪文学评论》(下册)，葛林等译，上海译文出版社，1993 年。

德博拉·海登:《天才、狂人的梅毒之谜》，李振昌译，上海人民出版社，2005 年。

德斯蒙德·莫里斯:《人类动物园》，刘文荣译，文汇出版社，2002 年。

多米尼克·拉波特:《屎的历史》，周莽译，商务印书馆，2006 年。

恩斯特·卡西尔:《人论》，甘阳译，上海译文出版社，1985 年。

斐洛:《论凝思的生活》，石敏敏译，中国社会科学出版社，2004 年。

冯友兰:《中国哲学史》，生活·读书·新知三联书店，2009 年。

弗兰克·克默德:《结尾的意义：虚构理论研究》，刘建华译，辽宁教育出版社，2000年。

弗兰克·秦格龙编:《麦克卢汉精粹》，何道宽译，南京大学出版社，2000年。

弗兰克·梯利:《西方哲学史》，葛力译，商务印书馆，1995年。

弗朗索瓦·多斯:《从结构到解构：法国20世纪思想主潮》，季广茂译，中央编译出版社，2004年。

弗雷德里克·詹姆逊:《时间的种子》，王逢振译，中国人民大学出版社，2018年。

弗里德里希·魏斯曼记录:《关于海德格尔的“存在”与“畏”》，何卫平译，湖北大学哲学研究所《德国哲学论丛》编委会编:《德国哲学论丛》1998年卷，中国人民大学出版社，1999年。

何林编著:《萨特：存在给自由带上镣铐》，辽海出版社，1999年。

戈尔德曼:《论小说的社会学》，吴岳添译，中国社会科学出版社，1988年。

格非:《春尽江南》，上海文艺出版社，2012年。

格罗塞:《艺术的起源》，蔡慕晖译，商务印书馆，1984年。

耿占春:《叙事美学》，郑州大学出版社，2002年。

龚翰熊:《20世纪西方文学思潮》，河北人民出版社，1999年。

贡布里希:《艺术的故事》，范景中译，生活·读书·新知三联书店，1999年。

贡布里希:《艺术与人文科学——贡布里希文选》，杨思梁等译，浙江摄影出版社，1989年。

顾随:《中国古典诗词感发》，北京大学出版社，2012年。

郭宏安:《论〈恶之花〉》，漓江出版社，1992年。

哈耶克:《通往奴役之路》，王明毅等译，中国社会科学出版社，1997年。

海登·怀特:《叙事的虚构性：有关历史、文学和理论的论文（1957—2007）》，马丽莉等译，南京大学出版社，2019年。

海伦·文德勒:《看不见的倾听者：抒情的亲密感之赫伯特、惠特曼、阿什伯利》，周星月等译，广西师范大学出版社，2019年。

韩炳哲:《爱欲之死》，宋娀译，中信出版社，2019年。

韩炳哲:《暴力拓扑学》，安尼等译，中信出版社，2019年。

韩炳哲:《精神政治学》，关玉红译，中信出版社，2019年。

韩炳哲:《美的救赎》，关玉红译，中信出版社，2019年。

韩炳哲:《娱乐何为》，关玉红译，中信出版社，2019 年。

韩少功:《完美的假定》，昆仑出版社，2003 年。

赫伯特·马尔库塞:《爱欲与文明》，黄勇等译，上海译文出版社，1987 年。

赫伯特·马尔库塞:《单向度的人》，刘继译，上海译文出版社，1989 年。

黑格尔:《美学》，朱光潜译，商务印书馆，1991 年。

亨利·古耶:《卢梭与伏尔泰：两面镜子里的肖像》，裴程译，华东师范大学出版社，2008 年。

亨尼希:《害羞的屁股：有关臀部的历史》，管筱明译，新星出版社，2011 年。

胡戈·弗里德里希:《现代诗歌的结构》，李双志译，译林出版社，2010 年。

华莱士·马丁:《当代叙事学》，伍晓明译，北京大学出版社，2005 年。

吉尔·德勒兹:《批评与临床》，刘云虹等译，南京大学出版社，2012 年。

加斯东·巴什拉:《火的精神分析》，顾嘉琛译，商务印书馆，2019 年。

加斯东·巴什拉:《空间的诗学》，张逸婧译，上海译文出版社，2013 年。

江弱水:《卞之琳诗艺研究》，安徽教育出版社，2000 年。

蒋洪新:《英诗新方向：庞德、艾略特诗学理论与文化批评研究》，湖南教育出版社，2001 年。

杰拉德·普林斯:《叙事学：叙事的形式与功能》，徐强译，中国人民大学出版社，2013 年。

杰拉尔德·克雷夫茨:《犹太人和钱——神话与现实》，顾骏译，上海三联书店，1991 年。

敬文东:《多次看见》，西苑出版社，2022 年。

敬文东:《牲人盈天下：中国文化的精神分析》，广西师范大学出版社，2011 年。

敬文东:《失败的偶像：重读鲁迅》，花城出版社，2003 年。

敬文东:《随“贝格尔号”出游：论动作（action）和话语（discourse）的关系》，河南大学出版社，2009 年。

敬文东:《艺术与垃圾》，作家出版社，2016 年。

卡尔·波普尔:《客观知识——一个进化论的研究》，舒伟光译，上海译文出版社，1987 年。

卡尔·波普尔:《通过知识获得解放》，范景中、李本正译，中国美术学院出版社，1998 年。

卡尔·古斯塔夫·荣格:《精神分析与灵魂治疗》，冯川译，译林出版社，2014 年。

卡尔·古斯塔夫·荣格:《心理学与文学》，冯川译，译林出版社，2014 年。

卡米拉·帕格利亚:《性面具——艺术与颓废：从奈费尔提蒂到艾米莉·狄金森》，王玫等译，内蒙古大学出版社，2003 年。

卡特琳娜·克拉克、迈克尔·霍奎斯特:《米哈伊尔·巴赫金》，语冰译，中国人民大学出版社，2000 年。

凯伦·L. 卡尔:《虚无主义的平庸化：20 世纪对无意义感的回应》，张红军等译，社会科学文献出版社，2016 年。

克尔凯郭尔:《论反讽概念》，汤晨溪译，中国社会科学出版社，2005 年。

克林斯·布鲁克斯:《精致的瓮：诗歌结构研究》，郭乙瑶等译，上海人民出版社，2008 年。

孔亚雷:《李美真》，上海文艺出版社，2020 年。

莱昂内尔·特里林:《诚与真》，刘佳林译，江苏教育出版社，2006 年。

莱昂内尔·特里林:《知性乃道德职责》，严志军等译，译林出版社，2011 年。

勒内·基拉尔:《欲望几何学》，罗芃译，上海：华东师范大学出版社，2016 年。

李春阳:《白话文运动的危机》，生活·读书·新知三联书店，2017 年。

李洱:《问答录》，上海文艺出版社，2017 年。

李洱:《午后的诗学》，上海文艺出版社，2013 年。

李洱:《应物兄》，人民文学出版社，2018 年。

李洱:《花腔》，上海文艺出版社，2013 年。

李洁非:《典型文案》，人民文学出版社，2010 年。

李曦珍:《理解麦克卢汉：当代西方媒介技术哲学研究》，人民出版社，2014 年。

李泽厚:《实用理性与乐感文化》，生活·读书·新知三联书店，2005 年。

理查德·克莱恩:《香烟：一个人类痼习的文化研究》，乐晓飞译，中国社会科学出版社，1999 年。

理查德·罗蒂:《偶然、反讽与团结》，徐文瑞译，商务印书馆，2003 年。

廖亦武:《朗诵》，民刊《现代汉诗》1994 年春夏卷。

列夫·舍斯托夫:《雅典与耶路撒冷：宗教哲学论》，张冰译，浙江人民出版社，2000 年。

林德尔·戈登:《不完美的一生：T.S. 艾略特传》，许小凡译，上海文艺出版社，2019 年。

林木大拙、弗洛姆等:《禅与心理分析》，孟祥森译，海南出版社，2012 年。

刘东:《西方的丑学：感性的多元取向》，北京大学出版社，2007 年。

刘皓明:《里尔克〈杜伊诺哀歌〉述评：文本、翻译、注释、评论》，上海文艺出版社，2017 年。

卢卡奇:《卢卡奇早期文选》，张亮等译，南京大学出版社，2004 年。

卢卡奇:《小说理论：试从历史哲学论伟大史诗的诸形式》，燕宏远等译，商务印书馆，2018 年。

卢梭:《一个孤独漫步者的遐想》，袁筱一译，漓江出版社，1996 年。

露丝·韦津利:《脏话文化史》，颜韵译，文汇出版社，2008 年。

罗贝尔·穆尚布莱:《魔鬼的历史》，张庭芳译，广西师范大学出版社，2005 年。

罗伯特·达恩顿:《拉莫莱特之吻：有关文化史的思考》，萧知纬译，华东师范大学出版社，2011 年。

罗杰·加洛蒂:《论无边的现实主义》，吴岳添译，百花文艺出版社，1998 年。

罗杰·斯克鲁顿:《文化的政治及其他》，谷婷婷译，南京大学出版社，2019 年。

罗兰·巴特:《恋人絮语》，汪耀进等译，上海人民出版社，2016 年。

罗兰·巴特:《罗兰·巴特随笔选》，怀宇译，百花文艺出版社，2005 年

罗兰·巴特:《批评与真实》，温晋仪译，上海人民出版社，2016 年。

罗兰·巴特:《神话修辞术》，屠友祥译，上海人民出版社，2016 年。

马丁·布伯:《我与你》，陈维纲译，生活·读书·新知三联书店，1986 年。

马尔科姆·考利:《流放者归来：二十年代的文学流浪生涯》，张承谟译，重庆出版社，2006 年。

马克思、恩格斯:《共产党宣言》，中共中央马克思恩格斯列宁斯大林著作编译局编译，人民出版社，2018 年。

马克斯·勃罗德:《卡夫卡传》，叶廷芳等译，河北教育出版社，1997 年。

马克斯·皮卡德:《沉默的世界》，李毅强译，上海书店出版社，2013 年。

马塞尔·莫斯:《礼物：古式社会中交换的形式与理由》，汲喆译，上海人民出版社，2002 年。

马泰·卡林内斯库:《现代性的五副面孔：现代主义、先锋派、颓废、媚俗艺术、后现代主义》，顾爱彬等译，商务印书馆，2002 年。

马歇尔·麦克卢汉:《谷登堡星汉璀璨：印刷文明的诞生》，杨晨光译，北京理工大学出版社，2014 年。

马歇尔·麦克卢汉:《理解媒介》，何道宽译，译林出版社，2011 年。

马歇尔·麦克卢汉:《媒介即按摩：麦克卢汉媒介效应一览》，昆廷·菲奥里、杰罗姆·阿吉尔编，何道宽译，机械工业出版社，2016 年。

马太·安诺德:《安诺德文学评论选集》，殷葆瑹译，人民文学出版社，1958 年。

玛格丽特·尤瑟纳尔:《哈德良回忆录》，陈筱卿译，东方出版社，2002 年。

米哈伊尔·巴赫金:《陀思妥耶夫斯基诗学问题》，刘虎译，中央编译出版社，2010 年。

米兰·昆德拉:《被背叛的遗嘱》，孟湄译，上海人民出版社、牛津大学出版社，1995 年。

米歇尔·福柯:《临床医学的诞生》，刘北成译，译林出版社，2011 年。

米歇尔·福柯:《词与物——人文科学考古学》，莫伟民译，上海三联书店，2001 年。

莫里斯·布朗肖:《未来之书》，赵苓岑译，南京大学出版社，2015 年。

莫里斯·梅洛-庞蒂:《知觉现象学》，姜志辉译，商务印书馆，2001 年。

尼采:《瞧，这个人——人如何成其所是》，孙周兴译，商务印书馆，2016 年。

尼采:《权力意志》，张念东等译，商务印书馆，1991 年。

尼尔·波兹曼:《童年的消逝》，吴燕莛译，广西师范大学出版社，2004 年。

诺思洛普·弗莱:《批评之路》，王逢振等译，北京大学出版社，1998 年。

诺斯洛普·弗莱:《现代百年》，盛宁译，辽宁教育出版社，1998 年。

欧阳江河:《谁去谁留》，湖南文艺出版社，1997 年。

帕特里克·莫迪亚诺:《暗店街》，黄雨石译，百花文艺出版社，1986 年。

帕特里齐亚·隆巴多:《罗兰·巴特的三个悖论》，田建国等译，华东师范大学出版社，2017 年。

帕特丽卡·劳伦斯:《丽莉·布瑞斯珂的中国眼睛》，万江波等译，上海书店出版社，2008 年。

彭予:《二十世纪美国诗歌——从庞德到罗伯特·布莱》，河南大学出版社，1995 年。

齐格蒙特·鲍曼:《废弃的生命》，谷蕾等译，江苏人民出版社，2006 年。

齐格蒙·鲍曼:《生活在碎片之中——论后现代道德》，郁建兴等译，学林出版社，2002 年。

齐格蒙·鲍曼:《现代性与大屠杀》，杨渝东等译，译林出版社，2002 年。

钱穆:《晚学盲言》，生活·读书·新知三联书店，2018年。

钱穆:《中国学术思想史论丛》，生活·读书·新知三联书店，2009年。

钱锺书:《管锥编》，中华书局，1986年。

乔吉奥·阿甘本:《巴特比，或论偶然》，王立秋等译，漓江出版社，2017年。

乔纳森·卡勒:《文学理论入门》，李平译，译林出版社，2013年。

乔纳森·克拉里:《24/7：晚期资本主义与睡眠的终结》，许多等译，中信出版社，2015年。

乔治·巴塔耶:《内在体验》，尉光吉译，广西师范大学出版社，2016年。

乔治·巴塔耶:《色情、耗费与普遍经济：乔治·巴塔耶文选》，汪民安译，吉林人民出版社，2003年。

乔治·桑塔亚那:《诗与哲学：三位哲学诗人卢克莱修、但丁及歌德》，华明译，广西师范大学出版社，2002年。

乔治·斯坦纳:《巴别塔之后：语言与翻译面面观》，孟醒译，浙江大学出版社，2020年。

乔治·斯坦纳:《语言与沉默：论语言、文学与非人道》，李小均译，上海人民出版社，2013年。

切斯瓦夫·米沃什:《诗的见证》，黄灿然译，广西师范大学出版社，2016年。

让-安泰尔姆·布里亚-萨瓦兰:《厨房里的哲学家》，周小兰译，广东旅游出版社，2016年。

儒勒·米什莱:《女巫》，张颖绮译，电子工业出版社，2014年。

沈谦:《语言修辞艺术》，中国友谊出版公司，1997年。

盛宁:《二十世纪美国文论》，北京大学出版社，1994年。

石江山:《虚无诗学：亚洲思想在美国诗歌中的嬗变》，姚本标译，中国社会科学出版社，2013年。

斯波六郎:《中国文学中的孤独感》，刘幸等译，北京师范大学出版社，2019年。

斯蒂芬·贝利:《审丑：万物美学》，杨凌峰译，金城出版社，2014年。

斯拉沃热·齐泽克:《暴力：六个侧面的反思》，唐健等译，中国法制出版社，2012年。

斯坦芬·科兰奈:《偶然造就一切》，刁晓瀛译，上海人民出版社，2007年。

宋琳、柏桦编:《亲爱的张枣》，中信出版社，2015年。

苏珊·海沃德:《电影研究关键词》，邹赞等译，北京大学出版社，2013年。

苏珊·桑塔格:《反对阐释》，程巍译，上海译文出版社，2011 年。

苏珊·桑塔格:《疾病的隐喻》，程巍译，上海译文出版社，2014 年。

苏珊·桑塔格:《在土星的标志下》，姚君伟译，上海译文出版社，2006 年。

唐·库比特:《后现代神秘主义》，王志成等译，中国人民大学出版社，2005 年。

唐诺:《眼前：漫游在〈左传〉的世界》，广西师范大学出版社，2016 年。

特里·伊格尔顿:《理论之后》，商正译，商务印书馆，2009 年。

特里·伊格尔顿:《沃尔特·本雅明：或走向革命批评》，郭国良等译，译林出版社，2005 年。

特伦斯·霍克斯:《论隐喻》，高丙中译，昆仑出版社，1992 年。

童庆生:《汉语的意义》，生活·读书·新知三联书店，2019 年。

托尼·迈尔斯:《导读齐泽克》，白轻译，重庆大学出版社，2014 年。

瓦尔特·本雅明:《巴黎，19 世纪的首都》，刘北成译，商务印书馆，2013 年。

瓦尔特·本雅明:《发达资本主义时代的抒情诗人》，张旭东等译，生活·读书·新知三联书店，2014 年。

王志耕:《圣愚之维：俄罗斯文学经典的一种文化阐释》，北京大学出版社，2013 年。

威廉·燕卜荪:《朦胧的七种类型》，周邦宪等译，中国美术学院出版社，1996 年。

维特根斯坦:《逻辑哲学论》，郭英译，商务印书馆，1985 年。

维特根斯坦:《文化与价值》，许志强译，浙江文艺出版社，2002 年。

维谢洛夫斯基:《历史诗学》，刘宁译，人民文学出版社，2019 年。

沃尔夫冈·韦尔施:《重构美学》，陆扬等译，上海译文出版社，2006 年。

巫鸿:《废墟的故事：中国美术和视觉文化中的“在场”与“缺席”》，肖铁译，上海人民出版社，2017 年。

伍蠡甫、胡经之主编:《西方文艺理论名著选编》，北京大学出版社，1987 年。

西格弗里德·克拉考尔:《侦探小说：哲学论文》，黎静译，北京大学出版社，2017 年。

刘北成:《本雅明思想肖像》，上海人民出版社，1998 年。

徐复观:《中国艺术精神》，华东师范大学出版社，2001 年。

雅克·德里达:《多义的记忆——为保罗·德曼而作》，蒋梓骅译，中央编译出版社，1999 年。

雅克·德里达:《声音与现象》，杜小真译，商务印书馆，2017 年。

亚历山德里安:《西洋情色文学史》，赖守正译，麦田出版社，2003年。

亚罗斯拉夫·普实克:《抒情与史诗——现代中国文学论集》，郭建玲译，上海三联书店，2010年。

叶维廉:《中国诗学》，生活·读书·新知三联书店，1992年。

伊恩·瓦特:《小说的兴起：笛福、理查逊、菲尔丁研究》，高原等译，生活·读书·新知三联书店，1992年。

伊凡·克里玛:《被审判的法官》，星灿译，中国友谊出版公司，2004年。

伊凡·克里玛:《布拉格精神》，崔卫平译，作家出版社，1998年。

伊夫·瓦岱:《文学与现代性》，田庆生译，北京大学出版社，2001年。

以赛亚·伯林:《自由论》，胡传胜译，译林出版社，2003年。

印卡·加西拉索·德拉维加:《印卡王室述评》，白凤森等译，商务印书馆，1993年。

尤尔根·哈贝马斯:《对话伦理学与真理的问题》，沈清楷译，中国人民大学出版社，2005年。

袁可嘉、杜运燮、巫宁坤主编:《卞之琳与诗艺术》，河北教育出版社，1990年。

詹姆斯·费伦等主编:《当代叙事理论指南》，申丹等译，北京大学出版社，2007年。

詹姆斯·伍德:《小说机杼》，黄远帆译，河南大学出版社，2015年。

杰姆逊:《后现代主义与文化理论》，唐小兵译，北京大学出版社，2005年

张冰:《洛特曼的结构诗学》，中国社会科学出版社，2019年。

张大春:《小说稗类》，广西师范大学出版社，2010年。

张隆溪:《道与逻各斯——东西方文学阐释学》，冯川译，江苏教育出版社，2006年。

张隆溪:《二十世纪西方文论述评》，生活·读书·新知三联书店，1986年。

张沛:《哈姆雷特问题》，北京大学出版社，2006年。

张祥龙:《当代西方哲学笔记》，北京大学出版社，2005年。

赵汀阳:《第一哲学的支点》，生活·读书·新知三联书店，2013年。

赵汀阳:《坏世界研究：作为第一哲学的政治哲学》，中国人民大学出版社，2009年。

赵汀阳:《历史·山水·渔樵》，生活·读书·新知三联书店，2019年。

赵汀阳:《论可能生活》，中国人民大学出版社，2010年。

赵汀阳:《每个人的政治》，社会科学文献出版社，2010年。

赵汀阳:《四种分叉》，华东师范大学出版社，2017年。

赵汀阳:《一个或所有问题》，江西教育出版社，1998年。

赵一凡:《哈佛读书札记》，生活·读书·新知三联书店，2016年。

赵一凡:《西方文论讲稿：从胡塞尔到德里达》，生活·读书·新知三联书店，2007年。

赵毅衡:《反讽时代：形式论与文化批评》，复旦大学出版社，2011年。

钟鸣:《旁观者》，海南出版社，1998年。

钟鸣:《秋天的戏剧》，学林出版社，2002年。

周英雄:《结构主义与中国文学》，台湾东大图书公司印行，1983年。

朱大可:《聒噪的时代》，湖南文艺出版社，1998年。

朱迪思·瑞安:《里尔克，现代主义与诗歌传统》，谢江南等译，上海人民出版社，2011年。

* * *

陈嘉明:《现代性的虚无主义——简论尼采的现代性批判》,《南京大学学报》2006年第3期。

初金一:《帕斯捷尔纳克的〈心灵〉1915年版本分析》,《俄罗斯文艺》2018年第4期。

邓晓芒:《苏格拉底与孔子的言说方式比较》,《哲学动态》2000年第7期。

刁科梅:《扎米亚京文艺美学思想初探》,《俄罗斯文艺》2003年第6期。

董小玉:《先锋文学创作中的审丑现象》,《文艺研究》2000年第6期。

贡华南:《从见、闻到味：中国思想史演变的感觉逻辑》,《四川大学学报》2018年第6期。

海波:《凄凉犯简史》,《中西诗歌》2010年第1期。

胡继华:《复活于灾异的基督肉身：论南希“解构基督教”计划》，汪民安主编:《生产》第2辑，广西师范大学出版社，2005年。

黄济华:《柳青的创作和深入生活》,《华中师院学报》1982年第3期。

阿甘本:《弥赛亚与主权者：瓦尔特·本雅明的法律问题》，麦永雄译，汪民安主编:《生产》第2辑，广西师范大学出版社，2005年。

季建林、徐美勤:《抑郁症和精神分裂症共患焦虑障碍的研究》,《临床精神医学杂志》2004年第1期。

敬文东:《从铁屋子到天安门——关于20世纪前半叶中国文学“空间主题”札记》,《上海文学》2004年第8期。

敬文东:《对几种常见病的时间分析——兼说写作》,《天涯》1997年第5期。

敬文东:《对快感的傲慢与偏见》,《黄河》1999年第4期。

敬文东:《发明现实——朱涛之诗带来的反映、反应、发明现实及其他》,《中国当代文学研究》2022年第3期。

敬文东:《格非小词典或桃源变形记》,《当代作家评论》2012年第5期。

敬文东:《何为小说?小说何为?》,《文艺争鸣》2018年第6期。

敬文东:《李洱诗学问题》(上、中、下),《文艺争鸣》2019年第7期、第8期、第9期。

敬文东:《论垃圾》,《西部》2015年第4期。

敬文东:《论新诗现代主义的内在逻辑和技术构成》,《山东师范大学学报》1995年第2期。

敬文东:《命运叙事》,《当代文坛》2019年第6期。

敬文东:《那丢不尽的脸啦》,《十月》2022年第2期。

敬文东:《那看不见的心啊》,《十月》2022年第1期。

敬文东:《嬗变的汉语与中国现代文学》,《芳草》2021年第2期。

敬文东:《诗歌:在生活与虚构之间》,《文艺评论》2000年第2期。

敬文东:《味与诗》,《南方文坛》2018年第5期。

敬文东:《小说与日常生活的神秘性》,《扬子江评论》2017年第2期。

敬文东:《新诗:一种渴望自我实现的文体》,《文艺争鸣》2020年第7期。

敬文东:《新诗:一种快乐的西西弗文体》(上),《扬子江文学批评》2020年第5期。

敬文东:《新诗:一种愿以拯救性教义为自我的文体》,《中国现代文学研究丛刊》2020年第11期。

敬文东:《兴与感叹》,《首都师范大学学报》2016年第3期。

敬文东:《圆形叙事的黄昏》,《首都师范大学学报》2001年第3期。

敬文东:《作为诗学问题与主题的表达之难——以杨政诗作〈苍蝇〉为中心》,《当代作家评论》2016年第5期。

刘纳:《写得怎样:关于作品的文学评价——重读〈创业史〉并以其为例》,《文学评论》2005年第4期。

柳青:《和人民一道前进——纪念毛泽东同志“在延安文艺座谈会上的讲话”十周年》,《人民文学》1952年6月号。

罗伯托·埃斯波西多:《共同体与虚无主义》，王行坤译，汪民安、郭晓彦主编:《生产》第9辑，江苏人民出版社，2014年。

玛利安·高利克:《中西文学对峙中的颓废主义》，王燕译,《中国现代文学研究丛刊》2009年第1期。

迈克尔·瓦尔泽:《反对“唯实论”》，阎嘉译，汪民安主编:《生产》第1辑，广西师范大学出版社，2004年。

米家路:《狂荡的颓废：李金发诗中的身体症候学与洞穴图景》，赵凡译,《江汉学术》2019年第4期。

沈雁冰:《人物的研究》,《小说月报》16卷3号（1925年3月）。

田刚:《庄子哲学与鲁迅的虚无主义思想》,《人文杂志》2002年第1期。

王洪岳:《二十世纪末叶文学的审美论与审丑论》,《齐鲁学刊》2003年第2期。

王洪岳:《试论中国人的审丑意识》,《济南大学学报》2000年第6期。

王金城:《从审美到审丑：莫言小说的美学走向》,《北方论丛》2000年第1期。

王一平:《论反乌托邦文学的几个重大主题》,《求索》2012年第1期。

吴晓番:《古代中国哲学中的“自我”》,《江南大学学报》2014年第4期。

谢立中:《“现代性”及其相关概念词义辨析》,《北京大学学报》2001年第5期。

熊鹏、王继才、张吉营:《158例抑郁症患者共患焦虑障碍的临床分析》,《山东精神医学》2002年第4期。

雅克·德里达:《“故我在”的动物》，史安斌译，汪民安主编:《生产》第3辑，广西师范大学出版社，2006年。

雅克·德里达:《幻影朋友之回归：以民主的名义》，胡继华译，汪民安主编:《生产》第2辑，广西师范大学出版社，2005年。

杨正润:《回忆的缺陷》,《文汇读书周报》2002年3月8日。

姚本先:《潜意识理论发生发展探微》,《东北师大学报》1999年第1期。

张清华、赵亦然:《结尾的意义——“红色叙事”的时间修辞研究》,《文艺争鸣》2016年第9期。

张枣:《秋夜，恶鸟发声》,《青年文学》2011年第3期。

张志扬:《生活世界中的三种生活哲学——中国现代哲学面临的选择》,《世界哲学》2002 年第 1 期。

郑永旺:《反乌托邦小说的根、人和魂——兼论俄罗斯反乌托邦小说》,《俄罗斯文艺》2010 年第 1 期。

钟鸣:《窄门》,《大家》1996 年第 5 期。

仲立新:《试论五四文学革命中的语言现代性问题》,《文艺理论研究》2000 年第 4 期。

朱国华:《选择严冬:对鲁迅虚无主义的一种解读》,《文艺争鸣》2000 年第 3 期。

后 记

在相继完成《艺术与垃圾》(2014年)、《感叹》(2015年)、《小说与神秘性》(2016年)、《新诗学案》(2017年)、《李洱诗学问题》(2019年)、《味觉》(2019年)和《自我》(2020年)等小专著后，有一个线索似乎愈来愈清晰地呈现出来：我们的的确确生活在一个反讽时代，我们每一个人都有机会成为反讽主义者(或反讽主体)。作为现代性的核心内容或表现形式，反讽时代有两个终端产品：反讽主体(或称单子式个人)和垃圾；孤独的垃圾与同样孤独的反讽主体相互对峙、彼此对视。有足够的证据表明，反讽只可能来自视觉性的逻各斯，不可能来自任何一种除逻各斯之外的语言现实，也就理所当然地不属于以感叹为魂的汉语世界。感叹式和感叹着的汉语以味觉为中心，它舔舐万物，它更有可能意味着诗与天人合一，而不是科学。但逻各斯的主要性征，还是随着白话文运动的展开，深度浸染了、改造了味觉化的汉语，现代汉语由此得以炼成；现代汉语在精神气质上，有理由更接近科学化和分析性的逻各斯，而不是中国古人——比如屈原和欧阳文忠公——使用的汉语。很有可能是现代汉语而非别的其他所有东西，让现代中国进入了反讽时代，附带着，至少让部分现代中国人有机会成为反讽主义者；更有可能是现代汉语让现代中国人的日常生活，拥有了一种无法解释的神秘性。反讽时代和它自身的神秘性深刻地意味着：围绕人类命运组建起来的一切价值要素，再也无法安然于非此即彼的明晰和透明状态，因此，对于人类命运的诸要素，负责任的人再也无法轻易做出非白即黑的决断。这是现代主义思潮出现的背景和原因。面对此情此景，一切形式的现代主义文学艺术最合适的口吻、调性、发声方式或言说姿态，也许非絮叨莫属。

这就是《絮叨》的由来。《絮叨》很有可能是这个思路或线索的最后一环——最新的时髦说法，好像叫“闭环”？

或问：既然难以决断，为什么《絮叨》处处都是决断？好，我承认，您确实问到了点子上。但这里需要注意的是：《絮叨》对涉及的所有问题所做的决断，仅仅是对无从对命运做出决断的絮叨本身做出的决断，是对絮叨的各种特性、气质和诗学功能所做的尽可能客观的报道，或描述。在反讽时代，面对命运，反讽主义者也许无法给出一目了然的结论，但反讽主体面临的这一窘境，却可以得到现象学层面上的直观，因此可以得到较为清晰、较为客观的描述。这些东西大体上都属于泛知识学的范畴，与命运和围绕命运组建起来的一切价值要素暂时扯不上关系。因此，可以对此做出非独断论层面上的叙说，甚至非价值论维度上的描述。

本书的写作，起始于2022年4月25日，初稿完成于2022年6月10日。很凑巧的是，初稿完成的那一天，正好是我女儿高考结束的那一日。因此，我有机会猛出两口长气，以便代替两声怒吼。这两个月时间里，正好是北京每天做一次核酸检测，渐渐过渡到现如今每三天一次核酸检测。每个居住在北京的人，其心境如何，大约可想而知。

本书的写作，让我再一次惊奇地体会到：写作、思考确实可以暂时使人忘忧，可以暂时使人麻醉自己，像杜康，但更像出自贵州仁怀的酱香型土酒。这样说起来，我必须感谢这本小册子，虽然我并未将它经营好，并没有给它一个好的腰身和容貌，以至于让它出门行走时为影响了市容市貌，不免对自己有所羞涩，对它的炮制者有所恼怒。

2020 年 10 月 17 日，我为《自我》所做的“后记”，以这样两句话结尾：

唯愿新冠病毒早日死去。

唯愿中国安好，世界安好。

很显然，这依然是我此刻最想说的话。

本书的写作，得到了很多朋友的帮助：王辰龙、王婕妤、李娜、夏至、张梦瑶和张媛媛。他们给了我极大的鼓励。

是为记。

2022 年 6 月 30 日，北京魏公村

絮叨
XUDAO

图书在版编目（CIP）数据

絮叨 / 敬文东著. -- 桂林 : 广西师范大学出版社, 2024. 9. -- (敬文东作品系列). -- ISBN 978-7-5598-7216-6

Ⅰ. I06

中国国家版本馆 CIP 数据核字第 2024XW1175 号

广西师范大学出版社出版发行

广西桂林市五里店路 9 号　　邮政编码：541004

网址：http://www.bbtpress.com

出版人：黄轩庄

全国新华书店经销

广西民族印刷包装集团有限公司印刷

南宁市高新区高新三路 1 号　邮政编码：530007

开本：880 mm × 1 230 mm　1/32

印张：6.75　　字数：130 千

2024 年 9 月第 1 版　　2024 年 9 月第 1 次印刷

印数：0 001~5 000 册　　定价：56.00 元